国家出版基金项目
NATIONAL PUBLICATION FOUNDATION

普希金全集

沈念驹 吴笛 主编

3

长诗 童话诗

[俄] 普希金 著

余振 谷羽 译

浙江文艺出版社
Zhejiang Literature & Art Publishing House

普希金肖像，基普连斯基作，1827

皇村普希金纪念像

《铜骑士》插图，苏里科夫作，1870

俄国外交部

南伐敖德萨普希金纪念馆前普希金纪念像

《别了，自由的元素》，列宾、艾瓦佐夫斯基作，1887

目录

长诗

003···鲁斯兰与柳德米拉

119···高加索的俘虏

159···加百列颂

183···瓦吉姆

193···强盗兄弟

205···巴赫奇萨拉伊的喷泉

231···茨冈人

271···努林伯爵

289···波尔塔瓦

359···塔济特

375···科隆纳的小房

395···叶泽尔斯基

409···安哲鲁

443···铜骑士

468···附录一　长诗的提纲和草稿

477···附录二　别稿

童话诗

541···新郎倌

550···神父和他的长工巴尔达的故事

558···母熊的故事

562···关于萨尔坦皇帝,关于他的儿子——荣耀而威武的勇士格维顿·萨尔坦诺维奇公爵以及美丽的天鹅公主的故事

600···渔夫和金鱼的故事

609···死公主和七勇士的故事

631···金公鸡的故事

长诗

余振 译

鲁斯兰与柳德米拉

1817—1820

这是普希金最早的一篇长诗，1817年还在皇村学校读书时就开始写，1820年3月26日写完。尾声是他流放到南方后同年7月26日在高加索写的。第一章的一些片段发表在《涅瓦观察者》1820年3月号上，第三章的一些片断发表在同年的《祖国之子》上。同年8月出了单行本。序曲（"海湾上有棵青青的橡树……"）写得更晚，是1825—1826年在米哈伊洛夫斯克写的，1828年第二版补了进去。普希金在第二版上还写了一篇序，答复当时批评家对他的责难，同时遵照检查官的意见删去一些批评家认为有伤风化的诗句。

　　这部长诗原文采用四音步抑扬格写成。用阴韵（代以大写拉丁字母）的诗行，每行九个音节；用阳韵（代以小写拉丁字母）的诗行，每行八个音节。它的韵式大都采用交韵（ABAB CDCD……），但有时亦采用随韵（AABB CCDD……）、抱韵（ABBA CDDC……），甚至偶韵（AA BB CC DD……）。它的音节数和韵式的代号是：

9 8 9 8 9 8 9 8
ABAB CDCD（下略）。

献 词

我心灵的女皇，我的美人，
在这黄金般悠闲的时刻，
在时光老人絮絮低语下，
特意为消解你们的寂寞，
我用我这忠诚的手写下
这一部古老神话的诗章；
请收下我这戏谑的劳作！
我不企求任何人的激赏，
少女们带着爱情的战栗，
或许会来偷偷地读一读
我这被当作罪孽的诗篇，
这甜美的希望已够幸福。

海湾上有棵青青的橡树；
橡树上拴着一条金链子；
一只博学的猫不分昼夜
紧跟着金链来回兜圈子；
向右走——它便给唱一支歌，
向左走——它便讲一个故事。

那儿可真怪：林妖在漫游，
鱼美人坐在树枝上休息；
在人们从未走过的路上
留着没见过的野兽足迹；
那里茅屋下长着条鸡腿，
既没有门子，也没有窗户；
山谷和森林充满了怪物；
当朝霞上升时波浪滚滚
涌上空旷的沙砾的海岸，
三十个奇伟英俊的武士
一个跟一个出现在海面，
他们的侍卫也一同出现；
那里皇太子十分轻松地
就可以随手把皇帝擒来；
那里眼看着一个魔法师
带着一个武士腾云驾雾，
越过了森林，越过了大海；
那里公主在牢房里悲伤，
侍奉公主的是一只灰狼；
那里有一个石制的碓臼
跟着老妖婆雅加①在漫游；
那里皇帝卡舍贪得无厌；
一派俄国气魄……俄国风度！
我去过那里，也喝过蜜酒；
看见过海边青青的橡树；

———————————

① 雅加，俄罗斯民间传说中凶恶的女妖。

我在树下坐过,博学的猫
也给我讲过它那些故事。
我还记得一个:现在我要
给大家把它再重讲一次……

第一章

这故事发生在很久以前，
从远古以来就世代相传。①

太阳弗拉基米尔②与一群
壮实的儿子，在这高大的
客厅中宴请他们的友人；
他把心爱的最小的女儿
许配给勇敢公爵鲁斯兰，
饮尽沉重酒杯中的蜜酒，
并祝福他们的生活美满。
我们祖先吃得不慌不忙，
从容不迫把酒勺往下传，
啤酒、葡萄酒都冒着泡沫，
斟满酒的杯盏银光闪闪。
美酒把快乐注入了人心，
泡沫在杯口上咝咝作响，

---

① 长诗开头和结尾的这两行诗是普希金由荻相的长诗《卡尔顿》中翻译的。原文是英文。
② 弗拉基米尔（1053—1125），从 1113 年起当基辅大公。在叙事诗中称他为"太阳"。

司饮官恭敬地捧上美酒，
躬身送到贵宾们的面前。

话声混入不分明的喧嚣；
欢乐的嘉宾不停地嚷嚷；
突然响起了悦耳的歌声、
响亮古筝的流畅的音响；
大家静下来，倾听着巴阳①：
这快乐的歌手大声赞扬
美女柳德米拉与鲁斯兰
和列里②给他们编的花冠。

但困扰于激情的鲁斯兰，
不吃不喝，为爱情所迷恋；
眼睛盯住新娘子的芳姿，
不安地揪着自己的胡子，
又生气，又焦急，长吁短叹，
暗中数算着每一个瞬间。
有三个年轻威武的勇士，
都垂头丧气，又面色阴沉，
坐在欢腾的新婚宴席上；
默默无言，眼看着空勺子，
忘了那些圆形的高脚杯，
任什么肴馔都不想去尝；
也不听贤明巴阳的歌唱；

---

① 巴阳，俄罗斯古代传说中的歌手。
② 列里，古代斯拉夫民族的婚姻与爱情之神。

低垂下他们慌张的目光：
那是鲁斯兰的三个情敌；
三个不幸的人心中怀着
深深的爱情、狠毒的妒忌。
一个——罗格代，勇猛的战将，
仗着他一支宝剑扩大了
富裕的基辅田野的边疆；
一个——法尔拉夫，骄傲自负，
宴席上无人可比的狂人，
刀山剑林中却是个懦夫；
第三个，怀着情欲的思想，
拉特米尔，哈萨尔的可汗：
三人都面色苍白而阴沉，
都在这喜宴上郁郁不欢。

宴席终于散了；人们一齐
站起来，混入喧闹的人群，
大家注视着新郎和新娘：
新娘低垂下羞怯的眼睛，
仿佛是心中有一点不快，
喜悦的新郎却满面红光。
但阴影拥抱住整个大地，
已经快到那夜深的时候；
贵族们喝足酒睡意沉沉，
个个低首弯腰，准备要走。
新郎兴致勃勃，喜气洋洋：
在欢乐的想象中抚爱着
羞羞答答的美丽的新娘；

虽然大公有莫名的悲伤，
但也向年轻的新郎新娘
祝福生活幸福，身体健康。

　　年轻的新娘子就这样地
被带上了那新婚的卧床；
灯已熄灭了……列里又燃起
幸福之夜的欢乐的灯光。
美好的愿望已经实现了，
爱情的赐予已准备停当；
令人羡艳的衣裳已脱下，
放到沙尔格拉得①地毯上……
你们可听见爱情的私语
和那甜蜜的接吻的声音、
最后羞怯的断续的娇嗔？……
我们幸福的新郎早已经
预感到了这欢乐的来临；
欢乐真已经来到了……突然
一声霹雳，云中电光闪闪，
灯光也熄灭了，烟雾腾腾，
一切都在摇晃，天昏地暗，
鲁斯兰也吓得心惊胆战……
一片寂静。可怕的寂静中
响出了两次奇怪的声音，
在这深沉浓厚的烟雾中
飞起个比烟雾更黑的人……

---

① 沙尔格拉得，君士坦丁堡旧称。

新房又恢复原来的平静：
惊慌失措的新郎爬起来，
冷汗从他的脸上往下流；
他战抖着，伸出冰冷的手
在这沉静的黑暗中摸索……
坏了：摸不见心爱的妻子！
他抓住的只是空无所有；
柳德米拉在漆黑中失踪。
她被不可知的力量劫走。

　　啊，如果是爱情的苦难者
无望地受着热情的折磨；
朋友们，即使他活得苦闷，
不管怎样总还可以生活。
但是经过很久很久以后
终究拥抱住那希望、眼泪、
苦恼的对象，可爱的女友，
可是突然又要永远失掉
短暂的女伴……我的朋友啊，
这样，倒真不如干脆死掉！

　　但不幸的鲁斯兰还活着。
可是大公却说了些什么？
突然听到了可怕的消息，
他对他的女婿勃然大怒，
把他召进了自己的宫里：
可怕的前额像烧起大火，
他问道："柳德米拉在哪里？"

鲁斯兰没有听到。"孩子们！
我不忘你们过去的功绩：
啊，你们可怜我这老人吧！
告诉我，你们当中谁愿意
赶快出去找寻我的女儿？
谁要是能立下这一功绩，
——他保护不住自己的妻子！
脓包，让他去痛苦、去悲啼！——
我就把我女儿和祖先们
留下的半壁江山赐给谁。
孩子们，朋友们，哪个愿意？……"
"我去。"——悲痛欲绝的新郎说。
"我！我！"——法尔拉夫和罗格代、
兴高采烈的拉特米尔说，——
"我们即刻备起我们的马，
我们情愿走遍整个世界。
别担心，我们就去找公主，
父亲啊，我们很快就回来。"
老人想念女儿满腹哀愁，
带着无言的衷心的感激，
流着眼泪，向他们伸出手。

　　四个人在一块立即动身；
鲁斯兰心头痛苦得要命；
想到他那失掉的新娘子，
真如万箭穿心，痛不欲生。
他们四人骑着飞快的马；
沿着幸福的第聂伯河岸，

卷起团团烟尘拼命飞奔；
远远地消失在尘头里边；
四个骑士已消失在天边……
但是大公仍然在长久地
向空旷的田野凝神瞩望，
他的心跟他们一道前往。

　　鲁斯兰在默默地痛苦着，
失掉了理智，失掉了知觉。
法尔拉夫态度非常傲慢，
回头望去，神气地叉着腰，
紧紧跟在鲁斯兰的后边。
他说："朋友们，我好不容易
才得到一显身手的机会！
是不是很快就遇到巨人？
等着瞧吧，有人将要流血，
有人将因为嫉妒而倒下！
高兴吧，我的忠诚的宝剑，
高兴吧，我的活泼的骏马！"

　　哈萨尔可汗在他想象中
已把柳德米拉搂进胸怀，
差一点在马上跳起舞来；
年轻的血在他心中沸腾，
眼睛里冒出希望的火星：
时而打快马儿拼命驰骋，
时而故意地兜紧了缰绳，
使它打转，使它后腿直立，

或者打着它又奔上山顶。

郁郁的罗格代默默无言……
不可知的命运使他忧烦，
无用的嫉妒又使他痛苦，
三人中最数他心神不安，
他的可怕的目光常常地
阴郁地投向公爵鲁斯兰。

四个竞争者同一条路上
在一起整整地走了一天。
从东方落下了夜的阴影；
第聂伯河岸已渐渐昏暗；
他们的马儿也该休息了，
第聂伯河上升起了夜雾。
这时山下宽广的道路上
出现了一条交叉的大路。
"我们应该分手了！"——他们说，——
"让我们相信未知的命运。"
每匹马感到了马勒松开，
随意地给自己找路前进。

不幸的鲁斯兰，你怎么办，
一个人在这沉静的荒原？
我想，你总梦见柳德米拉
和那结婚的可怕的一天。
你把铜盔低低压住眉毛，
从有力的手中放松马勒，

马儿在旷野中信步走着，
你心里的信心慢慢消逝，
心里的希望也逐渐破灭。

　　他面前突然现出个山洞；
洞里边有光。他一直走进
这个沉睡了多年的洞窟，
它本是与天地同年诞生。
他阴郁地进去：看见什么？
洞里有个老人；目光平静，
和颜悦色，胡子像雪样白；
在他面前点着一盏神灯；
前边摊着一本古旧的书，
他正在聚精会神地研读。
"欢迎，欢迎光临，我的孩子！"——
他笑容满面对鲁斯兰说，——
"我在此独居已经二十年，
黑暗中过着苦闷的生活；
但是终于等到了这一天，
我早已预见到的这一天。
命运使我们在这里相会；
请坐，听我来慢慢给你讲。
鲁斯兰，你失去柳德米拉；
你坚强的意志失去力量；
但你遇到的是暂时厄运：
灾难很快就会化为吉祥。
要抱定希望和乐观信心，
去迎接一切，别灰心沮丧；

前进！向北方开自己的路，
凭着宝剑和勇敢的胸膛。

　　"要知道，鲁斯兰：侮辱你的
是可怕的魔法师黑海王，
他一向是喜好掠夺美女，
他盘踞的山头就在北方。
直到如今还没有任何人
走进过他所盘踞的魔窟；
但你，狠毒阴谋的揭穿者，
你却可以闯进他的魔窟。
坏蛋一定要死在你手里，
别的我无须再跟你多讲：
你日后的命运，我的孩子，
决定于你意志是否坚强。"

　　我们的勇士向老人磕头，
高兴地过去吻老人的手。
眼前的世界变得明朗了，
心上没有了痛苦和烦忧。
他复活了；但兴奋的脸色
一下子又变得愁云满面……
"你苦闷的原因我已知道；
但你的愁云并不难驱散，"——
老人说道，——"你一定是担心
那个白发魔法师的爱情；
放心吧，须知：他枉费心机，
年轻的姑娘也丝毫无损。

他能够摘下天上的星星，
一声呼啸——月亮也要颤动；
但是违反了时间的规律，
他的法术将会一事无成。
嫉妒而又胆怯的守门人
守护着城堡无情的大门，
他想要折磨美貌的女俘，
但却无可奈何，力不从心。
他在她周围默默地踱步，
诅咒着自己的命运不济……
但，勇士，这一日将要过去，
你所需要的是休息休息。"

　　鲁斯兰在微明的灯光前
茸茸如茵的青苔上躺着；
他想在梦境中求得忘怀，
但却唉声叹气，辗转反侧……
睡不着！勇士最后这样说：
"不知道怎么睡不着，师父！
该怎么办？我是心里有病，
睡也睡不着，活得真痛苦。
请求仍用你那神圣的话
使我的心得以明白开朗。
原谅我提个大胆的问题：
告诉我：你是谁？来自何方？
我的天赐的神秘的朋友，
谁把你带到这荒山僻壤？"

老人叹了一口气,凄然地
笑着回答道:"可爱的孩子,
我已忘记了我那辽远的
故乡的贫苦的地方。我是
芬兰人,住在僻远的山谷,
牧放着邻近村庄的羊群,
我快乐无忧的少年时期
知道的只是茂密的森林、
我们深山的溪水和山洞、
粗野简朴的玩耍和戏弄。
但是在这快乐的宁静中
注定我不会有多少时辰。

　　"那时在我们的村庄附近
住着个姑娘,名叫纳意娜,
姑娘们当中她最为美丽,
像一朵深山幽谷的鲜花。
一天,在晴朗的清晨时分
我吹着风笛,赶着一群羊,
走上了一片苍茫的草原;
一条小河在我面前喧嚷。
有一个年轻的美貌女郎
一人坐在河边编织花环。
我的命运使我来到这里……
啊,那正就是纳意娜,好汉!
我向她走去——大胆地一瞥,
得到了一场宿命的大火,
我的心尝到爱情的滋味,

其中有它折磨人的痛苦，
其中有它天国般的欢乐。

　"眨眼间半年就已经过去；
我战栗着向她竭诚表白，
我对她说：'纳意娜，我爱你。'
但是纳意娜她却高傲地
听着我难以启齿的哀求，
只是欣赏着自己的美丽，
最后无动于衷地对着我
回答道：'牧羊人，我不爱你！'

　"我觉得一切都怪诞、阴沉：
家乡的天幕、树林的阴影
和牧童们的快乐的嬉戏——
任什么也消除不了苦痛。
心儿在悲戚中枯萎凋零。
最后我打定了一个主意：
离开了我的芬兰的田园；
同一帮意气相投的朋友
漂过无常的大海的深渊，
要用战争的光荣去博取
我的纳意娜高傲的垂怜。
我召来一些勇敢的渔民
寻求惊险的生活和黄金。
我历代祖宗宁静的土地
第一次听到战争的声音
和那战斗的船舶的响声。

我同我一群无畏的同乡
满怀着希望,航行到远方;
一年来我们用敌人的血
染红了雪原和海中波浪。
有一个传说:外国的皇帝
已被我的勇敢吓得发抖;
他们不可一世的亲卫兵
一见北方的剑拔腿便走。
我们很开心,可怕地厮杀,
我们分享着馈赠和贡品,
而把被我们打败的敌人
请来宴席上友好地畅饮。
但心里仍怀念着纳意娜,
在战斗和宴席的喧闹间
心还在暗暗地为她悲伤,
越过大海飞向芬兰海岸。
我说道,朋友们,该回家了!
我们把这些无用的铠甲
挂在家乡的茅屋的廊下。
说完了——我们就划起了船;
把恐怖丢在了我们后边,
我们带上了高傲的欢乐
驶向亲爱的祖国的海湾。

　　"多年的幻想已成为事实,
热烈的希望也已经实现!
那甜蜜的会面的时刻啊,
你已经来到了我的面前!

我向骄傲的美人的脚前
献上了珊瑚、黄金和明珠，
还有那血痕斑斑的宝剑；
我宛如一个恭顺的俘虏，
陶醉于激情，站在她面前，
她的那些无言的嫉妒的
女友们把我围绕在中间；
但她却避开我，不睬不理，
最后板起冷冰冰的面孔，
对我说道：'英雄，我不爱你！'

　　"旧事重提没有这份精力，
我的孩子，何必再去讲起？
啊，如今可怜我独自一人，
心已死，走进坟墓的大门，
我还牢记着心头的痛苦，
有时候我一想起了过去，
沉重的泪珠就不自禁地
滴落于我的雪白的胡须。

　　"但我告诉你：在我的家乡，
在荒村中的渔人们中间
流传着一种奇怪的妖术。
在永恒的沉静的天宇下，
有些白发的魔法师住在
那深山中荒无人迹之处；
他们的思想所注意的是
那一些神奇古怪的事情；

过往的一切、未来的一切，
都听从他们可怕的话声，
连死亡和爱情本身也都
由他们可怕的意志决定。

　　"而我这个渴求爱情的人
在这痛苦的悲哀中决定：
用妖术打动纳意娜的心，
要在冷若冰霜的姑娘的
高傲的心中点燃起爱情。
我匆匆走入自由的怀抱，
走入那黑暗的深林里边；
学习魔法师的一套法术，
不知不觉地过了好多年。
希望的时刻已经来到了，
凭着我聪慧绝顶的头脑
已掌握世界可怕的秘密：
我也懂得了咒语的威力。
爱情的冠冕，希望的冠冕！
如今，纳意娜，你已是我的！
我这样地想：我们胜利了。
但事实上的胜利者却是
命运，我那顽强的迫害者。

　　"在那年轻希望的幻想中，
在那热情期待的狂欢中，
我迫不及待地念起咒语，
召唤精灵——黑暗的森林中

一道闪电之箭划破长空，
魔法的旋风扬起了吼声，
大地在脚下也不停颤动……
突然一个衰老的白发的
老婆婆端坐在我的面前，
她深陷的眼睛闪闪发光，
驼着背，脑袋不住地摇晃，
好一副凄然的衰朽模样。
啊，那正就是纳意娜，好汉！……
我大吃一惊，我哑口无言，
我打量着这可怕的幽灵，
我不敢相信自己的两眼，
忽然放声大哭，高声叫喊：
'啊，纳意娜，这真的是你吗？
你的美貌哪去了，纳意娜？
请你告诉我，难道是上天
竟然把你变得这样可怕？
告诉我，我离开这个世界，
同亲人们告别，已经很久？
已经很久了？……'——'整整四十年，'——
宿命的姑娘这样地回答，——
'今天恰好是我七十大寿。'
'怎么办？'——她对我细声说道，——
'好多年月一齐都过去了。
你我的青春都已经飞逝——
我们两人也都已经衰老。
但是，朋友呀，请听：失去了
那无常的青春也无所谓，

当然,我现在已满头白发,
或许,还稍稍地有点驼背;
不那么活泼,不那么可爱,
如今不复是当年的样子;
不过(多嘴的老婆婆又说),
揭开秘密吧:我是魔法师!'

"而且事实上也正是这样。
我呆立着,讲不出一句话,
我虽然自命为绝顶聪明,
但却是个十足的大傻瓜。

"但你看多么地可怕:我的
法术却招来极大的不幸。
我那位白发苍苍的神灵
对着我燃起了新的爱情。
她把她的可怕的嘴一歪,
扮起笑脸,用死人的声音
嘟嘟囔囔地把爱情表白。
没想一下我当时的痛苦!
我低垂下眼睛,浑身发抖;
她一边咳嗽,令人难当的
热情的话老是说个不休:
'是约,我到现在才明白了
我的心,朋友啊,我认识到
它为甜蜜的爱情而诞生;
感情已经苏醒,我在燃烧,
爆发热烈的爱情的希望……

啊,亲爱的! 我活不下去了……
亲爱的,快投入我的怀抱……'

"鲁斯兰,就是在这个时候,
她眨动着懒洋洋的眼睛;
而用她那干瘪枯硬的手
抓住了我的长袍的衣襟;
这时候——我一下不知所措,
吓得我眯起了我的两眼;
这时我再也无法忍受了,
拔腿便跑,一边大声叫喊。
她在后边嚷:'啊,你,负心人!
你搅乱了我平静的生活,
玷污了清白少女的纯贞!
你得到了纳意娜的爱情,
却把它抛弃——这就是男人!
男人们全都是背信弃义!
唉! 唉! 我只好自己怨自己;
他引诱了我,可恶的东西!
我已顺从于诚挚的爱情……
战栗吧,勾引姑娘的流氓!
恶棍,负心汉,真无耻之极!'

"我们就此分手。从那时起
我就带着这颗破碎的心
独居在偏僻的无人之地;
而在世界上只有大自然、
明哲和平静是我的慰安,

坟墓已经向我发出召唤；
但多年来老妖婆还没有
忘记她自己过去的感情，
她把爱情的迟暮的烈火，
恼羞成怒，变作刻骨仇恨。
老妖婆的黑心眼原本是
对别人不谅解，喜欢记仇，
当然啰，她对你恨得要死；
但世上的痛苦终有尽头。"

我们的勇士贪婪地听着
老人的故事：轻微的睡意
没有使明亮的眼睛闭起，
而他在那深深的沉思中
没听到夜已经轻轻飞去。
便已来到了灿烂的白日……
勇士十分感激，叹了口气，
拥抱住了年老的魔法师；
他心中充满快乐的希望；
走了出去。鲁斯兰两只脚
夹紧嘶鸣的马，打着唿哨，
坐在鞍上把衣服理理好。
"师父，可别把我丢开不管。"
立即奔上了空旷的草原。
白发老人后边高声叫喊：
"我的勇士，祝你一路平安！
别了，要爱护自己的新娘，
别忘记老人的临别赠言！"

第二章

在战斗艺术中的竞争者，
你们不知道彼此要和睦；
你们只尊重可悲的荣誉，
你们只醉心于互相反目！
让全世界都对你们发怔，
对你们可怕的胜利吃惊：
什么人也不来怜悯你们，
什么人也不去干预你们。
而另一种特殊的竞争者，
你们，帕那索亚斯①山上的骑士，
快不要用你们不体面的
吵闹使人们再笑掉牙齿；
对骂吧——只是要注意方式。
但你们，情场上的竞争者，
请你们尽可能和气一些！
你们相信我，我的朋友们：

---

① 帕那索亚斯，古代希腊山名。希腊神话中太阳神阿波罗和文艺女神缪斯居住的圣地。一译"帕纳塞斯"。

必然的命运要是注定了
谁能够得到姑娘们的心，
对不起，他一定和悦可亲，
生气是罪过，而且也愚蠢！

　　当着桀骜不驯的罗格代
因为模糊的预感所苦恼，
他便离开了同行的伙伴，
独自走上条僻静的小道，
他在荒山老林中摸索着，
陷入深沉的不安的思虑——
有个恶魔搅扰着、刺激着
他的烦乱的怅惘的心绪，
忧郁的勇士在低声自语：
"杀死他！……冲破一切的阻力……
鲁斯兰！……你认一认我是谁……
现在呢，且让姑娘去哭泣……"
突然间他便掉转了马头
全速力地向着原路奔去。

　　这时候英勇的法尔拉夫
很甜美地睡了一个早晨，
他避开中午强烈的阳光
在小溪旁休息，独自一人，
在这幽静的田野中进餐，
为了增加体力，振作精神。
突然，他看见：田野上有人
纵马飞驰，像卷起的风暴；

法尔拉夫并不浪费时间，
马上丢开他的午餐、手套、
铠甲、铜盔，连同他的长矛，
急忙跨上了马，头也不回，
催马就跑，来人在后紧追。
"站住，无耻的，你往哪里逃？"——
这个人向法尔拉夫喊叫。——
"卑鄙的东西，我要追上你，
我定要把你的脑袋扭掉！"
法尔拉夫听出是罗格代，
一时心惊肉跳，吓得发呆，
心想这一下子可要糟糕，
打着马儿让它跑得更快。
就像是一只逃命的兔子
惊慌得把两耳贴在脑后，
怕猎犬追上，没命地奔跑，
穿过森林，沿着田野土丘。
春天里已经融化了的雪
在他这仓皇逃命的地方，
汇成浑浊的水流在流着，
冲破了大地潮湿的胸膛。
马扬起尾巴和白色鬃毛，
飞快地向那道沟壑奔跑，
它把钢铁的马嚼子咬紧，
一纵身就跃过这道沟壑；
但胆怯的骑士两脚朝天
栽进了泥泞的沟壑里边，
他只觉得眼前一片昏暗，

总以为这一下子可完蛋。
罗格代飞马来到壕沟前，
说道："死去吧，死去吧！懦夫！"
无情的宝剑已高高举起；
他忽然认出是法尔拉夫；
于是他又放下了他的手；
在他脸上分明地看得出
遗憾和沮丧、惊讶和愤怒；
咬着牙，不知该说什么好，
英雄低垂下了自己的头，
赶紧打着马离开了壕沟，
他气坏了……但是却差点儿、
差点儿对自己笑出了口。

这时他在山下遇见一个
已经奄奄一息的老婆婆，
弯腰屈背，满头白发苍苍。
她用她手中的弯头拐杖
指点他径直地奔向北方。
"那里你可以找到她。"——她说。
罗格代心底里欢喜不尽，
打着马奔向自己的死亡。

可是我们的法尔拉夫呢？
他还在沟里，气也不敢出；
他躺着，心想：我还活着吗？
可恨的竞争者跑向何处？
忽然就在他的头顶上空

响起老婆婆阴沉的话声：
"起来，好汉：田野上空荡荡；
你不会再遇到任何的人；
我已经给你牵来你的马；
快点起来吧，你听我的话。"

慌里慌张的勇士也只好
爬出了这个肮脏的沟壑；
向四周胆怯地东张西望，
又提起精神，叹着气说道：
"谢谢上帝，我的身子还好！"

"相信我！"——老婆婆继续说道，——
"柳德米拉未必能够找到；
她已经跑到很远的地方；
你我的力量都没法办到。
在世界上乱跑也很危险；
你自己将会后悔，说实话。
请你听从我的好言相劝，
我劝你还是乖乖地回家。
在基辅郊外，你独自一人，
住在自己祖传的庄园里，
只管无忧无虑地过日子：
柳德米拉总归是我们的。"

她说完就不见了。我们的
识进退的英雄匆匆忙忙
马上动身转回他的家园，

打心眼儿里忘掉了荣誉，
连年轻公主也不再想念；
橡树林中最微小的声响、
流泉的呜咽、山雀的飞鸣，
也吓得他又发烧又出汗。

　　这时鲁斯兰已走得很远；
走进荒漠的田野和森林，
他的思想还常在系念着
柳德米拉，他的心上的人。
他说："我能否找到我的她？
你在哪里，我心灵的伴侣？
能否看到你明亮的眼睛？
能否听到你多情的话语？
难道命中注定你永远地
逃不脱那魔法师的羁绊，
年纪轻轻在悲哀中衰老，
并在阴暗的牢狱中凋残？
难道大胆的情敌会来到？……
不、不，我的最宝贵的姑娘：
我的忠诚的宝剑还在手，
我的头颅还在我的肩上。"

　　有一天在黑沉沉的深夜，
我们大胆的勇士鲁斯兰
沿着大河上陡峻的河岸，
踏着乱石行进。忽然听到：
嗖的一声，飞来一支利箭、

震撼大道的沉重马蹄声、
铠甲的声响、马嘶和呐喊。
"站住!"响起惊雷般的叫喊,
他一看:一个凶恶的骑士
高举起长矛,身佩着短剑,
打着唿哨,从旷野上奔来;
公爵奔上去,像风暴一般。
"啊哈! 我可追上了你! 站住!"——
这不逊的骑士大声高呼:——
"朋友,准备好来决一死战;
今天这里就是你的死地;
死后去找你心爱的侣伴。"
鲁斯兰听出是谁的声音,
勃然大怒,气得浑身发颤……

　　朋友们! 我们的姑娘怎样?
暂时把勇士们放过一边;
关于他们等回头来再讲。
可真是早该想到我们的
年轻的公主,也早该讲讲
那凶恶的可怕的黑海王。

　　我那离奇的幻想的朋友
有时候也实在太不像话,
我曾讲过,在夜的黑暗中,
柔情的美貌的柳德米拉
从那激动的鲁斯兰身边
在云雾弥漫中突然失踪。

不幸的女郎！当坏蛋用他
有力的手从新婚的床上
旋风似的把你卷入云中，
穿过了浓重厚密的烟雾，
穿过了夜的黑暗的天空，
忽然间就带往他的山洞——
你失掉知觉，你失掉理智，
默默无言，浑身发抖，脸色
雪一般白，霎时间就来到
那魔法师的可怕的城堡。

有一天，是个炎热的夏天，
我从我茅屋门槛上看见，
鸡窠中傲视一切的霸王——
我的公鸡在院子里乱跑，
追逐着一只怯弱的母鸡，
把它的女友紧紧地抱住
用它淫欲的热情的两翼；
这时乡村中偷鸡的老贼，
灰色的老鹰在它们上空
狡猾地慢慢地盘旋不停，
它决定采取恶毒的手法，
闪电般倏然落到了院中。
腾空而起，飞得无影无踪。
巨爪中抓着可怜的母鸡
带到黑暗安全的石缝中。
猝然受到了恐怖和哀伤，
公鸡在呼唤着它的侣伴，

但是叫破了喉咙也枉然……
它只见空中有一根鸡毛
被微风吹着不停地飞旋。

　　年轻的公主在那沉重的
昏迷中，就像做了场噩梦，
一直睡到了第二天早晨，
她终于醒来了——心中怀着
忐忑不安火焰般的感情，
夹带着模模糊糊的惊恐；
心还在想着昨日的喜宴，
还在陶醉地寻觅什么人；
"丈夫在哪里，我的亲爱的？"
——她低声说，突然脸色刷白。
战战兢兢把四周看了看。
柳德米拉，你的新房何在？
这不幸的女郎躺在床上，
下面是松软的绒毛枕头，
上面是华丽的圆形锦帐；
华丽的帷幔，华丽的床褥，
绣着璎珞和名贵的花样；
到处是精美的绫罗绸缎，
宝石闪闪发光，如像火焰；
周围陈设的是黄金香炉
袅袅地升起馨香的烟篆；
好了……而且也无须我再把
这魔法的房子加以细说：

那山鲁佐德①在很久以前
就先我而详细地描述过。
但如果房中看不到爱人，
虽在凉楼玉宇也不开心。

　　有三个美如天仙的姑娘
穿着轻柔的华美的衣裳，
出现在公主面前，走过来
向她鞠躬，把头弯到地上。
一个移动听不见的脚步
轻轻地走近了她的身前；
她伸出她那灵巧的指头，
用今天并不新奇的手艺
给公主梳起金色的发辫，
又给公主苍白的额顶上
戴上了珍珠编成的花冠。
紧跟着又走来一个姑娘，
低垂下她那恭顺的两眼；
给柳德米拉苗条的身躯
穿上天蓝色的长裙短衫；
公主的前胸、金黄的鬈发、
年轻的双肩蒙上了一层
像薄雾似的透明的轻纱。
令人羡艳的衣衫亲吻着
上天沦谪的仙女的肌肤，

---

① 山鲁佐德，《一千零一夜》里的王后，讲故事者。她为拯救别的女人，情愿给残暴的国王做王后。终以善讲故事而博得国王欢心，从此国王再不残杀别的女人。

轻巧的绣鞋紧紧地裹着
她那双美妙绝伦的纤足。
最后的一个姑娘给公主
拿来珍珠罗带给她系上。
这时一个无形体的姑娘
给她把快乐的曲儿歌唱。
唉唉！无论是宝石的项链、
珠围翠绕，或者锦绣衣裳，
无论是赞美和欢乐的歌，
都不能使她的心儿欢畅。
镜子里徒然地照出她那
美丽的容颜、华丽的服装，
她低下她那呆滞的两眼，
她默默无言，她心中忧伤。

谁要是喜爱真理，那他就
能看透人们阴暗的心底，
他自己当然心里也知道，
一个女人如果痛苦悲戚，
一反人们的习惯和常情，
她总是偷偷地哭哭啼啼，
竟然会忘记掉对镜梳妆，
这时她可真是痛苦已极。

但又剩下柳德米拉一人，
她也不知道，应该怎么办，
她走向装有栅栏的窗前，
悲戚地从窗口向外瞭望，

望着辽阔的阴沉的远方，
一切都死寂，无边的雪原
像展开一片光亮的地毯；
阴郁的群山高高矗立着，
在那无涯的一片白色中
正深深沉入永恒的梦境；
周围看不见冒烟的屋顶，
雪地上看不见一个行人，
荒山中也听不见猎人的
快乐的号角的响亮声音；
唯有在旷野上偶尔听到
狂暴的旋风的凄切呼啸，
在茫茫的天际偶尔看见
光秃的树林在风中晃摇。

　　柳德米拉淌着绝望的泪，
蒙住脸，她感到着实可怕。
唉，到底什么在等待着她！
她走向那银光闪闪的门；
银门随着音乐自己打开，
我们的女郎来到了花园，
这是个十分迷人的所在：
它比亚米达①的花园还美，
比所罗门皇帝②、塔夫利达

---

　　① 亚米达，又译阿尔·米达，文艺复兴时期意大利诗人塔索（1544—1595）的长诗《被解放的耶路撒冷》中的女主人公，曾引诱十字军的武士利耶多尔到她有魔力的花园。
　　② 所罗门皇帝，古代以色列的国王，曾大修宫室，建造圣殿。

公爵①拥有的花园还要美。
一座郁郁葱葱的橡树林
在她面前不住摇晃、喧嚷;
棕榈林荫道和月桂树林、
一行行的芬芳的桃金娘、
雪松的高傲自负的树顶
和黄澄澄的金橘和蜜柑,
映照在那池水的镜面上;
山丘、树林和山谷都已经
苏醒,沐浴着春天的阳光;
五月的风给醉人的原野
吹来一阵又一阵的凉爽,
而在深邃昏暗的树林中
黄莺在晃动的枝头歌唱;
如同钻石似晶莹的喷泉
淙淙地快乐地喷上天空;
喷泉下雕像在闪闪发光,
看样子,都那么栩栩如生;
即使是那菲迪亚斯②本人、
福玻斯③和帕拉斯④的徒弟
来欣赏它们,也自愧不如,
神奇的刻刀会失手落地。

---

① 塔夫利达公爵,即 Г.А.波将金(1739—1791),俄国女皇叶卡捷琳娜二世的宠臣,占有豪华的领地。

② 菲迪亚斯,公元前 5 世纪古希腊的雕刻家。

③ 福玻斯,古希腊神话中的太阳神,又称"阿波罗",到公元前 5 世纪"阿波罗"又被与"赫里俄斯"混为一体。

④ 帕拉斯,雅典娜的别名之一,古希腊神话中智慧、艺术和战争女神。

瀑布,像珍珠火焰的巨流,
怒吼着从高处倾泻而下,
冲击着层层大理石山岩;
而那溪水在树林清荫下
蜿蜒地流着,泛起了微澜。
这里或那里,明亮的亭榭,
那些幽静与清凉的所在,
掩映在浓绿的草木之间;
在小径上是繁茂的蔷薇
到处芬芳四溢,鲜花灿烂。
而痛心疾首的柳德米拉
走着、走着,哪有心去赏玩;
迷人的花草她懒得观赏,
明丽的景色她感到厌烦;
她自己不知道走向何方,
绕遍了这个神奇的花园,
女郎让眼泪尽情地流淌,
抬起自己的忧郁的目光
向不仁的苍天祈求哀怜。
她美妙的目光忽然一闪;
把手指紧抵着她的嘴边,
她像萌发了可怕的念头……
不可知的道路就在面前:
她前面有座高高的小桥
高悬在两头的山岩之间;
怀着深沉的悲伤的思想,
走到桥头——含着痛苦的泪
向滚滚的水流望了一望,

不禁捶胸顿足，放声恸哭，
她多么想纵身跳进碧浪——
但是她还是没有跳下去，
举起步继续又走向前方。

　我们的美丽的柳德米拉
一早儿就在太阳下跑着，
筋疲力尽了，眼泪也干了，
她心里想了想：时候到了！
她坐在草地上，四处观看——
一顶凉爽的帐篷突然间
哗啦一声在她头顶撑开；
美味的午餐摆在她面前；
餐具是透明的水晶做成；
而在树木枝丫的寂静中，
不见竖琴，却响出了琴声。
被俘的公主感到了惊奇，
但是她心中却暗地寻思：
"远离开爱人，失去了自由，
为什么还要枉活在人世？
啊，你呀，你的致命的情欲
在把我纠缠，在把我折磨，
但我并不怕恶棍的摆布：
柳德米拉会以死来解脱！
我不要你的诱人的帐子、
乏味的歌曲、丰盛的筵席——
我也不去听，我也不去吃，
我宁愿死在你的花园里！"

想了想——她却尝起了美味。

　　公主刚站起，霎时间帐篷
和豪华的餐具全都消失；
竖琴的声音也不再听见；
恢复了原来沉静的样子；
花园里又只剩柳德米拉
一个人在树丛中间徜徉；
这时候蓝色的天空浮出
一弯明月，那位夜的女皇；
夜色从四面八方聚拢来，
静静地栖息在小山丘上；
公主不由得感觉到困倦，
突然一种不可知的力量，
比春天的微风还要轻柔，
把她举起来带到了天上，
把她腾空送进一座殿堂，
透过夜晚的玫瑰的花香
轻轻地把她放上了那张
悲戚的卧床，眼泪的卧床。
顷刻间三个姑娘又出现，
围着她又开始忙乱，帮她
脱掉衣裳，让她进入梦乡；
但她们忧郁慌乱的目光
和那竭力克制住的沉默
暗暗地流露出怜悯之心
和对命运的无力的谴责。
让我们言归正传：姑娘们

慢慢地脱下公主的衣衫，
露出了她那迷人的身躯，
只穿着一件雪白的短衣，
她躺在床上正准备入眠。
她们叹了口气，鞠了一躬，
急急忙忙地离开了公主，
随手轻轻地把房门关上。
我们的公主现在怎么样？
不敢出气，树叶般地颤抖；
觉得胸口冰冷，两眼发黑；
短暂的睡意早已经飞走；
加倍地留心，睡也不敢睡，
不动地注视着夜的黑暗……
一片漆黑，死一般地静寂！
只听到心的突突的跳动……
仿佛是——寂静的低声细语；
有人走来——向着卧床走近；
公主把头深深埋进枕中——
突然……可怕呀！……真有人走来，
真的听到了沙沙的响动；
黑夜被突来的闪光照亮，
刹那间房门忽然被打开；
一言不发但却神情高傲，
佩带着闪闪发光的军刀，
长长一队黑人走了进来，
整整齐齐一列列地走近，
手捧着一把雪白的胡子
轻轻地放到了枕头上来；

有一个驼背矮人从门外
走了进来,他高高地扬起
他粗壮的脖子,大摇大摆:
原来雪白的大胡子来自
他这颗剃得光亮光亮的、
戴着一顶高帽子的脑袋。
眼看着走近卧床:怎么办?
公主忙从床上跳了下来,
用她敏快的手一把抓住
这个白胡子老人的帽子,
举起了她那战栗的拳头,
失魂落魄,她惊叫了一声,
吓得这些黑人不知所措。
可怜的矮子直吓得发抖,
脸色比公主的还要苍白;
急忙忙把两耳用手捂住,
想要逃跑,但被胡子绊着,
摔倒在地上,挣扎不起来;
爬起来,又倒下;那群黑人
乱成一堆,不知如何是好;
一片乱叫,没命推撞、奔跑,
他们把魔法师一把抱住,
抱到门外去,解他的胡子,
丢下了公主手中的小帽。

　　但我们善良的勇士怎样?
你们还记得意外的邂逅?

奥尔洛夫斯基①,拿起你的
飞快的笔,画这夜与角斗!
在那时明时暗的月色下
两个勇士在拼命地厮杀;
他们的心中燃烧着怒火,
他们的长矛已飞得很远,
他们的刀剑也已经折断,
鲜血染红了他们的铠甲,
盾牌已打破,变成了碎片……
他们扭在一起,打得正酣;
黑色的烟尘飞上了天空,
座下的快马也相互厮拼;
两个武士扭得难解难分;
好像是紧紧钉在马鞍上,
彼此扯住,谁也不肯放松;
他们恨得四肢不断抽搐,
紧紧地扭着,都已经僵硬;
一团怒火在血管里奔腾;
胸膛在敌人的胸前打战,——
你看,晃起来了,力气已尽——
一个要倒下来了……突然间
我的勇士伸出他的铁手,
一下子把敌人拉下马鞍,
又高高地举到自己头顶,
扔进河水的奔腾的狂澜。
"找死去吧!"——他可怕地说道,——

① 奥尔洛夫斯基(1777—1832),俄国画家,画过一些有关战争的画。

"死去吧，狠毒、嫉妒的坏蛋！"

　　你已经猜对了，我的读者，
勇敢的鲁斯兰同谁肉搏：
他是血的战斗的挑衅者，
罗格代·基辅居民的希望，
柳德米拉阴郁的追求者。
他沿着第聂伯河的两岸
到处去找寻情敌的踪影；
找到了，追上了，但先前的
勇力背叛了战斗的门生，
这个俄罗斯古代的勇士
在旷野中找到他的坟冢。
据人们传说，第聂伯河中
年轻的鱼美人把罗格代
搂进了她的寒冷的怀抱，
她贪婪无厌地吻着勇士，
把他拉入河底，带着微笑；
过了很久，在漆黑的夜里，
勇士的威武巨大的幽灵
还在静静的河岸上徘徊，
常常恐吓荒野上的渔民。

第三章

在平静幸福的朋友面前，
你想要躲避开也是枉然，
我的诗行！但你也逃不脱
那充满嫉妒的愤怒的眼。
一个苍白无力的批评家
向我提了个宿命的问题：
为什么把鲁斯兰的爱妻
称之为女郎，称之为公主，
仿佛存心取笑她的丈夫？
我的善良的读者，你看看，
这就是仇恨的黑色印记！
你说，佐意尔①，出卖友人者，
我该如何回答你的问题？
可耻啊，我不想同你争论；
不幸的人，愿上帝保佑你！
我心安理得，我问心无愧，

---

① 佐意尔，古希腊语文学家，以批评荷马史诗的文字不通而著名。这里指恶意的批评家。

我沉默:不发火,也不动气。
但是克里美娜①,你理解我,
可怜的许门②的牺牲者,你,
低垂下你的慵倦的双眼……
我看见:你偷洒的泪滴在
心照不宣的我的诗句里;
你的脸红了,目光也暗淡;
叹了口气……这叹息我明白!
嫉妒者:要担心,时辰将至;
厄洛斯③将会非常遗憾地
采取大胆的果断的措施,
为你那颗不光彩的脑袋
准备好一顶复仇的帽子。

在深山里夜半的黑暗中
已现出一线寒冷的曙光;
但奇异的山寨寂无声响。
黑海王心中暗地里发狠,
愤怒地坐在床上打哈欠,
光着脑袋,穿着一件晨衣。
在他的雪白的胡子周围
簇拥着一群沉默的奴隶,
他们用骨头梳子轻轻地
给他把鬈曲的胡子梳理,

① 克里美娜,诗中虚构的人物。
② 许门,希腊神话中的婚姻之神,又译"许墨奈俄斯"。
③ 厄洛斯,希腊神话中的爱神。

一为了保护,二为了漂亮,
给他那无尽长的胡子上
洒上了东方芬芳的香水,
把狡猾的鬈发盘在头上;
突然一条长着翅膀的蛇,
不知来自何方,飞进窗帘,
沙沙地响动着铁的鳞甲,
很快就盘成了几匝圆圈,
它摇身一变,变成纳意娜,
当着这惊慌的人群的面。
"我向你致敬,"——她对他说道,——
"我的多年来尊敬的同伙!
我只知道有一个黑海王,
只听到扬名四海的传说;
但是现在不可知的命运
用同仇敌忾使我们结合;
现在大祸正在威胁着你,
你头上高悬着一朵乌云;
那被侮辱的荣誉的声音
呼唤我来与你报仇雪恨。"

带着狡猾的谄媚的目光,
矮子同她握手表示欢迎,
他说:"神通广大的纳意娜!
我很珍视你与我的同盟。
我们揭穿芬兰人的阴谋;
我不怕他那阴毒的诡计:
我并不害怕软弱的敌人;

请你看看我神奇的运气：
黑海王并不是平白无故
长了这一把天赐的美髯。
敌人的宝剑至今还无法
把我这雪白的胡子斩断，
无论哪一个强悍的勇士，
无论哪一个死者都不曾
破坏我最小的神机妙算；
柳德米拉永远是我的了，
坟墓已在等待着鲁斯兰！"
妖婆板起面孔一再说道：
"他一定死掉，他一定死掉！"
然后她喽喽地叫了三声，
然后恶狠地跺了三次脚，
又变成了黑蛇，倏地飞掉。

　　魔法师得到妖婆的怂恿，
又披上他那锦绣的法衣，
他非常兴奋，决定把他的
胡子、恭顺和爱情再送到
女郎的面前去碰碰运气。
大胡子矮人已打扮停当，
又来到公主被囚的宫殿；
他走过了一排排的房间。
房里不见公主。走向花园，
走向月桂林、花园的栅栏，
走到瀑布附近，沿着湖边，
走到桥下，走进凉亭……没有！

公主走了,连影子也没有!
谁能够表达出他的焦急、
他的号叫和狂乱的战栗,
他气愤又懊恼,一阵昏迷。
矮人发出了粗野的呻吟:
"快来哪,快来,我的奴隶们!
快来,我今天全指望你们!
马上给我去找柳德米拉!
赶快,马上就去,听见了吗?
不去——你们要跟我开玩笑——
我用胡子把你们都绞杀!"

　　读者,要不要让我告诉你,
我们的美人儿藏在哪里?
整整一夜她为她的命运
惊奇得掉泪——浮出了笑容。
大胡子把她吓了一大跳,
也使她认清了他的面貌,
他太可笑,但恐惧和笑声
从来就不可能同时来到。
柳德米拉迎着东方晨光
离开了自己的卧床起来,
把自己随意的目光转向
那座高高的明净的镜台;
随意地把那金色的鬈发
从她百合般的肩上扶起;
随手把自己浓密的秀发
漫不经心地来编结、梳理;

在屋角里无意间找到了
昨天的那套华丽的衣装；
叹息着，懊丧地把它穿上，
眼泪又开始慢慢地流淌；
她禁不住还在唉声叹气，
目不转睛地瞅着那镜子，
由于任性的思想的波动，
姑娘的脑子里突然想到
试试黑海王的那顶帽子。
寂静，这里再没有什么人；
谁也没看见我们的姑娘……
可是一个十七岁的姑娘，
什么帽子戴上也都相称！
化装打扮不惜多花时间：
柳德米拉把帽子转了转；
压住眉，扶扶正，歪在一边，
把后面倒过来戴在前面。
怎么？这真是千古的奇迹！
柳德米拉在镜子里不见；
把帽子倒转过来——原来的
柳德米拉又站在她面前；
把帽子倒转过去——又不见；
摘掉帽子——又在镜中出现！
"妙！好，魔法师，我的好宝贝！
现在我已经没有了危险；
我能够逃开所有的麻烦！"
公主真高兴得红光满面，
就把老恶棍的那顶帽子

戴在她头上，后边的朝前。

　　但是再讲讲我们的英雄。
我们这么久老是讲着那
魔法师的什么帽子、胡子，
丢开鲁斯兰，岂非不像话？
结束了同罗格代的恶战，
走入林中，又从林中走出；
在天空熹微晨光照耀下，
面前展开了广阔的山谷。
勇士不自禁地浑身战栗：
他看见一片古时的战场。
前方无人迹；到处是白骨，
都已经微微地发着枯黄；
满山遍野都是甲胄、箭囊；
到处是马具、生锈的盾牌；
宝剑横抛在手骨的近旁；
钢盔里长满杂草和青苔；
陈年骷髅在钢盔中腐烂；
在那里武士的整副骨骼
与倒毙的马静卧在一边；
被抛弃掉的长矛和利剑
都深深插在潮湿的土里，
上面缠绕着繁茂的藤蔓……
任什么也不来打破这片
荒山野谷的无声的寂静，
只有太阳从明丽的天空
照耀着这死的山谷丘陵。

　　勇士一边叹息着，一边用
阴郁的目光向周围顾盼。
"哦，大地啊，大地，是谁给你
撒下了这些遍地的白骨？
在血的战斗的最后时刻
从你身上跑过谁的快马？
上帝听见的是谁的祈祷？
谁光荣地在你身上倒下？
大地，为什么你沉默不响，
而长满这许多忘怀之草？……
由于时间的永恒的黑暗，
也许，我已无救，在劫难逃！
也许，鲁斯兰静静的棺木
将停放在这无言的山冈，
而那巴阳们响亮的琴弦
也不会把他的事迹歌唱！"

　　但我的勇士很快就想起，
英雄离不开宝剑和铁衣，
而我们的英雄在最后的
战斗中已经失去了武器。
他在旷野周围走来走去；
在丛林乱抛的白骨当中，
在一堆腐烂的铠甲中间，
在破碎的宝剑和头盔里，
他找一副铠甲自己使用。
那沉静的草原已经苏醒，

各种杂乱之声响了起来——
找到头盔和响亮的号角，
他不加选择拿起个盾牌；
他只是找不到一支宝剑。
他沿山谷绕了几个圈子，
他看见有许多各种宝剑，
但都是太小或质量太次，
可我们的英雄并不灰心，
绝不像我们今天的勇士。
为了不管怎样消愁解闷，
他随便拿起了一支钢矛，
身上随便披了一件铠甲，
就继续向前把公主寻找。

在那昏昏欲睡的大地上，
嫣红色的晚霞渐渐暗淡；
升起一轮金黄色的月亮，
淡蓝色的夜雾四处弥漫；
草原已昏暗。我们鲁斯兰
沉思着走上幽暗的小路，
他看见：透过迷蒙的夜雾
远处有座黑魆魆的山冈，
像是可怕地大声打呼噜。
他走向山冈，走近了——听见
奇怪的山冈仿佛在呼吸。
勇士听了又听，看了又看，
他毫无畏惧，他屏息静气；
但是马摆摆胆怯的耳朵，

站住一步不动,浑身发抖,
马鬃高高地竖立了起来,
不断地摇摆着倔强的头。
在明月照耀下,夜雾茫茫,
山冈虽然模糊,突然发亮,
勇敢的公爵抬起头一看——
好一个怪物在面前出现。
我该怎样描写,怎样叙述?
一颗活的人头在他面前。
闭起了大眼睛,正在做梦;
打着鼾,插着羽毛的头盔,
在黑暗的高高的天空中
羽毛像幽灵般随风飘动。
大头,沉静荒野的守卫者,
在黑暗的草原上高耸着,
死般的寂静包围在四边;
它那可怕的丑恶的样子
在鲁斯兰面前就是一座
云雾缭绕的威严的大山。
他弄不清这是怎么回事,
想要打破它的神秘之梦。
他走近细看看这个怪物,
骑着马绕大头走了一圈,
在它的鼻头前默默站定;
用长矛戳了戳它的鼻孔,
它皱起眉头打了个哈欠,
又打了个喷嚏,睁开眼睛……
卷起一阵旋风,草原震动,

扬起了灰尘；从睫毛、胡子、
眉毛上飞出一群猫头鹰；
沉睡的树林也被它惊醒，
传来了大头喷嚏的回声——
骏马在嘶鸣、跳跃又飞奔，
勇士好容易在马上坐定，
接着响起了洪亮的话声：
"无知的勇士，你到哪里去？
滚回去，我可不是开玩笑！
能把你这蠢材一口吞掉！"
鲁斯兰轻蔑地回头一看，
紧紧地拉住了铁的马勒，
神色骄傲地对它笑了笑。
"你打算要把我给怎么样？"——
大头皱起眉头大声叫道。——
"命运给我送来你这客人！
喂，听着！你赶快给我滚开！
现在已是深夜，我要睡觉！
再见！"但我的闻名的勇士
听到它这样地出言不逊，
勃然大怒，严厉地斥责道：
"住嘴，你空洞无知的大头！
常听说一句话，说得真好：
脑壳虽然大，可是没头脑！
我东跑西跑，并不惹别人，
但谁要惹我，我决不轻饶！"

这时大头气得说不出话，

心中燃烧着愤怒的烈焰，
准备要发作；血红的眼睛
闪耀着，好像炽燃的红炭；
脸上全是泡沫，嘴唇发抖；
嘴里、耳朵里都冒着热气——
突然它用尽了所有的劲
迎着公爵猛吹了一口气；
骏马栏然地低下了脑袋，
挺起了胸膛，眯起了眼睛，
穿过狂风暴雨，穿过黑夜，
继续着它不可知的路程；
吓得胆战心惊，两眼发花，
筋疲力尽，还拼命地奔跑，
到远处田野上休息一下。
勇士想要重新转回身来——
但他又被吹走，毫无办法！
可是大头还跟在他后头，
像发了疯似的哈哈大笑，
大声叫道："哎，勇士！哎，英雄！
慢一点，站住！你往哪儿跑？
哎，勇士，你白白把命送掉；
别胆怯害怕，勇敢的骑士，
趁你的马儿还没有累死，
再来让我乐一下，好不好？"
这时大头用可怕的话语
想要把我们的英雄挑逗。
鲁斯兰怀着满腹的恼怒，
默默举起钢矛威胁大头，

挥动着他那只空着的手，
抖擞起了他浑身的力量，
把钢矛刺进不逊的舌头。
从它那大言不惭的口中，
鲜血就像河水般往外流。
大头由于吃惊、疼痛、气愤，
马上收敛了无礼的举动，
眼睛紧盯着我们的公爵，
脸色苍白，铁器咬在口中。
正如有时在我们舞台上
墨尔波墨涅不肖的门徒①
在心情宁静中急躁不安，
被突来的哨声震聋耳朵，
眼睛大睁着也视而不见，
忘记了自己扮演的角色，
脸色焦黄，低下头在打战，
在哄堂大笑的观众面前
结结巴巴，弄得哑口无言。
骑士利用这有利的瞬间，
向吓得不知所措的大头
就像鹞子似的迅速飞起，
举起他戴着沉重手套的
那只威严的有力的右手，
朝脸上狠狠给了一拳头；
草原上响起打击的回声；
四近的缀满露水的野草

---

① 墨尔波墨涅，希腊神话中九个缪斯之一，主管悲剧。"不肖的门徒"指悲剧演员。

都给冒着泡的鲜血染红，
大头晃了一晃，倒栽下来，
在草地上来回滚了几滚，
铁盔也发出叮当的响声。
这时候在空下来的地方
武士的宝剑在闪闪发光。
我们的勇士高兴得颤抖，
抓起了宝剑，沿着血染的
草地向着大头飞奔而上，
心里打定个狠毒的主意，
要砍掉它的耳朵和鼻梁；
鲁斯兰正要准备干掉它，
他已经举起宽阔的宝剑，
突然，大吃一惊，他听到了
大头哀告的话十分可怜……
鲁斯兰慢慢放下了宝剑，
他狂暴的怒气也渐平息，
在因哀求而缓和的心中
强烈复仇之念也已敛迹：
正如在正午阳光照耀下
山谷中的积雪逐渐融化。

　　"英雄，你使我清醒过来，"——
大头叹了一口气，对他说，——
"你的有力的右手证明了
今天的事全是我的过错；
从今后我听从你的吩咐；
但是，勇士，请你多多原谅！

我的命运也够使人伤心。
我也是个勇士，十分坚强！
在血的战斗中我还没有
遇见过与我匹敌的对手；
那我该是怎样地幸福哇，
如果没有我弟弟做对头！
那狡猾的狠毒的黑海王，
你、你，我一切灾难的祸首！
我们家门的最大的耻辱
是出了这个大胡子矮人，
我少年时长得魁梧奇伟，
他看见就不免嫉妒在心，
这个残忍的家伙就因此
在心中暗暗地把我仇恨。
我身材高大，却天性淳朴；
而这个可恶的东西，虽然
生就一副丑相，个子低矮，
却机灵像魔鬼，——生性残酷，
同时，也真是我活该倒霉，
在他的神奇的大胡子上
有一种不可抗拒的力量，
他瞧不起世界上的一切，——
这家伙什么坏事都能干，——
只要他的胡子没受损伤。
有一天他很亲切的样子，
狡猾地对我讲：'我告你说，
请别拒绝，有件大事要做：
我在奇异的天书中看过，

在东方的崇山峻岭后头，
在大海的静静的海岸上
一个僻静的地窖中锁着
一把宝剑——可怕！你说怎么？
我在神妙的魔法中看到，
同我们作对的命运注定
我们有孔缘看到这把剑；
不过它将毁掉我们弟兄：
它将要割掉我的长胡子
和你的头；请你自己寻思，
弄到这个恶鬼的创造物
对我们是多么重大的事！'
'好，没有关系，有什么困难？'——
我对矮子说道，——'我准备去，
哪怕走尽了世界的边缘。'
我一只肩扛了一棵松树，
顾念到兄弟的手足之情，
把那坏蛋驮上另一只肩；
我便走上这遥远的路程，
走啊、走啊，真该谢谢上帝，
好像跟他的预言正相反，
开头遇到的一切都顺利。
翻过一重重辽远的高山，
我们找到那宿命的地窖；
我用手把地窖打扫干净，
将那把珍藏的宝剑找到。
但是！命运想着另一回事：
我们弟兄间却争吵不休，

老实讲，我们所争吵的是——
这把宝剑应当归谁所有。
我据理力争，他气得发昏；
我们相互叫骂了好一阵，
最后滑头鬼想出条妙计，
他不吵了，好像变得和顺。
'我们丢开这无谓的争吵，'——
黑海王一本正经地说道，——
'这会搞坏了我们的关系；
理性要我们生活得和好；
这把剑到底应该属于谁，
还是请命运给我们决疑。
我们俩把耳朵紧贴着地
（这坏蛋想出了什么把戏），
谁要是听到第一个声音，
这把剑就永远归谁所有。'
他说完了话就躺在地上。
我糊里糊涂也躺在地头；
我躺着，什么也没有听见，
心里想着：撒个谎骗骗他！
但是自己却受了他的骗。
他在深深的寂静中站起，
蹑手蹑脚地向着我走来，
从背后偷偷地挥起手臂：
利剑呼的一声比风还快，
我还没来得及回转过头，
头已经离开肩膀飞下来——
超自然之力还让生命的

精灵居住在我的大头里。
我的骨骼已长满了荆棘；
暴露的尸体已经腐烂在
被人遗忘的远方国土里；
但是可恶的矮子又把我
带到这遥远僻静的荒原，
教我永远在这里守卫着
今天你得到的这把宝剑。
勇士！你受到命运的照拂，
把它拿去吧，上帝保佑你！
或许在不可知的旅途上
你会遇到那可恶的东西——
啊，如果你日后要碰到他，
请替我报仇，决不要松手，
最后，我将永远感到幸福，
抛下这个世界毫无怨尤——
我对你永远地感激不尽，
将忘掉对我的一拳之仇。”

第四章

每天当我从睡梦中醒来，
便诚心诚意地感谢上帝，
因为如今我们这个时代
魔法师已经是近乎绝迹。
因此——对他们该表示谢意！——
可以放心地去举行婚礼，
年轻的新郎和新娘子们
不必再担心他们的诡计。
但是还有另一种魔法师，
对他们我恨得咬牙切齿：
迷人的微笑、蓝色的眼睛，
朋友啊，——还有甜蜜的言辞！
别相信他们：他们是魔鬼！
要学我的样，不要去领教
他们诱人的狠毒的伎俩，
而在宁静中睡自己的觉。

你，诗歌的奇异的天才啊，
歌唱神秘的幻象和爱情、

歌唱幻想和魔鬼的歌手，
坟墓与天国的忠诚居民，
我的轻佻的缪斯的亲信、
她的哺育者、她的庇护人！
原谅我，北方的俄耳甫斯①，
我在我的开心的故事中
现在正跟在你后边飞腾，
而从虚伪的美的掩盖下
揭穿任性的缪斯的竖琴。

　　我的朋友们，你们听说过
古时有个坏蛋由于伤悲，
怎样先把自己，后来又把
女儿的灵魂出卖给魔鬼；
后来他又用慷慨的施舍、
虔诚的祈祷、信仰和斋戒，
与出自内心的真诚忏悔，
找到一个圣人做庇护者；
他怎样死去，他的十二个
女儿又怎样沉入了梦境：
那些神秘的夜晚的景象、
那些奇妙的莫测的幻影、
阴森的魔鬼、上帝的震怒、
罪人的难以忍受的苦痛

---

① 俄耳甫斯，希腊神话中的歌手，善弹琴，说他能使猛兽俯首，顽石点头，"北方的俄耳甫斯"，指茹科夫斯基。上边提到的"诗歌的奇异的天才"、"我的缪斯"的"亲信"、"哺育者"、"庇护人"，都是指茹科夫斯基。普希金在下一节诗中就讲到茹科夫斯基的故事诗《十二睡女》（又译《十二个睡美人》）。

与纯贞的少女们的美貌——
怎样使我们入迷和吃惊。
我曾经同她们一起痛哭、
沿着锯齿形的城墙漫步,
我用深受感动的心喜爱
那静静的梦、囚禁的生活;
我用瓦吉姆①的灵魂呼唤
她们,看见了她们的觉醒,
我还常常把圣洁的修女
送入了她们父亲的坟冢。
怎么,真的吗? ……是在骗我们!
但我所讲的就全都可信?

　　年轻的拉特米尔把马儿
指向南方,急急忙忙飞奔,
心里还想着在日落之前
赶上鲁斯兰新婚的美人。
但满天的霞光逐渐昏暗;
勇士向前面抬起头观望
远方的云雾,但也是枉然:
河上的一切都空空荡荡。
在金光闪闪的松林上空
燃烧着晚霞的最后余光。
我们的勇士慢慢地经过
黑沉沉的山岩,在树丛间
寻找个可以过夜的地方。

---

① 瓦吉姆,茹科夫斯基故事诗《十二睡女》中的人物。他唤醒了十二个沉睡的女郎。

他走进一个平坦的山谷，
他看见：山上有一座城堡，
高耸着它锯齿形的城墙；
塔楼黑魆魆矗立在四角；
高高的城墙上有个女郎
在晚霞照耀下走来走去，
好像是海上孤独的天鹅；
在山谷的深深的寂静中
可以隐约听到女郎的歌。

　　"夜的昏暗已降临到田野；
从河上吹来了凉风习习。
天已不早了，年轻的旅人！
来我们欢乐的房中安息。

　　"在这里夜间安乐又静谧，
白天里很热闹，又有宴席。
快快来吧，啊，年轻的旅人，
来呀，响应这召唤的友谊！

　　"我们这里有很多的美人；
她们的话和吻多么甜蜜。
快快来吧，啊，年轻的旅人，
来吧，响应这召唤的秘密！

　　"等到那朝霞从东方升起，
我们斟满了美酒欢送你。
快快来吧，啊，年轻的旅人，

来呀,响应这召唤的美意!

"夜的昏暗已降临到田野;
从河上吹来了凉风习习。
天已不早了,年轻的旅人!
来我们欢乐的房中安息。"

她正在招引,她正在歌唱:
年轻的可汗已走近城墙;
他在城门口受到了欢迎,
迎接的是一群美丽女郎;
在殷勤亲切的话语声中
他被女郎们紧紧地围起;
迷人的目光都在注视他;
两位女郎牵走他的马匹;
年轻的可汗走进了宫殿,
一群可爱的修女跟进来;
一个摘去饰羽毛的头盔,
另一个脱去精制的铁甲,
这个拿宝剑,那个拿盾牌;
轻柔华丽的衣裳替换了
那身沉重的战时的铁衣。
但是先把他带到豪华的
俄罗斯式的浴室洗一洗。
冒着薄雾的水已经流入
浴室中那个银制的浴缸,
凉爽的喷泉洒出了水珠;
华美的地毯铺展在地上;

疲倦的可汗便躺上地毯；
透明的蒸气缭绕在房间；
可汗周围一群年轻姑娘，
又活泼又淘气，挤成一圈，
都半裸着玉体，美如天仙，
低垂下充满柔情的眼睛，
亲切地默默地服侍可汗。
一个拿着细嫩的桦树枝
在武士头顶不停地扇拂，
桦枝上发出馥郁的气息；
另一个用春天玫瑰甘露
洒向可汗的疲倦的肢体，
把他鬈曲的黑色的头发
浸到气味芬芳的香水里。
勇士已陶醉于狂欢之中，
不久之前曾那么迷恋的
可爱的美人他已经忘掉；
心中充满了淫欲的期待，
他被甜蜜的希望所煎熬，
闪耀着游荡不定的目光，
他的心在融化，身在燃烧。

　　但是他已经从浴室出来。
拉特米尔穿上鹅绒长衣，
在美丽女郎们的环绕中
坐上了她们丰盛的筵席。

我不是荷马①：只有他一人
用他那美妙的诗句才能
描写出希腊卫队的午宴，
杯中浮起的泡沫和响声。
我愿意步帕尔尼②的后尘，
用散漫的竖琴娓娓歌唱
夜色掩盖下的裸体美人
和那温馨的爱情的亲吻！
皎洁的明月照耀着城堡；
我远远看见幽静的闺房，
过度激动的困倦的勇士
沉入静静的甜蜜的梦乡；
勇士的前额和他的双颊
泛起了一阵一阵的红晕；
他的嘴唇微微地半开着，
仿佛在诱引着神秘的吻；
他充满激情，轻轻地叹息，
他梦见她们——他在睡梦里
抓紧了锦被，搂抱到怀中。
但是在这深沉的寂静里
房门打开了；妒意的地板
在匆匆的脚下发出响声，
在那银色的月光照耀下
闪过一个女郎。飞翔的梦，
飞去吧，快飞得无踪无影！

① 荷马，传说中古希腊（公元前9世纪）诗人，《伊利亚特》和《奥德赛》的作者。
② 帕尔尼（1753—1814），法国诗人，写过不少爱情诗，他的爱情诗以真挚和优美著称。

醒醒吧——你的良夜已来临！
醒醒吧——须知一刻抵千金！……
女郎走近卧床，他还睡着，
还在淫荡的欢乐的梦乡；
锦被从卧床上滑落下来，
额头还伏在温暖的枕上。
女郎默默地站在他床前，
她屏息静气，一动都不动，
就像虚伪作假的狄安娜①
面对着她的心爱的牧童；
看哪，这时候她用一条腿
把可汗的卧床紧紧靠定，
叹了口气，向他低下头来，
浑身慵倦无力，战战兢兢，
用她热情的无言的亲吻
打断了幸福的人儿的梦……

 但是朋友们，纯贞的竖琴
早已经在手下归于沉默；
我畏怯的声音也已减弱——
我们把立特米尔搁一搁；
我不敢继续再唱我的歌；
鲁斯兰吸引我们的兴趣，
他是个无可比拟的武士，
真正的英雄，忠诚的情侣。

----

① 狄安娜，罗马神话中月亮和狩猎女神。她每天晚上到山洞里与沉睡的美貌的牧童
恩底弥翁相会。

他跟武士的大头苦战后，
早已筋疲力尽，困倦非常，
他已沉入了甜蜜的梦乡。
但是东方的静静的天空
已露出了黎明时的曙光；
天已经明亮；鲜丽的晨曦
把他的额角染成了金黄。
鲁斯兰起来，骏马立即就
带上他飞快地奔向前方。

　　日子在飞奔；田野已苍黄；
干枯的落叶狂风中飞旋；
树林中秋风不断地呼啸，
掩盖了林中百鸟的鸣啭；
迷蒙的阴沉的浓重云雾
笼罩着光裸的山冈、荒原；
冬天就要来临了——鲁斯兰
向着遥远的北方勇敢地
继续着自己的路；他每天
要遇到新的障碍和磨难：
他有时同什么武士格斗，
有时同妖婆或巨人交手，
有时仿佛在神奇的梦中，
周围是浓雾，一眼望不透，
在那朦胧的月夜里看见
有好多鱼美人坐在枝头，
她们随着微风晃晃悠悠，
嘴边都挂着狡黠的微笑，

不说话，只是把勇士引诱……
但无畏的勇士依然无恙，
神灵在冥冥中把他保佑；
他没有答理她们的引诱，
他心中只抱着一个希望，
柳德米拉占据他的心头。

　　但这时我的美丽的公主，
我的柳德米拉她怎么啦？
她戴着那顶奇异的帽子，
无论是谁都不能看见她，
魔法师对她也毫无办法。
整天一个人花园里漫步，
她默默无言，她郁郁不乐，
长吁短叹，想念她的丈夫，
或者让幻想自由地飞舞，
在心神恍惚中飞向远方，
飞向她可爱的家乡基辅；
拥抱住她的父亲和兄弟，
会见了她的年轻的女友，
看见了几位年老的姆妈——
忘掉囚禁和别离的烦忧！
但我的可怜的公主很快
就失去了她美妙的幻觉，
又留下凄惨惨的一人。
迷恋公主的恶棍的奴仆
无论白天夜里不敢懈怠，
花园里、城堡里到处找寻，

找寻那貌似天仙的女囚，
跑来跑去，大声地呼唤着，
但一切全都是枉费精神。
柳德米拉故意捉弄他们：
有时在黑沉沉的丛林里
她摘掉了帽子，突然出现，
高声叫道："来这里，来这里！"
人们都一齐向那里跑去；
却看不见她的一点踪迹——
她已躲开了他们的魔掌，
轻手轻脚地到别处藏起。
随时随地都可以看得见
柳德米拉留下来的痕迹：
有时果树上金色的果子
从迎风喧闹的枝头消失，
有时清泉中滴滴的水珠
洒上了踩来踩去的草地：
城堡中的人这时才知道
公主以什么消渴和充饥。
她在雪松或白桦树枝上
找个避风雨过夜的地方，
她寻求一时片刻的安睡——
但只是流不尽涟涟的泪，
呼唤着丈夫和宁静生活，
悲伤和困意在把她苦磨，
偶尔、偶尔在朝霞上升前
把困倦的头紧靠着树身
蒙蒙眬眬微微打一个盹；

直等到夜色刚刚地消散，
柳德米拉就向瀑布走去，
掬几把寒冽的水洗洗脸：
有一天矮人在清晨时候
从他的宫殿里亲眼看见
在一双人所不见的手下
瀑布的水在潺潺地飞溅。
她，怀着自己惯常的哀伤，
当夜晚来临时在花园里，
这里或那里，在到处徜徉；
黄昏时分可以常常听到
她的悦耳的美妙的歌唱；
人们在那密密的树丛中
常常拾到她扔掉的花环，
或者是一方波斯的披巾，
或者是洒满泪痕的手绢。

　　矮人苦恼、愤恨，面色阴沉，
压不住熊熊的欲火中烧，
最后无法忍耐，下定决心
一定要把柳德米拉找到。
正像林诺斯的跛足铁匠①
从美丽的姬特莱雅手上
接过了当年夫妇的花冠，

---

① 林诺斯，希腊附近地中海中的一个岛。林诺斯的跛足铁匠，即希腊神话中地下火之神赫维斯托斯（伏尔甘）。他的妻子，美和爱的女神阿佛洛狄特（姬特莱雅、基朴里达）背弃了他而同战神阿瑞斯（玛斯）偷宵。他发现后，即向他的妻子和战神投下了铁网，并向诸神公开了他们的丑行。

向她的美行撒下了铁网，
而对喜欢嘲笑人的诸神
揭开基朴里达偷情勾当……

　　可怜的公主，凄凉而悲戚，
在凉爽的大理石亭子里，
一人静静地枯坐在窗前，
透过那迎风摇曳的树枝
眺望着满地黄花的草地。
突然听见——"我亲爱的姑娘！"
她看见了忠诚的鲁斯兰。
是他的面貌、举止和模样；
但他脸色苍白，眼神昏暗，
腿上带着血淋淋的创伤——
她心中一阵战栗："鲁斯兰！
鲁斯兰！……不错，是他！"女囚徒
箭一般地飞向她的丈夫，
含着泪，抖抖索索，对他讲：
"你在这里……受了伤……怎么样？"
已经跑到了，去把他拥抱：
可怕呀……幻象霎时消失掉！
公主已经落到网中；帽子
从她的头上也落到一边。
全身发冷，听到怪声叫喊：
"她是我的！"——就在这个时候
她看见魔法师站在面前。
女郎的呻吟是多么凄怆，
她已昏厥过去——奇异的梦

用两翼抱住不幸的女郎。

可怜的女郎将会怎么样！
狡猾的妖人，多么可怕呀！
用无礼不逊的手抚摩着
美丽的年轻的柳德米拉！
难道他真会这样地幸运？
听……嘹亮的号角突然响起，
不知什么人在呼叫妖人。
他脸像蜡般黄，心中发慌，
急忙把帽子给姑娘戴上；
号角又响了；竟越来越响！
他向不可知的敌人飞去，
把他的长胡子搭在肩上。

第五章

啊，我的公主是多么可爱！
我最喜爱的是她的性情：
她多情善感，她温柔纯贞，
对夫妻的爱情无限忠诚。
她有点任性……有什么关系？
反而更觉得可爱又可亲。
她每时每刻善于以她的
各种娇态迷恋我们的心；
您说：那冷酷的德尔菲拉①
能不能同她来相提并论？
命运赋予她特殊的本领——
吸引人们的视线与灵魂；
她的微笑和她讲出的话
点起我心中爱情的火花。
而那个——只有一个骠骑兵
把胡子马刺献在她裙下！
这样的人是非常幸福的——

---

① 德尔菲拉，诗中虚构的人物。

我的柳德米拉黄昏时分
在僻静的地方等待着他，
把他当作自己心上的人；
但，相信我，这种人也幸福——
他能及早离开德尔菲拉，
甚至于本来就不认识她。
不过，我还是不谈这些吧！
但是谁在吹号角？谁呼喊
这个魔法师来决一死战？
谁把这坏蛋吓了一大跳？
鲁斯兰。燃着复仇的火焰，
他直奔恶棍的老巢挑战。
看，勇士已经来到了山下，
挑战的号角风暴般吼起，
性急的骏马在跳跃奔腾，
有力的马蹄刨掘着雪地。
公爵等着矮人。但突然间
在他钑制的坚实的盔上
看不见的手打了他一记；
打击像焦雷般落到头上；
鲁斯兰抬起慌张的目光，
他看见——就在他的头顶上——
手中高举着可怕的铁锤，
飞来了那个矮子黑海王。
他用盾牌架住，弯下身来，
挥动宝剑，向黑海王刺去；
黑海王一下子蹿进云彩；
倏忽间不见了——又从高空

呼的一声向着公爵飞来。
但机警的公爵马上躲开；
魔法师猛不防摔到雪上，
就在那雪地上坐着发呆；
鲁斯兰二话不说，跳下马
急忙冲着魔王奔去，一把
紧紧揪住了坏蛋的胡子，
魔王大声怪叫，竭力挣扎，
他突然带上鲁斯兰飞走……
马儿眼看着他飞上青天；
魔法师已飞到半天云里；
英雄就吊在胡子的上边；
飞过一片片阴郁的森林；
飞过荒凉的高山的峰顶；
飞上无底的海洋的上空；
虽然用力过度，手已麻木，
鲁斯兰还用他顽强的手
抓住他的胡子毫不放松。
这时黑海王已筋疲力尽，
吃惊俄国人有这等力量，
他狡猾地对鲁斯兰说道：
"请听，公爵啊！请听我来讲，
我今后再也不加害于你；
我很喜欢年轻人的勇敢，
我会忘掉一切，宽恕了你，
放下我吧——但是有个条件……"
"闭口，你这个狡猾的妖人！"——
我们公爵把他的话打断：——

"鲁斯兰跟折磨他妻子的
黑海王决不讲什么条件！
对强盗只能用这把宝剑。
你就是飞上了夜的星星，
也定要把你的胡子斩断！"
黑海王只吓得浑身打战；
这大胡子矮人懊丧万分，
在这沉默无言的悲哀中
枉然地飘拂着他的胡须。
鲁斯兰决不肯稍稍放松，
有时候扯得他痛得要命。
魔王带着英雄飞了两天，
第三天他实在无法支持：
"武士啊，请你可怜可怜我；
我没力气了；我累得要死；
饶我的命吧，听凭你处置；
请你吩咐，我们飞到哪里……"——
"哈哈，你已经在浑身战栗！
你输了，向俄国人投降吧！
把我带到柳德米拉那里。"

妖人恭顺地听英雄的话；
他带着英雄飞回他的家；
飞着、飞着，眨眼间就来到
他那可怕的群山之下。
这时鲁斯兰一只手举起
被杀的大头的那把宝剑，
一只手抓住魔王的胡子，

像割青草似的把它割断。
"你认识一下我们的力量!"——
他严厉地说道,——"怎么,老贼,
你有什么力量,什么本领?"
把白胡子绑上他的钢盔;
他吹起口哨,叫来了骏马;
马儿嘶叫着,跑得十分欢;
我们公爵把半死的矮人
装进背包,绑在马鞍后边,
他唯恐丧失掉一分时光,
匆匆地奔上陡峻的山顶,
他带着非常喜悦的心情
立即就飞向魔王的宫中。
那令人惊异的一群黑奴
和一群胆小如鼠的女仆,
远远看见绑着胡子的盔,——
这个宿命的胜利的证物,
像幽灵似的向四方八面
纷纷逃散——再也不敢露面。
他一人在宫里走来走去,
把他的爱妻不停地呼唤——
只有宫殿的沉闷的回声
回答声声呼唤的鲁斯兰;
他怀着焦急难耐的激动
打开了通向花园的大门——
走啊、走啊——哪里都看不见;
用惊慌的目光四下找寻——
一切死一般静;丛林无声,

凉亭空寂；在悬崖峭壁上、
溪水的两岸、幽静的山谷，
都没有柳德米拉的踪迹，
耳边也听不到一点声响。
忽然公爵身上不寒而栗，
眼睛里忽然一阵发黑，
脑子里浮起不祥的想法……
"忧郁的囚徒……痛苦……她莫非
一下子……跳进河里……"他沉入
可怕的幻想。默默哀伤着，
公爵低垂下烦乱的头颅，
不自禁的恐怖把他折磨；
像一块石头，他呆立不动；
他失去理智；绝望的爱情
冒出的火和流出的毒液
已经在他的血流中奔腾。
仿佛是——美丽公主的身影
触动了他的颤抖的嘴唇……
忽然勇士，狂暴地、可怕地，
在花园里四处往来飞奔；
呼天抢地叫着柳德米拉，
把岩石从山丘上推下来，
把一切摧毁，把一切砸烂——
凉亭和树丛都东倒西歪，
树木和桥梁在随波漂流，
四周只余下光裸的草地！
吼叫、折裂声、轰响和雷鸣
在远方隆隆地回响不息；

四处是宝剑的鸣响、呼啸，
宜人的景色已空无一物——
疯狂的勇士见东西就砍，
他挥舞起宝剑左右乱舞，
劈开了虚无一物的天空……
而忽然间——无意中的一击
从躺着不动的公主头上
打掉黑海王临别的赠礼……
在网中发现了柳德米拉：
原来是魔法失去了力量！
自己也不相信自己的眼，
意外幸福使他欣喜欲狂，
我们勇士爬到他忠实的、
念念不忘的美人儿脚前，
吻她的手，撕烂她的铁网，
爱情狂喜使他珠泪涟涟，
呼唤她——但姑娘还在沉睡，
紧闭着她的嘴唇和眼睛，
而那甜蜜的爱情的幻想
激荡着她的年轻的心胸。
鲁斯兰不转睛地看着她，
忧伤重新咬啮着他的心……
但突然听到熟识的声音，
原来是善良的芬兰老人：

"公爵，鼓起勇气！把酣睡的
柳德米拉赶快带回家去；
你心中要充满新的力量，

要永远忠于爱情和荣誉。
愤恨将受到天庭的惩处，
但是过后就会风平浪静——
而在那阳光灿烂的基辅，
在弗拉基米尔大公面前，
公主能够从魔法中清醒。"

这话使鲁斯兰精神大振，
就把他的妻子抱在怀中，
带上他的最宝贵的人儿
离开了这座高高的山顶，
走入那道僻静的峡谷中。

鲁斯兰马鞍后带着矮人
默默地继续自己的路程；
在他怀中抱着柳德米拉，
她有如春天朝霞般鲜艳，
她在武士的有力的肩头
俯伏着安详的沉睡的脸。
荒野上阵阵微风吹拂着
她那卷成一团团的秀发；
她的酥胸在不停地叹息！
她的平整的面颊，看上去，
像是一朵嫣红的玫瑰花！
爱情与心中隐秘的幻想
给她带来鲁斯兰的形象，
她的嘴困倦无力地低语，
在念叨着她可爱的情郎……

他在怡然的忘怀中捕捉
她的芬芳的美妙的气息、
微笑和眼泪、细细的呻吟、
胸中的激荡、蒙眬的睡意。

　　这时我们勇士不断前进，
不分是黑夜，不分是白天，
走进了山谷，越过了高山。
离他的目的地还是很远，
姑娘还睡着。但年轻公爵
燃烧着徒然的爱情之火，
长期经受了痛苦的折磨，
难道说只能守护着美人，
只能在他纯贞的幻想中，
压抑住难以压抑的情欲，
寻求自己的幸福和快乐？
有一个修道士，他给后代
留传下关于我那可爱的
勇士的真实可靠的故事，
他使我们相信这个传说：
我也相信！如果不与他人
共享，那便是凄清而粗鲁：
只有同人共享才是幸福。
牧女啊，美丽的公主的梦
与你们在恼人的春天里
静卧在树荫下青草地上
所做的梦，绝不能够相比。
我记得一块小小的草地，

它在白桦树丛林的当中，
我记得一个昏黄的傍晚，
我记得丽达①的狡猾的梦……
啊，颤抖的、急促的、轻轻的、
甜蜜的第一次爱情之吻，
我的朋友们，也没有驱散
她那迷蒙的深沉的睡神……
但是算了吧，我尽是扯淡！
干吗提到那爱情的回忆？
爱情的欢乐、爱情的痛苦，
多时来我早把它们忘记；
现在我们回头来继续讲
公主、鲁斯兰和黑海魔王。

　　在他面前展开一片平原，
那里稀落地长着些云杉；
在明亮的蔚蓝的天空中，
远远地黑魆魆地显出了
那座大山的圆形的峰巅。
鲁斯兰望着——他心中猜想
他已走近大头所在之处；
快马儿更快地向前跑去；
已经看清怪物中的怪物；
它用不动的眼睛在张望；
它的头发，像浓密的森林，
生长在它那高高的头上；

---

① 丽达，诗中虚构的人物。

它的面颊已经失去生命，
蒙上铅灰色苍白的阴影；
它的巨大的嘴微微张开，
巨大的牙齿排成了两排……
末日显然沉重地威胁到
半死不活的大头的头上。
勇士向着它奔去，怀抱着
柳德米拉，矮人背后捆绑。
他大声说道："你好吧，大头！
我来了！ 负心人受到惩罚！
你看：这是他，我们的俘囚！"
公爵这一句高傲的语言
忽然使大头意外地苏醒，
一下子使它又恢复知觉，
就好像刚做了一场大梦，
看了看，可怕地呻吟几声……
它吃了一惊，认出是公爵，
也认出了他负心的弟弟。
鼓起了鼻孔；红色的火焰
在他的脸上又一度燃起，
最后的愤怒非常清晰地
浮现在将要死去的眼里。
在慌张的无言的疯狂中
它咯咯地紧咬着他的牙，
用寒冷的舌头向他弟弟
喃喃讲出不分明的责骂。
到这时候才算是终结了
受过的长年累月的苦恼……

脸上暂时的火焰已熄灭，
艰苦的呼吸也逐渐减弱，
它的大眼睛转动了几下，
公爵和矮人不由得发怔，
很快就看见死亡的战栗……
它就这样沉入永恒的梦。
公爵默默地离开了大头；
矮人在马鞍后瑟瑟发抖，
他不敢动，大气也不敢出，
而用巫师的语言不停地
虔心地向魔鬼祈求解救。

　　在一条不知名的小河的
黑沉沉的河岸的斜坡上，
在树林的凉爽的阴影下，
为浓密的松树枝掩盖着，
有一座屋顶歪斜的小房。
河水在它缓缓的流动中
用它粼粼的碧波冲洗着
临近的芦苇编成的篱笆，
伴随着阵阵微风的吹拂
在篱边潺潺地翻动细沙。
在这里隐藏着一道山谷，
它沉静昏暗，又荒无人迹；
那里似乎是自混沌初开
就是这样没有一点声息。
鲁斯兰勒住了自己的马。
一切都是宁静而又安谧；

透过清晨的迷蒙的云雾，
黎明时候的熹微的曙光
照亮了山谷和沿岸的树。
勇士把妻子放上了草地，
坐在她的身边，在甜蜜的、
无言的忧伤中不断叹息；
他突然看见，就在他面前，
驶来了挂着白帆的小船，
而在这水流缓缓的河上
听见一声声渔人的歌唱。
渔人向河中撒下了渔网，
轻轻地划动着他的双桨，
划向那草木繁茂的河岸，
走向安逸的小房的门槛。
这时候善良的公爵看见：
小船渐渐地靠近了河岸，
从昏暗的小房跑出一个
年轻的姑娘；匀称的身段、
随意披散的鬈鬈的头发、
微笑，还有她静静的两眼、
胸口和裸露在外的臂膀，
一切都可爱，都使人迷恋。
这时他们俩拥抱在一起，
在这清凉的河边坐下来，
而这无忧的悠闲的时刻
给他们带来无限的欢爱。
但是我们的年轻的勇士
在暗暗的惊奇中是不是

认出了这个幸福的渔人？
这个光荣的哈萨尔可汗
拉特米尔，他的在爱情中、
血的战争中的年轻敌人，
拉特米尔在清静的荒野
把柳德米拉和光荣忘记，
而在女友柔情的怀抱中
早已经把他们永远抛弃。

英雄慢慢地走过去，隐士
马上就辨认出了鲁斯兰，
站起来，跑过去。两人欢呼……
勇士抱住了年轻的可汗。
"我看见了什么？"——英雄问道，——
"你为什么在这山野之间，
你为什么撇下战争生活
和你一向所赞赏的宝剑？"——
"我的朋友啊，"——渔人回答道，——
"我早已厌倦战斗的光荣，
那只是空洞毁灭的幻影。
相信吧：这种淳朴的游戏——
爱情与恬静生活的世外，
我的心感到百倍的可爱，——
现在，失去了战争的渴望，
我不再向狂热奉献贡礼，
我现在享有真实的幸福，
朋友啊，我已把一切忘记，
一切，甚至柳德米拉的美。"——

"亲爱的可汗，我十分高兴！"——
鲁斯兰说，——"她同我在一起。"
"真的吗？凭什么样的命运？
我没有听错吗？她在哪里？……
俄国公主，她同你在一起？
请……但是不，我怕背信弃义；
我十分爱惜我的好人儿；
正是她使我的生活中
发生了这样幸福的转机；
她是我的欢乐、我的生命！
就是她使我重新恢复了
我那早已失去了的青春、
平静的生活、纯真的爱情。
迷人的年轻女郎们的口
徒然地向我许诺过爱情；
十二个美女也曾爱过我：
我就为了她，离开了她们；
抛弃了她们那些浓密的
树林庇荫下欢乐的闺房；
放下宝剑和沉重的头盔；
忘掉所有的敌人和荣光。
平静的默默无闻的隐士
生活在这幸福的恬静里，
我的亲爱的知心的朋友，
请你也留下同我在一起！"

可爱的牧女在仔细静听
两位朋友的竭诚的倾谈，

把目光投向年轻的可汗，
一边微笑着，一边在长叹。

渔人、公爵在荒漠的河边
直坐到黑暗的夜色降临，
两人推心置腹，无所不谈——
时间不觉得在迅速飞奔。
树林已昏暗，山岭已模糊；
月亮升了起来——一切寂静；
英雄早该走上他的路程。
给那沉睡的姑娘轻轻地
盖上了一幅被单，鲁斯兰
就走了过去，跨上了马鞍；
无言的可汗深情脉脉地
一颗心紧紧跟在他后边，
祝福鲁斯兰幸福和胜利，
祝福他得到光荣和爱情……
高傲的思想和少年时期
无由的哀愁在心中苏醒……

为什么命运要暗中注定
我变化无常的竖琴不能
只歌唱勇士的英雄事迹
和那些（世上无人知道的）
古老时代的爱情和友谊？
我这悲伤的真实的诗人
为什么要来给后代暴露
过往时代的罪恶和仇恨，

而在真情实事的诗篇中
去揭发背信弃义的罪行？

　　谁也摸不清的法尔拉夫，
追逐公主的卑鄙的奸徒，
猎取荣誉的心早已丢开，
藏匿在那遥远的僻静的
荒野里，等待纳意娜到来。
终于等到了得意的时刻，
他面前出现了那个妖婆，
"勇士啊，你还认不认识我？
备好马，跟我走！"——她对他说。
妖婆眨眼间变成一只猫；
备好了马，她就在前面跑；
法尔拉夫紧跟在她后边
走上了阴暗的林间小道。

　　静静的山谷已昏昏入睡，
披上夜雾的黑色的衣裳，
黑暗中月亮从一朵乌云
钻进另一朵乌云，把山丘
用转瞬即逝的银光照亮。
鲁斯兰默默地坐在山下，
面对着沉沉入睡的公主，
怀着像寻常一样的怅惘。
这时他沉入深深的遐想，
一个幻想跟着一个幻想，
梦神用它那寒冷的双翼

在他的头顶不停地飞翔。
他在那蒙眬的微睡之中
用模糊的眼凝视着姑娘,
把疲困的头俯在她脚前,
昏昏沉沉地进入了梦乡。

　　英雄做了一个不祥之梦:
他梦见,仿佛是公主站在
可怕的无底的深渊上空,
一动不动,脸色非常苍白……
突然柳德米拉消失不见,
在深渊上只剩下他一人……
从那沉静的深渊中飞出
熟识的声音、求救的呻吟……
鲁斯兰就奔向他的爱妻,
在那深深的黑暗中疾飞……
他忽然看见:弗拉基米尔
坐在高大宽敞的客厅里。
周围坐的是白发的武士,
身边还有他十二个儿子,
同一群迢遰而来的宾客
在军事会议桌子上议事。
年老的大公非常地愤怒,
就像在可怕的别离日子,
谁都不敢打破这个沉默,
大家坐着不动,茫然若失。
宾客停止了欢乐的说笑,
圆形酒杯也都停了下来,

他看见坐在宾客中间的
还有死于战斗的罗格代：
死人也像活人似的坐着；
他举起浮着泡沫的酒盏，
快快活活地在自己喝酒，
看都不看吃惊的鲁斯兰。
公爵还看见年轻的可汗、
其他的朋友和敌人……忽听
一阕古斯里悠扬的乐曲，
又是英雄的欢乐的歌手——
那位贤明的巴阳的歌声。
法尔拉夫也走进了客厅，
他手挽着柳德米拉同行；
但老公爵没有欠一欠身，
低下阴郁的头默默无声，
公爵和贵宾们——都沉默着，
压抑住他们心灵的活动。
忽然全都消失——死的寒冷
拥抱住沉睡过去的英雄。
他还在那深沉的昏睡中
眼睛里流出了痛苦的泪，
不安地想：这是一场噩梦！
他痛苦着，但是，唉，他无力
打断这一场不祥的梦境。

黑暗紧紧地拥抱着森林，
月亮微微地照耀着山岭；
山谷中是死一般的寂静……

奸徒骑着马急急地逛行。

在他面前展开一片平原；
他看见一座昏暗的小山；
鲁斯兰捶在公主的脚前，
马绕着山冈不停地转圈。
法尔拉夫畏怯地张望着；
云雾中渐渐看不见妖婆，
他的心颤抖着，麻痹过去，
缰绳从冰冷的手中脱落，
他便慢慢地抽出了宝剑，
准备着不经战斗把勇士
举起宝剑就劈成了两段……
他拍马径直奔向鲁斯兰。
英雄的马儿嗅到了敌人，
又嘶叫、又跳腾。全都无用！
英雄没有听到；可怕的梦，
好像有千钧重压在头顶！……
受到了妖婆怂恿的奸徒，
卑鄙的手紧握着他的剑
三次地刺入英雄的胸口……
抱起那个宝贵的捕获物，
畏缩地急忙向远方溜走。

鲁斯兰黑暗中昏迷不醒，
在那小山前躺了一整夜。
时光飞逝了。从他红肿的
伤口里小河似的流着血。

早晨，睁开了迷蒙的眼睛，
吐出痛苦的微弱的呻吟，
他使尽了力气，抬起了身，
看了一眼，低下战士的头，
倒下去，不呼吸，也不再动。

第六章

啊，我亲爱的朋友，你吩咐
我用轻快的随意的竖琴
把古老的故事缓缓歌唱，
而向忠实的缪斯奉献出
我那无价的悠闲的时光……
亲爱的女友，你已经知道：
曾和那轻浮的流言争吵，
你沉醉于欢乐中的朋友
早已把孤寂的劳动和那
珍贵的竖琴的声音忘掉。
我陶醉于安乐之中，早已
戒绝了音韵和谐的游戏……
只要有你——高傲的光荣的
召唤之声，我也不睬不理！
无论虚构或甜蜜思维的
神秘才能早已把我抛弃；
只有爱情和欢乐的渴望
常常地萦绕在我的心里。
但是你命令我，但你喜爱

我从前讲过的那些故事，
喜爱光荣和爱情的传说；
我的柳德米拉、我的武士、
弗拉基米尔、妖婆、黑海王
和芬兰老人的真实悲哀，
引起了你的联翩的浮想；
你，听我在这里信口开河，
有时带着微笑进入睡乡；
但有时更亲切地向歌手
投来了你那柔情的目光……
我就这样办；钟情的歌手
重新拨动他懒散的琴弦；
坐在你脚前，重新弹唱起
我的年轻的勇士鲁斯兰。

我讲到哪里？鲁斯兰怎样？
他已经死去，躺在荒野上；
他的血早已经不再渗流，
乌鸦在顶上不停地飞翔，
缠着胡子的盔丢在一旁，
铠甲不动，号角也无声响。

马绕着鲁斯兰来回走动，
低垂下它的骄傲的头颅，
火焰已消失了，在它眼中！
它金色的鬃毛不再摇摆，
它不再撒欢，也不再奔腾，
它在等待着鲁斯兰苏醒……

但公爵已进入寒冷的梦，
他的盾牌久已没有响声。

　　但黑海王呢？装在背囊中，
绑在马鞍后，被妖婆忘记，
还不知道发生了什么事；
他既困倦、又瞌睡、又气愤，
百无聊赖地默默地咒骂
公主和我们年轻的勇士；
好久听不到任何的声响，
魔法家看了一看，啊，怪事！
直挺挺地僵卧在血泊里；
他看见，武士已经被杀死；
不见柳德米拉，空无一人；
坏蛋浑身颤抖，乐不可支；
他想：好了，我可以自由了！
但老家伙，你白费了心思。

　　这时法尔拉夫，在纳意娜
庇荫下，匆匆地奔向基辅，
带着沉睡去的柳德米拉，
心中充满了希望与恐怖；
面前是第聂伯河的波浪
在那熟识的牧场上喧嚷，
他望见金色屋顶的城市，
他已在城中街衢上奔忙，
大街小巷人声沸沸扬扬；
人们在那欢乐的激动中

都奔向骑士,拥在他身旁;
争先恐后向父王去报喜:
骑士已来到宫殿的门廊。

这时候,怀着沉重的悲哀,
老公爵太阳弗拉基米尔
坐在他那高大的宫殿里,
想念他日夜不忘的女儿。
王公贵族个个愁眉苦脸,
围着大公人人正襟危坐。
他突然听到:宫殿前一片
奇怪的喧哗、吵闹和吆喝;
大门打开了;一个陌生的
军人走到大公的面前来;
大家窃窃私语,纷纷起立,
一下子慌乱了,大声叫怪:
"这是柳德米拉! 法尔拉夫……
真的?"脸上愁云顿时消散,
老公爵从宝座上站起来,
急急忙忙用沉重的脚步
走到他不幸的女儿面前;
想要用父亲的手摸一摸
他可怜的女儿的手和脸;
但可爱的姑娘没有答理,
她中了魔法,在凶犯手上
昏睡不醒——大家都在看着
老公爵,带着不安的希望;
老公爵把他不安的视线

默默地投射到勇士身上。
狡猾地把手指放到嘴角，
"公主在睡着，"——法尔拉夫说，——
"我在不久之前在慕洛马①
荒僻的森林中，在林妖的
怀抱中这样地找到了她；
我在那里干了一件大事，
和那个林妖打了整三日；
月亮西没东升照了三次；
他终于到下，年轻的公主
昏睡着，落到了我的手中；
谁能够打断她奇异的梦？
何时才能够使公主苏醒？
不知道——命运的法则难解！
只有希望和忍耐是我们
唯一的可以自安的慰藉。"

　　宿命的不幸的消息很快
展开了翅膀飞遍了全城；
各色各样的人在广场上
一群群地仿佛是在沸腾；
悲伤在绣阁向人们开放；
人流滚滚而来有如波浪，
公主静卧在高高的床上，
铺盖着华美的锦褥绣衾，
公主沉入了深深的梦乡；

---

① 慕洛马，9世纪至12世纪住在奥卡河下游的一个部族。

有许多神色忧郁的公爵
和勇士站立在周围；喇叭、
号角、板鼓、铃鼓、古斯里琴
在她头顶上不停地吹打；
老公爵陷入沉重的忧烦，
默默流着泪，把白发的头
俯伏在柳德米拉的脚前；
站在他身边的法尔拉夫
脸色发白，无言地悔恨着，
浑身哆嗦着，再不敢粗鲁。

　　夜已来临。全城没有一人
合上那不知睡意的眼睛；
大家吵吵闹闹，你来我往，
都在谈论这奇怪的事情；
年轻的丈夫把他的妻子
冷落在他们简陋的房中。
但是在朝霞还没有升起、
新月的光辉刚刚地消散，
传来个新的惊人的消息，
使整个基辅都动荡不安！
到处是喧嚷、呼号和叫喊。
基辅人都一齐拥上城墙……
他们看见，朦胧的晨雾里
帐篷在河对岸闪着白光；
盾牌像火光般照得耀眼，
骑兵在旷野上东奔西驰，
远处扬起了黑色的尘烟；

战车一乘接着一乘奔来，
山冈上篝火的火焰冲天。
糟了：贝琴涅戈①发生叛乱！

　　但这时贤明的芬兰老人，
所有一切精灵的主宰者，
在他荒凉宁静的旷野上
带着平静的心情等待着
他早已预见到的必然的
注定了的那一日那一刻。

　　在荒寂的暑热的草原上，
在遥远的连绵的高山外，
是狂风暴雨生长的地方，
妖婆不逊的目光在夜里
也不敢向那里大胆凝望，
在那里有个奇异的山谷，
在那山谷里有两股泉水：
一股泉水在那乱石滩上
活泼地潺潺地流着活水，
另一股泉水却流着死水；
一切寂静，连风也在沉睡，
春天的气息吹不到这里，
百年的古松也没有声息，
飞鸟也不来，牡鹿也不敢
在暑天喝一口神秘的水；

---

① 贝琴涅戈，东南欧古代突厥语系的部族之一。

从乾坤始定有一对神灵
在这世界的静穆怀抱中
守护着泉水沉静的涯岸……
有位隐士来到他们面前，
带来了两个空空的水罐；
神灵中断他们长年的梦，
匆匆离开，心中怀着不安。
他弯下身子，把水罐投进
处女的水泉，把罐子汲满，
立即腾上天空消逝不见。
过了两个瞬间就来到了
山谷中，鲁斯兰一动不动，
不声不响，僵卧在血泊中；
老人站立在武士的头顶，
就给他洒上了几滴死水，
勇士伤口立即愈合起来，
尸体焕发出奇异的光彩；
这时候老人便又给英雄
洒上了几滴还魂的活水，
精神焕发，充满新的力量，
青春的活力在胸中激荡，
英雄起来，向灿烂的白日
投射出他那贪婪的目光，
往事在眼前一一地闪过，
有如影子和梦中的幻象。
但柳德米拉呢？光他一人！
他的心一闪烁，麻痹过去。
勇士接着又醒来；贤明的

芬兰老人呼唤他、拥抱他：
"我的孩子，厄运已经过去！
最大的幸福在等待着你；
血腥的宴席在把你呼唤；
你的宝剑是敌人的灾难；
太平景象将降临到基辅，
公主将会出现在你面前。
把这只珍贵的戒指拿去，
用它碰碰柳德米拉的头，
神秘的魔法将失去作用，
你的脸会吓坏所有仇雠，
你们俩将得到莫大幸福！
和平将来到，仇恨将遁走。
别了，勇士！ 长时期的分手，
伸过手来……进入坟墓之前
我们不可能再一次聚首！"
他说完就不见了。鲁斯兰
心中充满说不尽的高兴，
清醒过来争取美好生活，
向他身后举起双手欢送……
但再也听不到什么声音！
荒野上剩下鲁斯兰一人；
鲁斯兰的马早焦急难忍，
鞍后带着矮人，跳跃飞腾，
竖起鬃毛，边嘶鸣边奔跑；
勇士已经准备跨上马镫，
他已飞过旷野，穿过森林，
看，他神采奕奕，豪迈勇猛。

　　但是这时被围困的基辅
显示出一幅怎样的画图？
那里的人，怀着最大忧虑，
瞭望着城外无尽的田亩，
站立在那城楼和城墙上，
惶恐地等着上天的惩处；
家家户户是胆怯的呻吟，
广场上又是可怕的凄凉；
弗拉基米尔在女儿身旁
一个人悲伤地祈祷上苍；
而一群勇敢的英雄武士
带领着大公忠诚的卫队
准备着奔赴血战的沙场。

　　这一天终于到来了。敌人
一清早就从山冈上撤退；
从平原上波浪似的涌来
一大股所向无敌的军队，
队伍像河水般涌向城墙；
城里的喇叭也已经吹响，
战士们集合起来，直冲着
那剽悍的敌军一拥而上，
交锋了——血的战斗已开场。
战马嗅到死亡，跳跃奔腾，
刀剑砍向铠甲铿锵作响；
利箭呼啸着乌云般飞过，
鲜血染红了整个的战场；

霎时间骑士们东冲西突，
大队的骑兵混搅成一片；
那边，军队密集，像一堵墙，
一队跟一队在互相杀砍；
这边，步兵和骑兵在厮拼；
那边，受惊的马脱缰飞跑；
或我军倒下，或敌人死掉；
这边是呐喊，那边是奔逃；
这个，被锤矛一下子刺死；
那个，被飞箭把脑袋射穿；
另一个，被盾牌打翻在地，
被飞快的马儿铁蹄踏践……
战斗延续到天快要昏黑；
敌我双方还是胜负难分！
血淋淋的尸体堆积如山，
尸体堆后战士们闭上眼
想要抽工夫微微打个盹；
战场上只是偶尔能听到
伤员发出的凄清的呻吟
和俄国勇士祈祷的声音。

东方的阴影变成鱼肚白，
河中泛起了银色的波浪，
难以逆料的一日诞生了，
在云雾弥漫朦胧的东方
现出山冈和树林的姿态，
天空也已经觉醒了过来。
在停止了厮杀的寂静中

战场还在做着沉沉的梦；
突然打断了梦；敌人营中
响起惊慌的嘈杂的叫声；
厮杀的喊叫忽然又响起；
基辅人感到了万分惊恐；
人们到处乱跑，失去理智，
他们看见：在敌人阵地上
有一个像天神似的武士
铠甲闪闪发光，有如火焰，
如同雷电似的拍马奔驰，
东奔西突，拼命猛砍猛刺……
那就是鲁斯兰。我们勇士
就像雷神降到叛军头上；
他把矮人带在马鞍后头，
去慌乱的敌营搜索兵将。
不管可怕的剑指向何处，
不管愤怒的马奔向何方，
所到处人头从肩上落地，
一队队哀号着倒在沙场；
那浴血的战场转眼之间，
活的、压死的、砍掉脑袋的
全都血迹模糊，堆积如山，
到处是铠甲、长矛和弓箭。
斯拉夫人的骑士响应着
号角的声音、战斗的高呼，
跟着英雄的足迹冲上去
没命厮杀……死去吧，邪教徒！
贝琴涅戈人都惊慌失措；

袭击基辅的狂暴的匪徒
呼叫着已经走散的马匹,
不敢继续抵抗,怪声号叫,
在这烟尘弥漫的战地上
躲开基辅的剑没命奔逃,
他们已注定死亡的命运;
他们将受到俄国的惩治;
基辅在欢呼……但是勇猛的
武士在城内飞快地奔驰;
手中紧握着胜利的宝剑;
戈矛星星似的一闪一闪;
从铜甲上流下点点的血;
长胡须还拴在钢盔上边;
充满着希望,沿着喧嚷的
大街,向大公的宫殿奔跑。
而陶醉在狂欢中的人民
拥挤在他周围欢声呼叫;
喜悦使公爵也心花怒放。
他走进了静悄悄的闺房,
柳德米拉做着奇异的梦;
面色阴郁的弗拉基米尔
站在她的脚前,忧心忡忡。
他一人在这里。他的朋友
都去血的战场参加战争,
但是陪他的有法尔拉夫,
他抛开光荣,远离开敌人,
心上不想那敌营的慌乱,
站在那里把守宫殿的门。

这个坏蛋一看到鲁斯兰
血流也冷却，目光也茫然，
嘴巴大张开却说不出话，
丧魂落魄地跪倒在地下……
背信弃义理应受到惩罚！
但鲁斯兰想到神奇戒指，
马上就飞向沉睡的妻子，
用颤抖的手在她安详的
脸上触动了一下，试一试……
真是奇迹啊；年轻的公主
叹了口气，睁开明亮的眼！
她仿佛是有点莫名其妙，
怎么会有这样长的夜晚；
仿佛是一个说不清的梦
用莫名的幻想把她煎熬，
她突然认出了——这就是他！
公爵投入了美人的怀抱。
鲁斯兰心中又燃起火焰，
什么也看不见、也听不清，
老人在这无言的欢乐中
边哭着，边把他们俩抱定。

　　我怎样结束这长篇故事？
我亲爱的朋友，你已猜出！
老人错怪的愤怒已消逝；
对着他和公主，法尔拉夫
跪在鲁斯兰脚前直认了
自己的罪恶行径和耻辱；

幸福的公爵便把他饶恕；
矮人既已经失掉了魔力，
被留在宫里，也得到赦免；
为了庆祝已经度过灾难，
弗拉基米尔在他的大厅
请全家的人来参加喜宴。

这故事发生在很久以前，
从远古以来就世代相传。

尾声

　　我这世界上冷漠的居民，
在这悠闲寂静的怀抱里
我就用我的温顺的竖琴
歌唱了远古时代的传奇。
我歌唱着——我已完全忘掉
盲目的命运、敌人的欺凌、
蠢材们不断的诽谤中伤
和轻浮的多丽达①的负心。
我的心展开虚构的两翼
正飞向遥远遥远的天空；
而看不见的风暴的乌云②
正涌来聚集在我的头顶！……
我会随时死去……我早年的
狂热时日的神圣保护者，
啊，友谊，我病弱的心灵的

---

① 多丽达，诗中虚构的人物。

② 这一行及以下几行，指写此尾声时普希金已遭到政治迫害，经朋友们，特别是茹科夫斯基的营救，才被从轻处理，流放到南方。下边所说的"保护者"、"安慰者"就是指茹科夫斯基。

又亲切又温柔的安慰者！
你把宁静归还给我的心；
你向暴风雨祈求过晴朗；
你给我保全神圣的自由，——
那个沸腾的青春的偶像！
我，被人世和舆论所忘怀，
远远地离开了涅瓦河畔，
而今在我面前我看见了
高加索傲视一切的峰巅。
我登上群山峻峭的峰顶，
站立在那山岩的斜坡上，
心中充满了无言的感情，
欣赏着这荒野的阴郁的
大自然奇妙绝伦的美景；
我的心灵，还同过去一样，
时时充满着苦闷的激情——
但诗的火焰早已经变冷。
我枉然地在搜寻着印象：
它已逝去了，那诗的时日、
爱情和欢乐的梦的时刻、
心灵的充满灵感的日子！
短暂的欢乐早已经飞逝——
而静静地赞美歌的女神
也躲开了我永远地消失……

高加索的俘虏

1820—1821

《高加索的俘虏》写于1820年下半年(8月开始)与1821年年初几个月(第一次清稿注明2月23日)。"尾声"后边注明："敖德萨,1821年3月15日"。发表时书报检查机关作过一些改动,并删去了一些诗行("献词"中讲到"迫害"和第一章中"自由! 在这荒漠的人世上/他还寻求的只有一个你"等等)。第一版和第二版(1822,1823)都写明献给尼·尼·拉耶夫斯基。第二版中写了一篇"第二版序言"(见附录二)。

　　原诗的格律及译文的处理办法,与《鲁斯兰与柳德米拉》相同。只是"献词"采用四音步、六音步组成的混合音步抑扬格。它的音节数和韵式是 $\begin{smallmatrix}8\ 9\ 13\ 8\ \ 13\\ A\ B\ B\ A\ \ C\end{smallmatrix}$ $\begin{smallmatrix}12\ 9\ 8\ \ 9\ 12\ 13\ 13\ 12\\ D\ C\ D\ E\ F\ E\ E\ F\end{smallmatrix}$(下略)。译文四音步的诗行每行十个字,六音步的诗行每行十四个字。韵式与前一篇相同。

献 词

献给尼·尼·拉耶夫斯基①

我的朋友啊，请带着微笑

接受自由的缪斯的赠礼：

我把我的曾被逐放的竖琴的歌唱、

充满灵感的悠闲献给你。

当着无辜的、忧烦的我即将要毁灭

而倾听来自各方的诽谤的私语时，

当那无情的背叛的利剑、

当那爱情的沉重的梦魇

把我折磨而使我沮丧时，

在你的膝前我还能够找得到安宁；

我的心将得到休息——我们相爱相亲：

风暴在我头顶也缓和了它的激怒，

我在这样平静的港湾里感谢神灵。

在这悲伤的分手的日子，

我那些阴郁沉思的声音

① 尼·尼·拉耶夫斯基，普希金的友人。诗人被流放到南俄时就住在他的家里。

常使我回想起了高加索，
那里阴沉的别式图⁽¹⁾，那雄伟的隐士，①
山村⁽²⁾与田野的五个头颅的统治者，
它曾是我的新的巴那斯。
我怎么能够忘掉你那峻峭的峰峦、
淙淙的流泉和那荒漠无际的平原、
炎热的旷野，忘掉那我们曾经共享
心灵的青春感应的地方；
那剽悍的强人在群山中到处驰骋，
灵感生怯的天才潜藏在
遥远荒僻的沉静的地方？
在这里你或许能够找到
心灵的可爱时日的回忆、
种种强烈的热情的矛盾、
那早已经熟稔的幻想、熟稔的悲凄
和我心灵的神圣的声音。
我们走向人生：而在静谧的怀抱中
我们青春的花朵刚刚、刚刚地开放，
你，英俊的少年啊，冒着敌人的弹雨，
紧跟着英雄的父亲②奔上血的战场。
祖国亲切地爱抚着你，如同爱抚着
可爱的牺牲，可以信赖的希望之光。
我早就已经尝过痛苦、遭受过迫害；
我是诽谤与愚蠢的报复的牺牲品；

---

　　① 这一句及本诗下面各句附注的方括号数码是普希金本人加的注释，共十二条，排在这部长诗的篇末。

　　② 指尼·尼·拉耶夫斯基的父亲，在1812年卫国战争时是一位英勇的将领。父亲出战时带着他的儿子，以激发士兵的斗志。那时拉耶夫斯基才十一岁。

但是自由和忍耐更坚定了我的心，
　　我坦然期待美好的年月；
　　我认为我的朋友的幸福
　　对于我也是愉快的慰藉。

第一章

　　一座山村里，几个闲散的
切尔克斯人①坐在门槛上，
高加索的儿郎正在闲谈，
谈到可怕的战争和死亡，
谈到马匹的健壮和俊美，
谈到荒野中安逸的欢畅；
他们回忆着过往时日的
多少次不可抗拒的侵袭、
巧取豪夺的官吏[3]的欺妄、
他们残酷的军刀[4]的挥舞
无可逃躲的飞箭的杀伤，
还有烧毁的村庄的余烬
和被俘获的黑眼睛女郎。

　　谈话在寂静中水一般流；
月亮钻出了夜空的云雾；
忽然切尔克斯人骑着马

———————

① 切尔克斯人，高加索西北部深山中一民族。

出现在面前。他拿着套绳
很快牵来个年轻的俘虏。
强盗叫道:"快看俄罗斯人!"
山村随着他的这声呼叫
聚拢来一大群愤怒的人;
但是俘虏却冷漠而无言,
他的头被打得满是伤痕,
像一具死尸一动也不动。
他没有看见敌人们的脸,
他没有听见威吓的吼声;
发散着死的寒冷的气息,
他头上飞翔着死亡的梦。

　　这年轻的俘虏躺在那里,
很久地陷入痛苦的迷惘。
正午已经在他的头顶上
投射出一片快乐的阳光;
生的灵息在他心中苏醒,
口中发出不分明的呻吟,
被太阳的光辉温暖过来,
不幸的人轻轻抬起了身。
把无力的目光四处一转……
看见:他的头顶上矗立着
巍峨的高不可及的大山,
还有这一帮强盗的巢穴,
切尔克斯人自由的栅栏。
青年人想起自己的被俘,
像一场惊心的可怕的梦;

他听见：他戴着铁镣的脚
忽然发出了银铛的声音……
可怕的声音说明了一切；
眼前天昏地暗旋转不停。
别了啊、别了，神圣的自由！
他是个奴隶。

     他躺在房[5]后，
靠近那荆棘篱笆的地方。
人们都下田了，无人看守，
一切都静寂，山村空荡荡。
他面前展开荒芜的平原，
仿佛是一幅绿色的被单；
山岭的彼此相似的峰巅
连绵不断地向远方伸延；
群山间有条幽僻的道路
消失到云烟弥漫的远方：
而一阵沉重痛苦的思想
激荡着年轻俘虏的胸膛……

  漫长的道路通向俄罗斯，
他在那里无忧地、高傲地
开始了他的火热的青春；
他曾经尝过最初的快乐，
他曾爱过好多可爱的人，
他曾拥抱过可怕的苦痛，
但他被暴风雨般的生活
毁掉了理想、欢乐和憧憬，
而把最好的时日的回忆

紧锁在自己凋残的心中。

　　他深深懂得人寰与尘世，
熟知无常的人生的价值。
发觉了朋友的弃义背信，
追求爱情原是愚蠢的梦，
利禄和浮华已不屑一顾，
奸黠的诽谤他无法容忍，
狡猾的流言也使他厌恶，
他已做够了惯常的牺牲，
自然的挚友，人世的叛徒，
他抛开自己可爱的故乡，
怀着自由的快乐的幻想
飞到了这个遥远的地方。

　　自由！在这荒漠的人世上
他还寻求的只有一个你。
他已经丢开幻想和竖琴，
用痛苦扑灭了情感之火，
焦急不安地虔诚地倾听
一支支你赋予灵感的歌，
带着热诚的祈祷和信仰
拥抱着你那高傲的偶像。

　　全完了……他在这个世界上
看不到值得期待的目标。
连你们，最后的一些幻想，
连你们也丢开他而逃跑。

他是奴隶。头靠在岩石上，
他等待，随着眼前的夕照，
快熄掉悲惨的人生之火，
渴望着他的归宿的来到。

太阳在山后已渐渐昏暗；
远处传来了嘈杂的喧嚣；
人们从田野向山村归来，
明晃晃的镰刀闪闪辉耀。
归来了。家家都点上了灯，
杂乱的喧哗已渐渐沉静；
一切都在这夜的阴影里
拥抱进静谧的安逸之中；
山间的流泉在远处闪烁，
从万丈悬崖上一泻倾落；
高加索沉入梦境的群山
已经披上了云雾的帷幔。
但是谁在月色的照耀下，
在这万籁无声的寂静中
一步一步地在悄悄走近？
俄罗斯人醒来了。他面前
站着一个切尔克斯少女，
那样含情脉脉，无限殷勤。
他凝视着少女，不做一声，
他想：这是疲倦的感情的
空幻的游戏，虚妄的梦境。
她，被月光微微地照耀着，
浮着可爱的哀怜的笑容，

双膝慢慢地跪落了下来，
一只手轻轻地向他的嘴
送上了一杯清凉的马奶[6]。
他没留心这滋养的饮料；
他贪婪的灵魂却在追寻
悦耳言辞的迷人的声音、
年轻女郎的美妙的眼睛。
他听不懂这异乡的言语；
动人的目光、两颊的红晕、
亲切的声音在说：活下去！
这时俘虏便恢复了精神。
他抖擞起他最后的力量，
遵从着和悦可亲的命令，
抬起身来——用这救命的奶
消解干渴的疲惫和苦痛。
然后把沉重不堪的脑袋
又重新向岩石低垂下去，
但他那黯然失神的眼睛
还注视着切尔克斯少女。
她在他面前很久、很久地
坐着不动，在深沉地思虑；
仿佛是想用无言的同情
来安慰俘虏的不幸遭遇；
她时时好像是有话要讲，
不由张开欲说还休的口；
她叹息着，而不止一次地
他看到盈盈的泪水凝眸。

一天一天像影子般逝去。
俘虏戴着锁链在深山里
傍着畜群消磨他的光阴。
夏日的暑热中掩盖他的
是窑洞里那凉爽的清荫；
每当银色的弯弯的新月
照耀在那阴沉沉的山后，
少女便从幽暗的小径上
给俘虏送来马奶和美酒、
蜂箱中取出的芬芳的蜜，
和白得像雪一般的黍米；
和他共享这秘密的晚餐；
用柔情的目光安慰着他；
他们用完全不懂的语言
加上眼睛和手势来交谈；
她给他唱起悦耳的山歌
和幸福的格鲁吉亚歌曲[7]。
而把那异域他乡的语言
交付给急不可待的记忆。
她的少女的心灵第一次
尝到了幸福，尝到了爱情；
但是这年轻的俄罗斯人
对人生早已丧失了信心。
他已经不能用心灵回答
少女的坦率纯真的爱情——
也许是，他不敢重新忆起
那已经忘却的爱情的梦。

青春并非是倏忽地凋谢，
欢乐并非是倏忽地走开，
而我们也不仅只一次地
把意外的喜悦搂进胸怀：
但是你们啊，生动的印象、
那一些最初萌发的情爱、
使人心醉的天国的火焰，
你们却一去而不复再来。

　　仿佛是，这个绝望的俘虏
已经习惯了悲惨的生活。
囚禁的苦恼、不安的激愤
都已经深埋进他的心窝。
当凉风习习的清晨时光，
他在阴郁的山岩间漫步，
把他的好奇的目光投向
那些灰色、蓝色、玫瑰色的
亘在远方的重峦和叠嶂。
多么动人的壮丽的景象！
冰封雪盖的永恒的宝座，
在人们看来，它们的山峰
像白云的长链岿然不动，
庄严伟大的厄尔布鲁士①，
双头巨人，闪着冰雪冠冕，
白皑皑地在群山环绕中
高高耸立在蔚蓝的天空。[8]

---

① 厄尔布鲁士，高加索群山的最高峰。

当雷声，风暴的先驱，和着
山谷中沉闷的声音轰鸣，
俘虏就常常在山村之上
一动不动地独坐在山顶！
在他的脚底下乌云弥漫，
草原上腾起飘忽的烟尘；
惊慌的牡鹿想寻找一个
栖身之所，在山岩间乱奔。
鹰鹫从悬崖峭壁上飞起，
在空中飞旋着，此呼彼应；
马群的嘶鸣、牛羊的喧闹
已经淹没进风暴的吼声……
突然，透过闪电，向着山谷，
骤雨冰雹穿云倾泻下来；
雨水的急流翻滚着波浪，
搜掘着峭壁、峻坡和悬崖，
把千年古老的巨石冲开——
而俘虏站在高山的峰顶，
置身于雷雨的乌云之外，
独自在等待着太阳归来，
他不为雷雨的力量所动，
倾听着风暴无力的吼声，
感觉到一种莫名的愉快。

　　但这奇异的人民吸引了
这个欧洲人的全部注意。
俘虏在山民中间观察着
他们的信仰、教化和风习。

他喜爱他们生活的淳朴、
热情的款待、战争的渴望、
潇洒自如的行动的敏捷、
脚步的轻快、手臂的力量；
他常常一连几小时望着：
有时矫健的切尔克斯人
在高山间辽阔的草原上，
戴着皮帽，披着黑色斗篷，
躬身伏在鞍桥上，两只脚
姿态优美地紧踏着马镫，
任凭他的骏马随意奔跑，
预先演习，准备参加战争。
他常常欣赏他们平时的
和战时服装的绚丽华美。
切尔克斯人浑身是武器；
他们以此自豪、以此自慰；
他们有着铠甲、火枪、箭袋、
库班的角弓、套绳和短剑，
还有军刀，他们在劳作时、
闲暇时一刻不离的侣伴。
什么也不使他感到累赘，
什么也不会叮当地乱响；
徒步、骑马——他总是那个样；
总是那刚强不屈的模样。
他的财富——就是一匹骏马，
无忧的哥萨克人的灾难，
深山老林里马群的后裔，
他绝对忠诚不二的伙伴。

狡猾的强盗拉着马藏入
山洞里或茂密的草丛间，
看见行人便猝不及防地
从隐蔽处冲出，像支飞箭；
一转眼，他那狠狠的打击
解决了胜负判然的战斗，
飞起的套绳把徒步旅人
已经拖进了深山的谷口。
马匹在用尽全力地飞奔，
充满了一团勇猛的烈火；
处处都是它的道路：沼泽、
松林与树丛、峭壁与沟壑；
在它身后留下一道血痕，
荒野上响起嗒嗒的蹄声；
茫茫的急流在前面喧响——
它向着那浪花深处驰奔；
那个被投入水中的旅人
一口口吞着浑浊的波浪，
奄奄一息地祈求着死亡，
看见了死亡已就在眼前……
但骏马却把他箭一般地
拖上了溅满飞沫的河岸。

当没有月色的夜的阴影
帷幔似的掩盖起了山冈，
切尔克斯人攀住被雷雨
打落的掉进河里的树桩，
而在周围百年的树根上——

在树枝上——悬挂起了
他那些战时装备的铠甲、
护胸和头盔、盾牌和外套、
箭囊和套绳——然后这一个
不知疲倦的沉默的好汉
就纵身跳进滚滚的波涛。
夜色已深沉。河水在怒吼；
汹涌澎湃的激流就把他
沿荒僻的河岸顺水冲走，
在河岸旁突起的山丘上
哥萨克正在凭倚着长矛
向河中黝黑的激流凝望——
而强徒的武器漂过身边，
昏暗中隐约地发着闪光……
哥萨克啊，你在想着什么？
是不是想起往日的战争，
想起在生死场上的露营，
想起军旅中赞美的祈祷
和故乡？……这是狡猾的梦境！
啊，别了，那些自由的村庄、
静静的顿河、祖传的庭园、
战争和那些美丽的女郎！
潜入的敌人已靠近河岸，
一支箭已经抽出了箭囊——
射出去——哥萨克倒了下来，
滚下被鲜血染红的山冈。

　　当着风雨时，切尔克斯人

136

同他的和睦的一家老小
坐在祖先留传的住宅里，
炉灶内炭火在微微燃烧；
有时候在那荒山旷野里
误了路程的疲累的来客
跳下忠诚的马，走进家来，
怯生生地坐下，靠近炉火——
这时候殷勤好客的主人
站起来亲切地向他问候，
并用馨香的杯子给客人
斟上了醇美可口的红酒〔9〕。
多烟的屋内，湿的外套下，
旅人得到平静甜蜜的梦，
而次日清晨他便离开这
热情款待的亲切的主人。〔10〕

每逢天朗气清的除斋节〔11〕
青年们常常聚集在一起，
一种游戏接着一种游戏。
有时把满满的箭囊打开，
用一支支带有羽翎的箭
把云中的鹰鹫射落下来；
有时在那陡峻的高坡上
急急忙忙一列列地排起，
一声口令，就像牡鹿一般
突然跳下去，震动着大地，
漫天的尘土掩盖起旷野，
他们飞快奔跑，步伐整齐。

但是为战争而诞生的心
对平和的嬉戏感觉单调，
而这自由的消闲的娱乐
常常被残酷的节目干扰。
饮宴时，在狂热的嬉戏中，
往往可怕地挥动起军刀，
当奴隶的头颅飞落尘埃，
青年们高兴得拍手大笑。

但俄罗斯人漫不经心地
看着这一类流血的勾当，
他也曾爱过光荣的游戏，
也曾燃烧过死亡的渴望。
这个无情的光荣的俘虏
看见他的末日近在眼前，
在决斗中刚强而镇静地，
准备着迎接致命的铅弹。
或许是，沉湎于深思冥想，
他回忆起了那一段时光，
那时他在朋友的簇拥中
和他们喧闹着开怀畅饮……
或者惋惜那逝去的年华——
惋惜欺骗了希望的年华，
或者好奇的他在观察着
严酷的淳朴的作乐寻欢，
而在这面忠实的镜子里
看见野蛮人的风俗习惯——

他把自己的内心的激荡
隐藏在他深邃的沉默中，
而在他那高高的额头上
看不见什么改变的踪影。
那些凶恶的切尔克斯人
都惊奇他那漠然的大胆，
怜惜他年轻的不幸遭逢，
为自己的捕获物而骄傲，
在他们中间窃窃地议论。

第二章

深山的女郎，你已经尝到
心灵的欢乐、人生的甜蜜；
你那炽热的天真的目光
已经流露出爱情和欣喜。
你的朋友在夜的黑暗里
无言地热情地吻着你时，
你啊，燃烧着柔情与希望，
已完全忘掉喧嚣的人世，
你说："我的可怜的俘虏啊，
让忧郁的目光快乐起来，
把你的头靠在我的胸前，
把祖国和自由全都忘怀。
我情愿和你一起隐匿在
荒山僻野，我心灵的主宰！
爱我吧，至今还没有一人
亲吻过我的这一双眼睛；
黑眼睛的切尔克斯青年
在深夜的寂静中也不曾
悄悄地走近过我的卧床；

我有着冷若冰霜的容颜，
是一个心如铁石的女郎。
我知道给我安排的命运：
严厉的父兄打算要把我
卖到别的山村换取黄金，
卖给个我根本不爱的人；
但我要哀求我父兄转念，
要是不——只有毒药和宝剑。
一种莫名的奇异的力量
把我吸引着，来到你这里；
我爱上了你，可爱的俘虏，
我的心为你而沉醉入迷……"

　　但是他带着无言的怜惜
凝视着这个热情的少女，
怀着痛苦的沉重的心思
倾听着她那爱情的言语。
他茫然了；那过往时日的
回忆都涌现在他的心头，
甚至有一次从他的眼中
泪水就像冰雹似的迸流。
毫无希望的爱情的哀思
像铅一样压在他的心上，
他终于对这年轻的女郎
倾吐出他的痛苦和哀伤。

　　"忘掉我吧；我实在配不上
你的爱情、你满腔的热望。

去找别的青年吧；再不要
跟我虚掷你宝贵的时光。
对于你，他的爱将会取代
我心中令人沮丧的无情；
他将会忠诚，他将会珍惜
你的美、你的可爱的眼睛，
还有你少女的炽热的吻
和烈焰般的言语的温存；
我已没有欢乐，没有希望，
作为爱情的牺牲而凋零。
看这不幸的爱情的残迹
灵魂风暴的可怕的遗痕；
抛开我吧；但是你要怜悯
我这凄凉而悲惨的命运！
不幸的朋友啊，你为什么
没有早一点来到我眼前，
在那些日子里我对希望、
醉人的幻想还抱有信念！
太晚了，对幸福我已死去，
期望的幻影也已经飞逝；
你的朋友已戒绝了情欲，
对柔情蜜意已成了顽石……

　　"用那冰冷的嘴唇去回答
热情的吻，用漠然的笑容
去迎接热泪盈眶的双目，
这该是多么地使人惨痛！
忍受着无用的嫉妒，灵魂

麻木地睡去,在热情少女
怀抱中思念着另外一人,
这又是多么地使人惨痛!

　　"当你这样慢慢地深情地
一次次地吮吸着我的吻,
在你看起来,爱情的时刻
度过得如此迅速而平静;
这时,在寂静中吞着眼泪,
我心情忧郁,我神志茫然,
像在梦寐中,我看见永远
可爱的芳影就在我面前;
我在呼唤她,我在奔向她,
我默默地,既不见,也无闻;
我心神恍惚中忘情于你,
却拥抱着我神秘的幻影。
我为她荒野里淌着眼泪,
她伴我在四处流浪飘零,
而把阴沉的忧郁的思想
注入我孤寂落寞的心灵。

　　"把我的锁链、寂寞的幻想、
往事的回忆、眼泪与忧伤,
全部都给我留下:你不能
跟我在一起将它们分享。
你已听过我心灵的自白;
别了……永别了——请伸过手来。
无情的分离不会长久地、

长久地折磨女子的情怀；
爱情过去了，将出现苦闷，
美丽的女郎会重新去爱。"

　　年轻的女郎呆坐在那里，
张开了双唇，无泪地啜泣。
茫然失神的凝滞的目光
流露出了她无言的谴责；
她面色苍白，像一个幽灵，
浑身战栗着；把冰冷的手
放进了自己情人的掌中；
而最后在悲凄的语言里
倾诉出她那爱情的苦痛。

　　"啊，俄罗斯人啊，俄罗斯人，
我不知道你的心，为什么
就轻易地永远委身于你！
在你胸前少女在忘怀中
得到的只是短暂的休息；
命运之神给她所安排的
并没有多少个欢乐之夜！
它们什么时候才能再来？
难道说欢乐已永远毁灭？……
俘虏啊，你本来可以骗骗
我这还未经世故的青春，
用虚情假意、无语的沉默，
哪怕是出于一点点怜悯；
我拿我温柔恭顺的关怀

可以宽慰你不幸的命运；
可以守护你睡梦的时刻，
守护烦恼的朋友的安宁；
你却不愿意……但她又是谁，
你那位美貌无双的女友？
俄罗斯人，你爱她？她爱你？
我理解你的苦闷和烦忧……
请原谅我，原谅我的哭泣，
请不要笑我沉重的哀愁。"

　　她沉默下来。呻吟和眼泪
压抑着可怜女郎的胸臆。
无言的双唇在低声怨诉，
她晕过去，抱住他的双膝，
好容易才透出了一口气。
俘虏用一只手轻轻扶起
这个不幸的女郎，他说道：
"别哭啦。我也被命运追逼，
我也曾受过内心的煎熬。
不，我不知道相互的爱情，
我独自爱着，我独自苦痛；
我将熄灭了，像冒烟的火
被遗弃在荒寂的山谷中；
远离希望的彼岸而死亡；
这一片草原是我的坟冢；
这里，在我放逐的尸骸上
沉重的锁链将生起锈痕……"

夜空的星辰已逐渐暗淡；
在透明的远方隐约显出
高大的泛着雪色的群山；
他们默默无言地分手了，
垂下了头颅，低下了两眼。

打从这时起，阴郁的俘虏
常在山村左近独自徘徊。
赤色霞光给炎热的天空
把一个个新的白日迎来；
把一个个新的夜晚送走；
他在徒然地渴望着自由。
或是羚羊在树丛间一闪，
或者山羊在黑暗中一蹦：
他就会激动地响起锁链，
他期望着，许是哥萨克人，
那奴隶的大胆的解救者
夜晚山村的袭击者来临。
他呼叫……但四周寂然无声，
唯有波涛在怒吼、在翻腾，
而野兽觉察到人的踪迹，
朝向黑暗的荒野里逃奔。

有一天俄罗斯俘虏听见
深山里发出战争的号令：
"快去，到马群去！"奔跑、喧嚷；
铜马勒发出叮当的响声，
外套的黑影，铠甲的寒光，

备上鞍鞯的战马在跳动，
整个山村准备走向战争，
从山冈上河水似的涌来
战争的粗犷剽悍的子孙，
他们沿库班河两岸飞驰
去收取那些强制的贡品。

山村静下来了；看家的狗
晒着太阳，熟睡在小屋旁，
黧黑的赤身裸体的儿童
在自由嬉戏中尽情喧嚷；
他们的祖父们坐成一圈，
烟管里冒出蓝色的轻烟。
他们默默无言地倾听着
年轻姑娘们熟悉的歌声，
而老人的心也变得年轻。

切尔克斯之歌

一

汹涌的波涛在河里奔腾；
深山里夜半时寂静无声；
凭倚着精钢打造的长矛，
疲倦的哥萨克正在打盹。
别睡啊，哥萨克：夜色沉沉，

河流的对岸来了车臣人①。

二

哥萨克划着一只独木船，
顺河底拖着渔网在前进。
正像暑热天到河里洗澡
沉没到河水中去的儿童，
哥萨克，你赶快跳入河中：
河流的对岸来了车臣人。

三

在这条分界河的河岸上
富裕的村庄是这样繁荣；
人们在跳着快乐的环舞，
快跑吧，俄罗斯的歌女们，
快些啊，快些回家去，美人：
河流的对岸来了车臣人。

姑娘们在唱着。俄罗斯人
坐在岸上，想着如何脱身；
但深深的河水这般湍急，
俘虏的锁链又这般沉重……
暮色苍茫，草原也已入梦，
高高的山峰已一片朦胧。
明月洒下了惨淡的光辉，

---

① 车臣人，北高加索民族。这里所指也许不是车臣人，因为他们居住在北高加索东部，而不是西部。

照耀着茅屋白色的屋顶；
牡鹿在河岸上渐渐入睡，
苍鹰的叫声也已经沉静，
远处马群在嗒嗒地奔跑，
深山里沉闷地响起回声。

这时仿佛听得有人响动，
忽然闪出了女郎的披纱，
看哪——正在向着他走来的
是那忧郁而又苍白的**她**。
双唇好像是就想要说话；
两眼充满了无限的哀愁，
她那秀发像乌黑的波浪，
一直披拂到胸口和肩头。
一只手握着闪亮的钢锯，
另一只手拿着她的钢刀；
仿佛是，女郎正前来参加
秘密的战斗，好一逞英豪。

她向俘虏抬起她的双眼，
"跑吧，"山中的女郎这样说，
"切尔克斯人不会碰到你，
快，不要浪费黑夜的时间，
拿上我这把刀，在黑暗中
无论谁都不会把你发现。"

一只战栗的手握着钢锯，
女郎向他脚前弯下腰去：

锯着铁镣吱咕吱咕地响，
不自禁的泪珠滚滚流淌——
哐啷一声，锁链落到地上。
"你自由了，"女郎说道，"跑吧！"
但是她如痴似呆的目光
流露出内心迸发的爱情。
她在痛苦着。呼呼的阵风
在长啸·卷起了她的衣襟。
"好人啊，"俄罗斯人哽咽道，
"我属于你，至死是你的人。
我们抛开这可怕的地方，
同我一起逃……""不，俄罗斯人！
它已消逝了，——人生的甜蜜，
我一切都尝过，尝过欢欣，
而一切消逝得无踪无迹。
这怎么可能？你爱过别人！……
快去找她吧，你快去爱她；
我心中有什么值得哀痛？
我心中有什么值得牵挂？
别了，别了！愿爱情的祝福
每时每刻永远与你同在。
永别了！——请忘掉我的痛苦，
最后一次……请把手伸过来。"

他伸手向切尔克斯女郎，
向她飞去一颗复燃的心，
而那临别的长长的一吻
给爱情的结合打上烙印。

他们手挽手，满怀着忧郁，
默默无言地走到了河边——
俄罗斯人在喧腾的河中
已经浮游起来，浪花飞溅，
已经游到了对岸的岩石，
已经攀住了对岸的山崖……
突然间波浪中扑通一响
远远的呻吟向耳边传来……
他走到那荒凉的河岸上，
向后一看……岸上清晰可见，
飞溅的浪花闪发着白光：
但是在河岸上、在山脚前
都看不见切尔克斯女郎……
万籁俱寂……沉静的河岸上
只听见凉风轻微的声响，
而月光下哗哗的水波中
荡起的浪圈已平复如常。

　　他都明白了。他最后一次
用诀别的目光四处一看，
俘虏放牧过牛羊的田野、
荒寂的山村、四周的栅栏、
拖着锁链攀登过的悬崖
和正午时休息过的溪流，
当山中好汉切尔克斯人
高唱起自由歌曲的时候。

　　天空中的黑暗渐渐淡薄，

白昼已来到昏暗的山谷，
朝霞升起了。逃脱的俘虏
已走上一条遥远的小路；
在他前面朝雾里已看见
俄罗斯耀眼的刀光剑影，
在一座座高高的土台上
守哨的哥萨克互相呼应。

尾声

缪斯，幻想的轻捷的朋友，
就这样一直飞向亚细亚，
而为了给自己编织花冠
采撷高加索缤纷的野花。
魔女为生长在战争中的
民族的淳朴服饰所迷恋，
她也穿戴上这样的新装
常常地出现在我的眼前；
在那些荒漠的山村四近
她独自一人在山间徜徉，
而常常在那里倾心谛听
孤苦伶仃的少女的歌唱；
她喜爱那些武装的村庄、
勇敢的哥萨克人的机警、
起伏的山丘、寂静的坟场、
嘈杂的喧哗、马群的嘶鸣。
主宰歌曲与故事的女神
怀着对过去种种的回忆，
或许，她将要重新讲起那

可怕的高加索古代传奇；
她将要讲起远方的故事、
姆斯提斯拉夫[12]的大决战、
背叛的勾当和俄罗斯人
死在格鲁吉亚女郎胸前；
我要歌颂那光荣的时辰，
在那时候我们的双头鹰
嗅到血腥的战争，便飞上
那愤怒的高加索的山峰；
那时茫茫的捷列克河上
第一次响起战争的雷霆
和俄罗斯的咚咚的鼓声，
盛怒的奇齐阿诺夫来到
谢切，傲视一切、威风凛凛；
我歌唱你，高加索的魔王，
柯特梁列夫斯基啊，英雄！①
无论你风暴般飞向哪里——
你的行踪像一场黑死病，
杀尽、绝灭了那里的人种……
而今你放下仇恨的钢刀，
战争已不再娱悦你的心；
倦于世事，带着光荣创痕，
在故乡的深山的寂静里
你在享受着悠闲的恬静……
但这时——东方又发出哀号！……

———————————

① 奇齐阿诺夫、柯特梁列夫斯基，均为俄罗斯征服高加索的将领，高加索山民的残杀者。

高加索,低下白雪的头颅,
顺服吧,叶尔莫洛夫①来到!

　战争狂暴的呐喊平息了,
一切俯首于俄罗斯刀下。
高加索骄傲的子孙,你们
曾战斗过,死得多么可怕;
但我们的鲜血不能拯救
你们,无论是耀眼的铠甲、
无论是纯真自由的爱情、
无论是深山、无论是骏马!
正好像拔都②的后裔一样,
高加索背叛了它的祖先,
忘掉贪欲的战争的声音,
抛掉可怕的战斗的弓箭。
行人可以无畏地走进了
你们聚居的幽谷和深山,
而你们传说的悲惨故事
把你们的苦难永远流传。

---

① 叶尔莫洛夫,与前二人相同。
② 拔都,元太祖孙,尤赤的儿子。他曾西征俄罗斯,渡多瑙河攻占波兰、匈牙利等地,全欧震动,号"金帐汗"。"拔都的后裔",指鞑靼人。

普希金原注

〔1〕别式图,更正确地说,应作别式陶,高加索山名,距离乔治耶夫斯克四十俄里。俄国历史上的名山。

〔2〕山村,高加索各族人民称乡村为阿乌儿。

〔3〕官吏(音译乌兹金),长官或公爵。

〔4〕军刀,切尔克斯人的军刀。

〔5〕房,茅草小房。

〔6〕马奶,由马乳制成;这种饮料在亚细亚山居民族和游牧民族中饮用甚广。气味甘凉清香,又极滋补身体。

〔7〕格鲁吉亚的良好气候补救不了这片美丽国土经常遭受的贫困。格鲁吉亚的歌曲十分悦耳,大部分沉痛动人。它们歌颂高加索武力、过去的胜利、我国英雄巴枯宁和奇齐阿诺夫之死,歌颂反叛、残杀,——有时也歌颂爱情和欢乐。

〔8〕杰尔查文在他致祖波夫的杰出的颂歌中,第一次以下列诗节描写高加索的惊人画面:

> 年轻的领袖啊,远征凯旋后
> 你率领着六军走遍了高加索,
> 你看见过恐怖。自然的美景:
> 从可怕的峰巅,愤怒的大河
> 怎样倾泻下来流入深山绝壑;
> 静卧了整整几个世纪的积雪
> 从山顶上怎样霹雳般地坠落;
> 羚羊怎样俯下了自己的双角
> 在昏暗中向自己身底下看着
> 雷声怎样轰鸣电光怎样闪烁。
>
> 你看见过,天朗气清的时候,
> 在那里阳光怎样在那冰雪上、
> 在河流中辉耀,怎样反照出、
> 显现出了动人的壮丽的景象;

一点点的细雨怎样在彩色的

泡沫中散开，发出闪闪微光；

在那里蓝中带黄的大块石头

高悬着，怎样向着松林眺望；

而在那面，黄中带紫的云霞

透过森林娱悦着我们的目光。

茹科夫斯基在他致沃耶科夫先生诗中也有数十行优美的诗句描写高加索：

你看见过捷列克河在奔流中

在一座座葡萄园间怎样麦鸣，

一个车臣人或是切尔克斯人

埋伏在岸上，常常坐在那里，

披着外套，拿着致命的套绳；

而在天蓝色的云雾的帷幔下，

在远处，恰好就在你的对面，

一重山后高高耸出又一重山，

而在群山中屹立着白发巨人，

长着两个头颅的厄尔布鲁士，

像一朵白云，在那里辉耀着

它那可怕的伟大壮丽的雄姿；

那覆盖着藓苔的高大的山岩、

带着吼声从花岗岩上倾泻到

无底深渊里的黑暗中的飞泉；

森林多少世纪以来，无论是

斧声，或是人类快乐的语言，

都不曾搅扰过它的静静的梦，

在那里，白日的光辉也不曾

照透它那阴暗的永恒的浓荫，

在那里，偶尔可以看到牡鹿，

当它们听到苍鹰可怕的叫声，

挤成了一堆，树枝簌簌作响，

而羚羊拔起它轻捷的四只腿

在那山岩上拼命地四处飞奔。

在那里,奇异的造化的壮观
一一地呈现在我们的眼前!
但是在那、在那掩隐藏匿在
深山峡谷里的幽暗的僻静中,
巴尔加尔、巴赫、阿巴塞赫、
加姆奇亚人、柯尔布拉克人、
阿尔巴尼亚人、车且莱亚人、
沙普苏克人营造他们的园庭。
火绳枪、铠甲、军刀、长弓
与战马,那长着快腿的战友——
这一切是他们的财产和神灵;
他们羚羊似的在深山里奔跑,
从岩石后边跳出来狙击敌人;
他们或散布在泥泞的河岸上,
或散布在树林深处的茂草中,
他们在这些地方等待捕获品;
自由的山岩是他们栖身之地,
但是白日在他们山村中只能
给他们投射一线阴郁的阴影:
他们的生活——只是一场梦;
带着一钵烟草,口衔着烟管,
他们亲密地围成了一个圈子,
幽灵似的坐在弥漫的烟雾中,
谈说着关于战争杀伐的故事;
或者在赞叹着他们的祖父们
曾经使用过的准确的火绳枪;
或者在磨石上磨他们的军刀,
准备在新的杀伐中走向战场。

〔9〕红酒,格鲁吉亚的葡萄酒。

〔10〕切尔克斯人与所有野蛮民族一样,对待我们异常殷勤。他们视客人为神圣。如有出卖客人或保护不周,他们认为是莫大的耻辱。库纳克(即朋友)以生命担保您的安全,而您可以同他们一道深入卡巴尔达群山各地。

〔11〕除斋节,Байрам。Рамазаи,伊斯兰教的斋戒节。

〔12〕姆斯提斯拉夫,圣弗拉基米尔的儿子,绰号"勇士",特姆塔拉干(塔曼岛)的封公。曾与柯索格人(大约就是现在的切尔克斯人)作过战,单独与其大公决战而战胜了他(参见《俄国史》卷二)。

加百列颂

1821

《加百列①颂》写于 1821 年 4 月。按当时检查制度的条件说,这是一部绝对禁止的作品,所以写成后只在普希金的友人们当中以手抄本的形式流传。1828 年米契科夫大尉的农奴们向彼得堡大主教告发他们的主人,说他向他们朗诵《加百列颂》,此事就成为轰动一时的事件。普希金曾经两次被传讯,但诗人否认是他写的。诗人请求直接向沙皇写信。他给沙皇的信及沙皇的复信没有保存下来。据格利金的记载,普希金致沙皇的信中承认了这部长诗是他写的。沙皇尼古拉最后说:"这件事我已经完全知道了,它可以算是完结了。"

　　这部长诗最早发表于 1861 年英国伦敦。在俄国 1908 年经过很大的删节,才第一次问世。只有在十月革命之后,《加百列颂》才被全文刊印出来。

　　原文格律采用的是五音步抑扬格。用阴韵的诗行,每行十一个音节,用阳韵的诗行,每行十个音节。它的音节数和韵式是 10 11 10 11 10 11 10 11 10 11 11 10 A B A B　C D C D　E F F E (下略)。译文每行大致有五个音步,十二个字。韵式为大致双行有韵。

---

　　① 据《圣经》传说,加百列是经常站在上帝面前的报喜天使。

说一句真心话，我是非常珍视
这位希伯来少女灵魂的救赎。①
请到我这里来吧，美丽的天使，
并请你接受我这宁静的祝福。
我很喜欢她嘴角迷人的微笑，
我想要拯救这个尘世的女郎！
我想要向天国的上帝和基督
在我虔诚的恭顺的琴上弹唱。
也许，我这谦卑的教堂的歌声
终于能够把她的心灵给打动，
而圣灵，思想和人心的主宰者
也终于降临到那少女的心中。

她才刚刚十六岁、童贞的温顺、
黑色的眉毛、两只处女的小阜
在她麻布衫下有弹性地颤动，

① 引自《圣经·新约全书·路加福音》："主以色列的神是应当称颂的，因他眷顾他的百姓，为他们施行救赎。"

编贝似的牙齿,还有一双秀足……
希伯来女郎啊,你为什么突然
笑了呢,红晕浮现于你的双颊?
不是的,亲爱的,你确实弄错了:
我写的并不是你,——而是马利亚。

　　在那远离耶路撒冷的荒村里
没有娱乐场所和浪子的调戏
(魔鬼为了害人才把他们留下),
美人儿还没有为人们所注意。
她很安分地度着平静的时光,
她丈夫是一个很可敬重的人,
白发苍苍,是一个蹩脚的木匠,
在这个村子里只有他这把手,
因此他无分日里夜里都很忙。
一会儿拿锯子,一会儿拿斧头,
一会儿又拿拐尺,没有工夫去
把自己的美人儿多看上一眼,
而这一棵被埋没的寂寞的花
命运早给注定了另一种荣幸,
还不敢在枝茎上把花朵开绽。
懒惰的丈夫不曾在清晨时候,
用破旧的喷壶把花来浇一浇;
他好像是父亲和纯洁的少女
住在一起,养着她,——但各不相扰。

　　但是,朋友们哪,那至高的上帝
在那个时刻从他高高的天堂

正在亲切地注视他的奴婢的
窈窕的身躯和那处女的胸膛，——
他异常激奋，在深邃的心智中
想到给这应受到珍惜的园林、
给这为人遗忘的寂寥的花园
赐以秘密的褒奖的无上洪恩。

　　沉静的深夜已经笼罩起田原；
马利亚正在小屋里睡得香甜。
按上帝的意旨，——女郎做了个梦；
她梦见：在她的面前倏忽之间
展开了一片无限深远的天穹；
一群天使喧闹沸腾，蜂拥而来，
他们光怪陆离，令人心悸目眩，
无数的六翼天神在空中翱翔，
小天使也在随心弹动了琴弦，
天使长们都默然地坐在那里，
用蓝色的翅膀遮住他们的脸，——
在他们面前是创世主的宝座，
围绕在五色缤纷的彩云之间。
突然间他光彩夺目地出现了……
大家都俯伏在地……琴声中断了。
马利亚屏住了气，低垂下了头，
听着上帝的话，树叶般地颤抖：
"人世间的可爱的女儿之花啊，
你是以色列青春一代的希望！
我因炽燃着爱情才把你召来，
圣餐礼的荣耀必须让你分享：

等着接受那不可知的命运吧，
新郎就来了，来抚爱他的新娘。"

上帝的宝座上又笼罩上白云；
一大队天使又起来展翅飞翔，
响彻了天宫竖琴的悠扬声音……
马利亚呆呆站立在天宫前面，
大张着嘴恭顺地合起了手掌。
但是什么使得她如此地注目，
是什么引起了她这样地激动？
这个天使是谁，他的蓝色的眼
对着她一刻不转地望个不停？
他的那顶羽毛盔、华丽的服装、
金黄的鬈发、闪闪发光的翅膀、
他高高的身段和羞涩的眼睛，——
一切都使沉默的马利亚神往。
她看准了他，她只心爱他一人！
骄傲吧，骄傲吧，加百列天使长！
但是一切突然消失了，——就如同
亚麻布帷幕上的幻灯的映影，
也不管女郎童真的痴心妄想。

美人在那朝霞上升时醒来了，
却还慵倦地留恋在她的床上。
她心中还想着这场奇异的梦
和那位可爱的加百列的形象。
她想要俘获那天宫中的上帝，
他的话听起来令她十分欣喜，

而对他不由自主地满怀敬畏，——
但是加百列更使她感到中意……
正如同套的时候笔挺的副官
竟然可以迷惑住将军的爱妻。
有什么办法？命运就这样决定，——
学究和无知者也都只好同意。

　　让我们来谈谈爱情的怪癖吧
（我经常思考的没有别的话题）。
每当热情的目光对我们注视，
我们便感到血液在激荡不息。
每当阴郁的诱惑人心的欲望
紧紧抱住我们、重重压在心上，
我们思想和苦闷的唯一对象
无论哪里都使我们念念不忘，——
不对吗？那时在青年朋友之中
我们总要想法子找一个知心，
用激动的语言婉转地传达出
那苦恼的热情的秘密的声音。
每当我们匆匆忙忙地把握住
那飞逝的天国般陶醉的一瞬，
而能让那羞怯的美人同我们
走上快乐的卧榻去共享欢情；
每当我们忘掉了爱情的痛苦
再没有什么可以寄托和指望，——
为了重温那关于爱情的记忆，
我们总爱跟知己们倾诉衷肠。

就是你，上帝啊，也为爱情激动，
你也和我们一样，热情在沸腾。
造物主早已嫌恶所有的造物，
祈神的祷告也使他感到厌烦，——
他开始写了一支歌礼赞爱情，
他高声歌唱："我爱，我爱马利亚，
我忧郁地拖着这永生的日子……
翅膀呢？我要向着马利亚飞去，
我在美人的怀抱里才能安息！……"
等等……他能以想到的一切东西。——
上帝喜爱东方的华丽的文体。
他随即唤来了心爱的加百列，
用散文向他说明自己的爱情。
他们的谈话教堂对我们瞒起，
福音的编述者也都讳莫如深！
但是据亚美尼亚人口头传说：
上帝先是盛赞马利亚，又看到
这位天使长既聪明而又能干，
就从那墨丘利①当中选派了他，
让他晚间去马利亚家跑一遭。
但是天使长却另外有所打算，
他不止一次当过幸运的差人；
他给传递信息固然也有好处，
但他却还长着一颗虚荣的心。
这荣耀之子瞒住自己的私念，

---

① 墨丘利，罗马神话中商业神、辩舌神、技艺之神、欺骗盗贼之神，又是诸神的使者。这里泛指上帝所有的使者。

无意中做了件讨好上帝的事，
他甘心充当……所谓拉皮条的人。

　　但是撒旦，上帝的多年的世敌
却没有睡觉！他正在人间游荡，
他听说上帝看中了一个女郎，
就是要把我们从永劫的地狱
解救出来的那位希伯来姑娘。
这个狡狯东西多么地恼怒啊——
他就开始忙乱起来。这时上帝
坐在天宫中，怀着爱情的烦闷，
忘记了全世界，什么也不去管——
他不去管，世界倒也有条不紊。

　　马利亚正在干什么？她在哪里，
约瑟的那个年轻可怜的妻子？
她在花园里，怀着满腹的沉痛，
正在想法子度过无邪的悠闲
并且等待再做一个诱人的梦。
俊俏的形象没离开过她的心，
悲戚的神魂向着天使长飞翔。
在棕榈的荫处，在潺潺的溪边，
我的美人无处不在沉思默想；
她不理会花朵的阵阵的芬芳，
她不欣赏溪水的淙淙的欢唱……
她突然看见：一条美丽的长蛇，
闪耀着它诱人的鳞甲，蜿蜒在
头顶上花木的枝叶间，对她说：

"上天宠爱的人儿啊！不要跑开，——
我是一个听从你吩咐的俘虏……"
怎么会这样？啊，奇迹中的奇迹！
是谁在跟天真的马利亚讲话？
唉唉，自然，讲话的正就是魔鬼。

蛇的美丽和五色斑斓的颜色、
亲切的致问和那迷人的目光
马上迷惑住了年轻的马利亚。
为了使她年轻的心高兴高兴，
她便多情地温柔地望着撒旦，
同他开始了一段危险的对话：

"蛇啊，你是谁？光根据你的美丽、
你的华色、你的目光、你的谄媚——
我认出就是你引诱我们夏娃
去到那棵神圣的生命之树下，
而使那个不幸的女人犯了罪。
你毁掉了一个不懂事的少女，
连同所有亚当的后代和我们。
我们不禁地陷入灾难的深渊。
不感到惭愧吗？"
　　　　　　　　　——教皇骗了你们！
我没有毁灭，而是拯救了夏娃！——
"是谁害了她？"
　　　　　　　——上帝。——
　　　　　　　　　　　　"危险的敌人！"
——上帝爱上了……——

"听着，要好好当心！"

——他热烈——

　　　"住口！"

　　　　　——热烈地爱上了她，

她的处境非常危险而又可怕。——

"蛇啊，你胡说！"

　　　　——我发誓！——

　　　　　　"不许说谎。"

——但是请你听我讲……——

　　　　　　马利亚在想：

"一个人在花园里背过人听着

蛇的对上天的诽谤恐怕不好，

相信撒旦的瞎话是不是恰当？

可是上帝爱我，一定会保佑我，

那是至高的恩典：他不会毁弃

自己的奴婢——只因为这次谈心！

而且他决不会让我蒙受侮辱，

这条蛇看起来也很温和谦逊。

这有什么过错？这有什么罪恶？

无聊的胡扯！"于是她俯首倾听，

暂时忘记了加百列以及爱情。

那个狡黠的魔鬼傲慢地伸展

沙沙的尾巴，把它的脖颈一弯，

从枝叶间爬下——跌落到她面前；

它给她胸中燃起情欲的火焰，

说道：

"我不能让我的真实的事

跟摩西的胡扯弄得真假不分。
他想要用谎言迷惑希伯来人，
说谎还假装正经，——人们就相信。
上帝赏给他辞令和满腹恭顺，
这样摩西就成了著名的先生。
但请你相信，我不是宫廷史官，
我无须板起先知可怕的面孔！

"其他的美人，她们一定会羡慕
你的明眸中闪发出来的火焰；
质朴的马利亚，你生得这样美，
使得所有的亚当的子孙赞叹，
你注定要颠倒人们轻浮的心，
你的微笑给予他们幸福无疆。
说也奇怪——不管你喜欢不喜欢，
你只消三言两语，他们就疯狂……
这就是你的命运。年轻的夏娃
可爱、聪明、像你一样，没有爱情，
郁郁地在自己的花园里开放；
永远是一个丈夫和一个少女，
无聊赖地在伊甸园的河岸上
度着平静的天真无邪的时光。
他们单调的日子真个够枯燥。
树荫也好，青春也好，闲暇也好——
任什么都不能启发他们爱恋；
他们手拉着手散步、吃吃、喝喝，
白天打打哈欠，夜里呢，也没有
情爱的嬉戏和那生命的欢乐……

你说怎么样？那个无理的暴君，
希伯来的上帝，嫉妒而又阴沉，
他竟然爱上了这亚当的女友，
就把她留下来作为自己所有……
这是什么光荣，这是什么快乐！
在天国里就像是在一座监牢，
她只能赞扬他、称颂他的美德，
她在上帝的脚下祈祷又祈祷，
她也不敢偷偷地看别人一眼，
跟天使长也不能悄悄地对谈；
这就是被创世主掳作情人的
那一个女人得到的可怕命运。
可是以后呢？对这种枯索、苦痛，
报偿的是诵经员的嘶声赞颂
和老太婆的令人厌烦的祷祝，
蜡烛、香炉烟、镶着宝石的神像，
出自一位不知名的圣像画师……
多么快乐啊！令人羡慕的命运！

　　"我觉得我的美丽的夏娃可怜；
我决定要故意地跟上帝作对，
我要打破那青年男女的迷梦。
你听说过，事情是怎样发生的？
两只苹果，挂在那奇异的树枝
（是幸福的先兆，是爱情的标志），
给她展开了模糊不清的幻想。
她的朦胧的情欲苏醒过来了；
她发觉了、认识了自己的美貌，

发觉温柔的感情和心的战栗，
和那年轻男人的赤裸的肉体！
我看见了他们俩！我看到爱情
（这本是我的学问）美好的开端。
这一对男女走进幽深的树林……
迅速地放任地张开手和眼睛……
在新娘子的可爱的两腿之间
亚当用心竭力，尽管拙笨无言，
浑身上下充满了猛烈的火焰，
他寻找欢情的陶醉，他在探询
那至乐的源泉，他的心灵已经
全部沸腾，整个沉没于那源泉……
夏娃呢，不去管那上天的怒恼，
披散开了头发，全身都在燃烧，
微微地、微微地张开她的嘴唇
去回答那亚当的热烈的亲吻。
她失去知觉躺在棕榈树荫下，
流着爱的眼泪，而青春的大地
给这一对恋人覆盖上了鲜花。

"幸福的日子呀！已成婚的丈夫
把妻子无分早晨夜晚地爱抚，
他在幽暗的夜里很少闭闭眼；
那时是怎样装饰他们的悠闲！
你知道：为了斩断他们的欢乐，
上帝使他们永远地失掉天国。
从此把他们逐出可爱的园地，
那里，他们不用辛劳住了很久，

在那轻松愉快的静谧的怀里
打发疏懒的日子而毫无烦忧。
但我给他们揭开情欲的秘密，
给他们揭示青春快乐的权利，
尝到感情的折磨、幸福的眼泪、
热情的激动、爱吻和情谈娓娓，
现在你说：我是出卖他俩的人？
亚当难道是由于我遭到不幸？
我不这样想，但是只有我知道
我多时来一直是夏娃的知心。"

　　魔鬼沉默了。马利亚在静静地
听着狡猾的撒旦的胡说八道。
她想："怎么？也许这魔鬼说得对；
我听说过：幸福并不是拿荣誉、
爵位和黄金等等可以买得到；
我听说过，人都应该享有爱情……
爱情！但是怎样去爱，爱是什么？……"
同时少女却以她整个的心灵
听取撒旦所讲的故事：那动作、
奇异的理由、大胆的仔细描说，
以及那一种不受检束的情景……
（我们总喜欢听一点新奇事情。）
那危险的朦胧的思想的萌芽
一时比一时对她变得更明显，
那蛇突然间仿佛一下不见了——
另一种景象出现在她的面前：
马利亚看见个年轻的美男子。

俯伏在她的脚下，什么也不说，
只是朝她闪耀着奇异的眼睛，
他在向她很明显地请求什么，
他一只手向她献上一朵小花，
另一只手紧压着她的麻布衫，
急促地偷偷地伸进衣服底下，
而他的轻柔的手指抚摸戏弄
美妙的隐秘之处……这一切举动
马利亚都觉得十分奇异、新颖，——
而同时在她那少女的面颊上
泛起了一片并非羞怯的嫣红——
那慵倦的烈火和急促的呼吸
掀动马利亚隆起的处女前胸。
她沉默着：但突然失掉了力气，
闪耀的眼睛不由得轻轻闭起，
她把她的头低垂在魔鬼胸上，
高叫了一声：哎！……就倒在草地里……

啊，亲爱的！把我欲望和希冀的
最初的梦幻拿过来呈献给你，
美人啊，你过去也曾经爱过我，
你能不能宽恕我的那些追忆？
宽恕我青春时的罪孽和欢欣
和那些夜晚，那时在你厌烦的
严厉的母亲面前，我在你家里，
曾经以秘密的惶恐折磨过你，
并且启示了你少女纯洁的美？
我教会了我的一只顺从的手

翻云覆雨地瞒过黯然的分离、
消除了少女不眠之夜的痛苦、
给她寂寥的时刻带来了欢喜。
但你的青春已那么蹉跎而过，
在苍白的嘴唇边已没有笑窝。
你的美在盛开时节就已枯萎……
我的亲爱的！你能不能原谅我？

你罪恶的创始者啊，马利亚的
狡猾的敌人，你已侵犯了少女：
唉，荒淫无耻你感到十分惬意……
你竟然用了你那罪孽的欢娱
开导了上帝倾心宠爱的女人，
并粗暴地破坏了少女的童贞。
骄傲吧，以万恶的荣誉来骄傲！
赶快去享受……但时刻已经临近！
天已黄昏，夕阳的余晖已消逝。
一切寂静。在疲倦的少女头上，
突然，兴奋的天使长，爱情使者，
上天辉煌的儿子在大声飞翔。

美人突然间看到加百列飞来，
吓得她把她的脸着急地蒙起……
魔鬼脸色阴沉站起来，慌忙地
向他说道："你高傲的幸运东西，
谁叫你买的？你为什么离开了
天上的宫廷，离开了以太高空？
你为什么要跑到这里来妨碍

这一对有情人的无言的欢情?"
但加百列觑起了嫉妒的眼睛,
他的回答是既轻松而又傲慢:
"你这天宫美女的疯狂的敌人,
你这永远放逐者,狂妄的混蛋,
你引诱了柔情的马利亚美人,
还竟然胆敢来向我提出问题!
立即滚开,无耻的反叛的奴隶,
不然,我就要揍得你浑身战栗!"
"我不会因为你们这些廷臣们,
这些上帝的奴才们吓得战栗,
你们这些给上帝拉皮条的人!"
魔鬼说罢,他憋着满肚子怒气,
皱着眉头,斜着眼睛,咬着嘴唇,
照着天使长的牙齿猛然一击。
只听得大叫一声,加百列身子
摇摆了一下,左膝就跟着倒地;
但突然又跳起,更加怒气填胸,
猛不防以意外的一击,打中了
撒旦的鬓角。魔鬼"哎呀"了一声——
脸色发白,两个开始扭打起来。
无论天使或魔鬼都不能取胜:
他们互相扭结着,草地上打转,
下颏紧紧抵住了对手的前胸,
两人的臂膀和腿都十字交缠,
一会儿使力气,一会儿使智谋,
都想把对方摔到自己的一边。

不正就是这样？我的朋友们①呀，
你们记得从前，春天的日子里，
我们下了课，操场上随意玩耍，
常常地玩那角力摔跤的游戏。
天使们疲倦了，忘记互相责骂
和教训，也开始了这样的厮打。
那地狱之王是个魁伟的恶徒，
跟机灵的对手斗得气喘吁吁。
最后，他想立即就结束了对垒，
便从天使长头上打落了那顶
满镶着钻石的金色的羽毛盔。
他这就抓住敌人柔软的头发，
他以有力的手把对方朝地下
紧紧地按。这时马利亚清楚地
看见了天使长既年轻又俊美，
心中不由得默默地替他战栗。
魔鬼就要战胜，地狱就要欢呼：
还好，这时眼疾手快的加百列
把魔鬼的一个致命地方抓住，
这是魔鬼身上的犯罪的部位
（这是几乎任何战斗中的累赘）。
魔鬼终于倒下了，在乞命讨饶，
随即向黑暗的地狱慌忙逃跑。

美人儿看着这场惊险的恶战，
她连一口大气也不敢喘一喘；

---

① 这里指普希金皇村学校时期的同学们。

等到天使长显完自己的本领

亲切而殷勤地转向她的时候，

她脸上不禁燃起爱情的火焰，

她的心里一下子充满了温柔，

啊,希伯来少女多么惹人喜欢!……

上帝使者脸红了,用神妙的话

就这样传达了别人委托的事：

"大喜了,快乐吧,纯洁的马利亚!

祝你享有爱情,美丽的新娘子；

你的果实将受到百倍的祝福,

他将推翻地狱,他将拯救人类……

但是我也应当坦白地告诉你,

做他的父亲的要更幸福百倍!"

这时天使长,便跪在她的面前,

并且温情脉脉地紧握她的手……

美人儿低垂下眼,轻轻地一叹,

加百列趁势就亲吻了她一口。

她感到难为情,默默地红了脸,

他又大胆地摸了摸她的前胸……

"放手,不要动!"她低低说了一声,

但是这时候热吻已经淹没了

纯贞少女最后的呼叫和呻吟……

她该怎么办？那位嫉妒的上帝

将来会说些什么？但不要不安,

女人们啊,爱情的知心的朋友,

你们会使用侥幸的神机妙算

骗过你们郎君的审慎的目光
以及那些内行的留心和注意，
你们会给这风流罪过的痕迹
披上一件纯洁的漂亮的外衣……
狡猾的女儿也会从母亲那里
学得那种羞涩和温顺的技艺，
可以假装痛苦，可以故作怯懦，
在最后新婚的夜里扮一场戏；
第二天早晨，多少恢复了一点，
起了床，脸色苍白，也走不动路。
丈夫、婆母高兴地低语：谢谢天！
而老朋友又在敲叩你的窗户。

　　加百列已经带上愉快的消息
顺着原来的路线飞回了天庭。
等得焦急的上帝以天赐恩典
热烈地接待了他派出的亲信：
"有什么消息？""我已经尽心而为，
都对她说了。""怎么样？""她很愿意！"
诸天之王什么话也再没有讲，
皱了皱眉毛，从他宝座上起立，
让众神走开，正像荷马的大神
当他要使得儿郎们心情平静。
但古希腊的信仰早已经逝去，
并没有宙斯，我们比他们聪明！

　　在自己简陋的房子里，马利亚
静静躺在她那揉皱的床单上，

心中充满生动的追忆的欢欣。

她又在燃烧起了柔情和欲望，

新的烈火煽动少女年轻的心。

她在暗中低声呼唤着加百列，

给他的爱准备着秘密的赠礼，

她一脚踢开了她夜晚的被盖，

微笑地低下头一看，非常满意，

她这样赤裸的美人这般动人，

她因为自己的美也感到惊奇。

但就在此刻，在温情的沉思中

她犯罪了，——一团俏丽，浑身慵倦，

宛如饮了杯安逸的欢娱之酒。

你笑了，我把你个狡猾的撒旦！

怎么！突然间有一只毛茸茸的

白翅膀的鸽子飞进了她的窗，

它尽管围绕着她的头上飞旋，

嘴里还在不住地快乐地歌唱，

突然它飞进了少女两膝之间，

就卧在她的玫瑰花儿上颤动，

用嘴啄它、用脚蹬它、不断旋转，

嘴和脚在她花儿上忙个不停。

这就是他！这一定是他！马利亚

明白了，她在接待另一位神道；①

犹太女郎并紧两腿，开始叫喊，

又是轻叹、又是颤抖、又是祈祷，

---

① 引自《圣经·新约全书·路加福音》：“天使对她说：‘马利亚，不要怕！你在神面前已经蒙恩了。你要怀孕生子，可以给他起名叫耶稣。’”

她哭了，但鸽子已胜利，在爱的
热情中颤抖并且咕咕地叫着，
跳下来便堕入了它轻盈的梦，
而且用翅膀遮盖起爱的花朵。

  它飞去了。疲倦不堪的马利亚
心里想道："这是在怎样地胡闹！
一个、两个、三个！——怎么没个倦怠？
我可以说，我倒是经得起骚扰：
就在同一天里我先后接待的
又是魔鬼、又是天使、又是上帝。"

  按习惯上帝就把希伯来少女
所生的孩子认作自己的后嗣，
但是加百列依然不断地和她
秘密地相会（令人羡慕的韵事）；
约瑟跟许多男人一样，很开心，
爱基督一如爱他自己的儿子，
对妻子仍旧是井水不犯河水，
为了这个，上帝也给过他赏赐！

  阿门！我怎样来结束这篇故事？
我将永远忘记这古代的恶戏，
飞翔的天使加百列，我歌唱您，
我要用这恭顺的竖琴的琴弦
向您弹奏出热烈求救的声音：
保护我吧，请您听取我的祈祷！
我在爱情上至今还是异教徒，

我是众女神的疯狂的崇拜者，
我是浪子、负心汉、恶魔的忠仆……
请祝福我吧，我正在认真反省！
我要怀着善意，我要彻底悔改：
因为我遇见了美貌的叶琳娜①；
她像马利亚一样温柔而可爱！
我的心早已经被她永远主宰。
请给我的话语赋予一种魅力，
请告诉我，怎样才能令人喜欢，
请在她心中点起爱情的火焰，
不然，我可要去恳求那位撒旦！
但是，日子将飞快地过去，时间
会暗中把我的鬓发染成银色，
快在神坛之前、庄重的婚礼中
赶快使我和我的美人儿结合。
你个约瑟的出色的安慰者啊！
我双膝跪地，我恳求你保护我，
绿帽丈夫的庇护者和保卫者，
啊，到那时候，请你也来祝福我，
赐予我以心境坦然、性格温和，
赐予我以一次又一次的容忍，
给我恬静的梦、给我和平的家、
对妻子的信任、对亲人的爱情！

---

① 叶琳娜，诗人虚构的名字。

瓦吉姆

未完成的长诗片段

《瓦吉姆》这部未完成的长诗开始写于 1821 年,于 1822 年诗人丢开了它,没有写完。1827 年,长诗的片段发表于《祖国缪斯文献》及《莫斯科通报》上。后来印行的版本是根据 M. A. 乌鲁索夫公爵的档案中保存的资料。

　　原文的格律及译文的处理办法,与《鲁斯兰与柳德米拉》相同。

天空已被黑暗团团围住；
月光在夜晚乌云间闪烁，
反射成一根游动的光柱，
而照上瓦里亚海①的碧波。
天鹅在那波浪上摇晃着
入睡了，周围一切都沉静；
可是在那黑蒙蒙的远方
飞沫在月色下闪闪发光，
白色的帆儿在向前驶行；
听到了近处桨声的喧嚷，
一只受惊的鸟急急飞去。
这是谁的帆？什么人的手
在黑暗中把风帆来驾驭？

就他们俩。一个伏在桨上，
大海波涛的顺服的居民，
划着独木舟并导向南方；

---

① 瓦里亚海，波罗的海的古称。

那个好像受了魔术的惊，
他直站着不动；两只眼睛
紧盯着海岸，甚话也没说，
他的一只脚已经准备要
一下子从独木舟上跨过。
他们在漂流着……

　　　　　　　　"靠岸，老头！
向岩石靠。"迎着浪一眨眼，
这急不可待的游泳高手
一下跳下去，跨到了岸边。
而向着岩石靠住独木舟，
同时另一只手不慌不忙
把帆从桅杆上降了下来，
把船系到盘结的树根上
打个结实的结，怕它松开，
然后从容不迫跨出一步
登上峻峭而荒凉的海岸。
燧石发了声，火焰不多久
就已远远地照亮了海面。
森严的地方！大堆的岩石
耸立在那阴暗的海岸上；
不安的巨浪撞击着岩石，
浪花飞溅；松树大声喧嚷，
摇荡着它们古老的头颅，
俯视着波涛汹涌的大海，
周围既无花朵，也无草木、
沙土和薜苔；峭壁和悬崖，
到处都留着雷电的标记

和那疲惫的水流的痕迹，
而在血迹模糊的裂缝中，
是腐烂的尸骨——狼的宴席。
向着火，辛苦操劳的老人
伸出他麻木僵冷的双手。
年深日久的痛苦的迹印，
身子的伛偻，面目的消瘦，
时间在他身上深深刻下
它那些分明的最后痕迹，
衣服、鞋袜——一切都说明了
他的辛苦、贫穷以及粗鄙。
但是那边是谁？青春年华
在脸上闪耀；像一朵春花，
他漂亮英俊；不过很显然，
从小儿欢乐就不知道他；
低垂的眼里饱含着忧伤；
身穿着斯拉夫人的衣裳，
腰挎着斯拉夫人的宝剑。
斯拉夫人的天蓝色的眼，
斯拉夫人的金色的头发，
像浪花似的披分在双肩……
穿着褴褛的破裤和旧衣，
也感到跳动的火的暖意，
老人沉沉地进入了梦乡。
但年轻人皱着眉把手指
交叉成十字放在他胸前，
坐在那里，而陷入了沉思……

嘴含混不清地轻声低语。
而那命定的伟大的志向
正在孕育着无言的情感，
想象中看到另一个地方，
他在倾听着神秘的召唤……

夜即将过去，篝火熄灭了，
灰烬也凉了；深海的汪洋
开始发白；晨光就要来到；
梦降落在斯拉夫人头上。

他去过好多远方的国家，
他从陆地、海上各地奔驰，
他南征北战，他到处厮杀，
送走往昔的战争的时日，
和那奥丁①的威严的子孙
分享各种各样的战利品，
敌军看见了他立即逃窜，
就像海浪当暴风雨来临，
仓皇奔逃向黑色的海岸。
他倾听狂欢的斯加里得②
竖琴的乐音、欢乐的赞歌，
在有力者府邸尽情欢庆，
以某种奇异的美来诱惑
那些外族姑娘们的眼睛。

---

① 奥丁，斯堪的纳维亚神话中最高的神。
② 斯加里得，古代北欧对歌唱诗人的称呼。

但甜蜜的梦这时并没有
把英雄苛到另一个地方，
带到正进行激烈的战斗、
用刀剑互相厮杀的战场；
他没看到基里阿兰吉亚①
悲惨之地的熟识的岩峰
和阿里比昂②，想在此寻求
血的砍杀和远方的光荣！
他没有梦见巨浪的腾喧；
他忘掉了那海上的战斗，
和那篝火的明亮的火焰、
吠叫的猎犬、喇叭的怒吼；
其他种种的幻想和梦境
使斯拉夫人的心潮澎湃：
面前是斯拉夫人的亲兵，
他认出亲兵所用的盾牌，
他向逝去的年代的朋友
便又一次伸出了他的手，
长期的别离把他们忘怀，
他们已离开了这个世界。
他看见了诺夫哥罗德的
很早以前就熟识的望楼；
但栅栏已被野芝麻缠绕，
窗户也都长满了菟丝子，
院子里荒草外一无所有。

---

① 基里阿兰吉亚，即卡累利阿，原苏联和芬兰交界处。
② 阿里比昂，古希腊、罗马人对英国的称呼。

他迅速从一排沉静无声、
空无人迹的房子前走过，
一切都死寂……宾客不再来，
餐桌上的杯盘尽皆冷落，
这就是那所高高的厅堂……
他的心在跳动："是否还在——
美目顾盼的迷人的女郎？
我可爱的花是否还盛开？
我能否找到她？"这样说着，
走进去一看：可怕的景象！
冰冷的床上盖着块殓布，
躺着个已经死去的女郎。
顿时目瞪口呆、心潮激动。
他把覆盖着的殓布揭起，
他看见：她！——透过沉重的梦
发出了一声微弱的叹息……
是她……是她……就是她的相貌；
他看出她胸膛上的伤迹。
"她已经死了！"——他一声尖叫——
"谁能够？……"听到一个声音："你……"

　　日常生活的纷忙和劳顿
在安逸、舒适的懒散之中，
不断地激荡着老人的心：
他在睡梦中张开了征帆，
随着轻风的意志而航行，
一条清澈明亮的河轻轻、
轻轻地把他送进了港湾，

在老人的沉重的大网内，
落进了乱蹦乱跳的大鱼；
一切静悄悄：大海在沉睡，
但乌云压顶，远处的雷声
在怒吼的深渊上空轰鸣，
独木舟下的深海沸腾了，
浪涛汹涌地在上下翻腾；
不幸的人很想转向原路，
回到原来的海岸，但枉然，
小船坏了，——破裂成了两截！
船夫落向那大海的深渊。
他清醒过来，浑身在打战，
看看周围，海岸一片静谧，
在半明半暗的地平线上，
金色的晨光慢慢地升起，
从悬崖的高处，从树丛上，
迎着清新的欢乐的早晨
鸟儿飞出来，唧唧地歌唱，
天已明了——但是斯拉夫人
还在生苔的石头上打盹，
高傲的脸上燃烧着愤怒，
转动着含糊不清的舌根。
他叹息着紧紧抱住石头……
老人谨慎小心地轻轻地、
轻轻地用胸碰了碰青年——
缥缈的幽灵便从他头上——
飞了出去，青年一跃而起，
他看见东方升起了太阳，

他就伸出手，拿起了金币，
一边向他告别，送给老人。
他说道："啊，顺风会召唤你
平安地回到祖国的海滨，
现在——趁着海上风平浪静，
快点开，而我——走另一条路。"
老人今天心里特别高兴，
衷心地向斯拉夫人祝福：
"愿彼隆①时时刻刻保护你，
风暴的父亲、北方的沙皇，
和强大的拉多、斯维托维；②
愿你永远年轻，终身健康，
愿年轻的夫人含着眼泪、
带着欢笑上前来迎接你，
饮尽了朋友蜜酒的酒杯，
一举消灭敌人，化为粉齑。"
他说完跳下岩石上了船，
解开船上湿漉漉的缆绳。
扬起了风帆，离开了海岸。
老人的眼一直没有离开
海岸边陡峭的山岩峰顶，
山岩上有黑压压的森林，
年轻的斯拉夫人迅速地
跑进了森林深处去藏身。

---

① 彼隆，斯拉夫神话中的雷神。
② 拉多，斯拉夫神话中的爱神。斯维托维，斯拉夫神话中的太阳神。

强盗兄弟

1821—1822

《强盗兄弟》写于 1821 年至 1822 年,写成后普希金自己后来又烧掉,这只是烧余剩下的一个片段。虽然只留下一个片断,但有头有尾,可以独立成篇。1825 年发表于《北极星》文选上,1827 年又在莫斯科出了个单行本。关于这部长诗的情节,普希金 1823 年 11 月 11 日给维亚泽姆斯基信中写道:"真实的事引起我写这个片段。1820 年我住在叶卡捷琳诺斯拉夫的时候,有两个被钉在一起的强盗泅过第聂伯河逃掉了。他们在岛上休息和一个警卫兵的淹死,不是我空想出来的。"

　　普希金留下两个提纲(见附录二)。

　　原诗的格律及译文处理办法,与《鲁斯兰与柳德米拉》相同。

这不是、不是成群的乌鸦
飞集上一堆腐烂的尸骨，
这是深夜里伏尔加对岸
野火旁聚拢起亡命匪徒。
不同的服装和面貌、民族、
语言和身世混杂在一起！
他们从茅房草舍和监狱
为了财物而汇集到这里！
他们心里都希望能够过
没有权势和法律的生活。
在他们这伙人当中有着
好战的顿河上的亡命者、
长着黑色鬓发的犹太人、
来自草原的卡尔梅克人、
面貌丑陋的巴什基尔人、
长着棕色头发的芬兰人、
悠闲懒散流浪的茨冈人！
维系着这可怕的家族的——
是冒险、流血、欺诈和奸淫；

谁要是狠着心干尽坏事，
谁要是用冷酷无情的手
杀害可怜的孤儿和寡妇，
谁要是爱听孩子的哭声，
谁要是毫无怜悯和宽恕，
谁要是把杀人当作欢乐
像幽会对年轻恋人一样，
那就去加入他们的家族。

　　一切都寂静，这时候月亮
向他们投下惨淡的清光，
在他们手中传递着酒杯，
杯中是浮满泡沫的酒浆。
有的人伸开他们的肢体，
昏沉地睡在潮湿的地上，
而在他们的罪恶的头顶
不祥的噩梦在不断飞翔。
有的人讲着故事来缩短
阴郁的夜晚的无聊时光；
大家安静了——一个新来者
讲述的故事吸引住他们，
周围的一切也在听他讲：

　　"我们共两个人：弟弟和我。
我们一块长大；少年时期
我们在别人家度过：生活
对两个孩子是毫无乐趣；
我们尝尽了贫困的滋味，

我们受尽了痛苦的屈辱，
很早就激动我们心灵的
是那强烈的狠毒的嫉妒。
孤儿们没有一小间破房，
也没有一垄贫瘠的田地；
我们生活在痛苦忧患中，
这命运使我们感到烦腻，
这时我们两人就商量定
去试一试另外一种命运：
我们把钢刀和漆黑的夜
当作我们最亲密的伙伴；
而把良心也远远地赶走，
忘掉了胆怯，忘掉了忧烦。

　　"啊！青春，豪迈勇敢的青春！
这时候生活才属于我们，
这时我们不怕什么死亡，
把所有一切都拿来平分。
常常地，每当皎皎的明月
高高升起，停在天空中央，
我们便从地窖里爬出来，
走进树林干危险的勾当。
我们在树后头坐着等待
迟暮的路上会不会走来
有钱的犹太人或者神父——
一切归我们！全都抢过来。
常常地，冬天深更夜半时，
我们套起了勇敢的马车，

像箭一般在冰天雪地里
飞驰着，吹着口哨唱着歌。
有谁能不害怕遇见我们？
看见了酒馆里一线灯光——
就跑上去！到门口就敲门，
大喊大叫地唤出老板娘，
进了门——不花钱；白吃白喝，
还可以搂抱漂亮的姑娘！

"可是结果呢？我们弟兄俩
好景不长：我们都遭了殃；
把我们抓住了——几个铁匠
把我们用镣铐钉在一起，
警卫队把我们送进监房。

"我的年纪比弟弟大五岁，
对折磨也比他熬受得起。
被关闭在窒息的四壁内
我还无恙——他却力竭精疲。
他呼吸困难，心上又烦躁，
在昏迷中把火热的额角
靠在我肩头，已奄奄一息，
口中不断地喃喃地说道：
'这里气闷……我要到树林去……
水、水！……'我给这痛苦的病人
递过水去，但却毫无用处：
他依然受着干渴的折磨，
浑身滚下冰雹似的汗珠。

致命的疾病引起的高烧
使他血液奔流、神志迷乱，
他已经完全不认识我了，
一刻不停地老是在呼唤，
呼唤自己的朋友和伙伴。
他说：'你躲藏到哪里去了？
你秘密的道路通向哪里？
为什么我哥哥扔下了我，
扔在臭气冲天的黑暗里？
不就是他从平静的田亩
把我引诱进茂密的森林，
在那里强暴又可怕的他
夜半时第一个教我杀人？
现在他丢下我，独自一人
挥舞着他那沉重的铁锤，
而在辽阔的田野里游荡，
他在令人忌羡的生活中
把自己的伙伴全然遗忘！……'
那是烦闷的良心的痛苦
又在他心头燃烧起烈火：
他眼前聚拢来许多幽灵
伸出手指远远将他威吓。
他脑海里出现得最多的
是一个我们在很久以前
杀害过的老年人的形影，
他在病着，用手蒙着两眼，
这样地替老人向我求情：
'哥哥啊！可怜他的眼泪吧！

这么大年纪，就饶他一命……
他哀告的声音使我害怕……
放了他吧——他不会害我们；
他连一滴热血也没有了……
哥哥！不要跟老人开玩笑，
不要折磨他……他许会减轻
上帝的震怒，用他的祈祷！……'
我克制着恐怖听他的话；
想要将病人的泪水止住，
把那些空妄的幻想赶跑。
他看见从森林向着监狱
走来的死人们在跳着舞，
他听见他们可怕的耳语，
又听见他们走来的脚步；
他的眼神古怪地闪着光，
头发倒竖起来，像山一般，
而浑身抖得像树叶一样；
他忽而又以为眼前看见
好多人聚集在广场四周、
走向刑场的可怕的人流、
鞭笞和那可怕的刽子手……
失去了知觉，充满着恐怖，
弟弟最后倒在我的怀里。
我日日夜夜就这样度过，
不能够得到片刻的休息，
我们眼睛都没有闭一闭。

　　"但青春终于取得了胜利：

弟弟的体力又恢复过来，
那可怕的疾病已经过去，
幻想也随着它远远离开。
我们康复起来了。这时候
更怀念过去所操的旧业；
心灵渴望森林、渴望自由、
渴望那一望无际的田野。
我们厌烦了牢房的黑暗、
铁栅外透进的一线阳光、
看守的叫骂、锁链的银铛
和那飞鸟的轻声的喧嚷。

　　"有一天我们身戴着锁链，
大伙儿一齐走上了大街，
说是去给城市监狱募捐，
我们早已经暗中商量好
要实现多时以来的夙愿；
河水就在一边哗哗地响，
我们走去——从高高的岸上，
扑通！跳进了深深的水中，
我们的脚一齐拍着波浪，
合钉的脚镣嚓啦啦地响。
我们望见了一小片沙洲，
劈开湍急的水流，向那里
游去。人们在我们的身后
大叫道：'逃掉了！抓住！抓住！'
从远处游来两个警卫兵，
但我们已经踏上了沙洲。

我们用石头砸断了锁链，
互相帮着撕扯掉衣服上
吃饱水的沉甸甸的碎片……
看见追捕的人就在后边；
我们满怀着希望，大胆地
坐着、等着，一个已经没顶，
忽而喝口水，忽而叫一声，
终于铅一样地沉到水中。
另一个已经游过了深水，
对我的喊叫他全不理睬，
拿着枪踩着水一直泅来，
但是两块石头飞了过去，
不偏不倚打中他的脑袋——
鲜血向着波浪迸流出来；
他沉没了——我们又跳下水，
后面再没有人敢来追赶，
我们总算是到达了河岸，
走进森林。但可怜的弟弟……
劳累和秋天的寒冷的水
夺去他恢复未久的体力，
原来的疾病又冲垮了他，
可怕的幻象出现在眼里。
病人整整三天没有说话，
也没有闭上眼打一个盹；
到了第四天头上，仿佛是，
悲哀的忧思填满他心胸；
握住我的手，叫了我一声，
那已经黯然无神的目光

显示出难以忍受的苦痛，
他，抖了一抖，抽了口气，
就在我的怀里长眠不醒。

　　"我守着他的僵冷的尸体
整整三夜没有同他离开，
老等着，死者会苏醒过来？
我号啕大哭。最后拿起镐；
挖了个洞；在弟弟的墓旁
给他做完了恕罪的祈祷，
然后把弟弟的尸体埋好……
后来又去干旧日的营生，
独自一人……但过去的岁月
已一去不返：已无影无踪！
那些酒宴和欢乐的夜晚
和我们那些狂暴的袭击——
一切都带入弟弟的墓中。
我，孤独地、阴郁地，苟活着，
残酷的本性已变成化石，
而心中的怜悯已经死绝。
有时也饶恕满面的皱纹：
杀害老年人总觉得可怕；
我的手要举也难以举起，
对毫无防御的苍苍白发。
我总记得，阴森的监狱里
弟弟身染重病，戴着镣铐，
失去了知觉，失去了气力，
哀切地为老人向我求饶。"

巴赫奇萨拉伊的喷泉

1821—1823

好多人同我一样，访问
过这个喷泉；但有的已经死
去，有的又流浪到远方。

——萨迪①

《巴赫奇萨拉伊的喷泉》开始写于 1821 年，主要部分 1822 年写完。1823 年最后修改定稿。关于长诗写作的详情，我们从普希金写给兄弟（1823 年 8 月 25 日）及别斯图日夫（1824 年 2 月 8 日及 6 月 29 日）的信中，可以得知一二。普希金修改这部长诗时删去了"爱情的幻想"，即包括诗人内心自白的地方。普希金把这部长诗的印行委托维亚泽姆斯基去办理，因检查机关的挑剔直到 1824 年 3 月 10 日才得以问世。第一版（1824）有维亚泽姆斯基的《出版商与作家的谈话》一文作为"代序"，又有 И. М. 穆拉维约夫-阿波斯多尔《塔夫利达游记》一书中的摘录。第三版（1830）删去《谈话》，又附录了《致友人 Д. 书》的片段。巴赫奇萨拉伊是克里木半岛南端城市，16—18 世纪克里木汗国的首都。

　　原诗的格律及译文处理办法，与《鲁斯兰与柳德米拉》相同。

---

　　① 萨迪，波斯诗人。上段题词引自萨迪的长诗《果园》。萨迪的长诗《果园》当时还没有译为任何一种欧洲文字，普希金转引自英国作家莫尔的长诗《拉拉-卢克》的法文译本。

基列伊坐着，低垂下两眼；
琥珀烟管在他嘴里冒烟；
卑躬屈节的廷臣默默地
环立在威严的可汗身边。
宫殿里一切都寂静无声，
大家惶惶不定、惴惴不安，
在他闷闷不乐的面容上
读着莫名的愤怒和忧烦。
但是那高傲自负的君王
不耐烦地把手摆了一摆，
人都俯首躬身退出金殿。

他独自坐在他的宫殿里；
胸口呼吸得已较为轻松，
严峻的前额更为明显地
显示出了他内心的激动。
正如港湾激荡的水面上
映照出朵朵狂暴的乌云。

是什么激动着高傲的心？
什么思想在他脑中回旋？
是要对俄罗斯进行战争，
是要把法令强加给波兰，
是燃起血的复仇的火焰，
是在军队中发觉了叛乱，
是担心山中人民的反抗，
是害怕热那亚①诡计多端？

不，战争的光荣他已厌烦；
他威武的手已感到疲倦；
战争离他的心已经很远。

难道是经由罪恶的小径
淫行已经潜入他的内宫，
奴役、柔顺与幽禁的女儿
向异教徒交出她们的心？

不，基列伊的怯懦的宫娥，
这样的事连想都不敢想，
阴郁的寂静中开着花朵；
在阴沉的烦闷的怀抱中，
在严密的冷酷的看守下，
她们不知道这一种罪恶。
她们的青春的美深藏在

---

① 热那亚，意大利城市。热那亚人于 8 世纪时在克里木南岸建立过殖民地，到 1475
年被土耳其人赶走。

守护的牢狱的阴影之下，
如同在温室的玻璃窗内
生长着阿拉伯纤弱的花。
她们美好的年月和时日
按着阴沉顺序飞逝不停，
就这样在不知不觉之间
随身带走了青春与爱情。
每一天都是同样的单调，
时间有时流得这般缓慢，
懒散主宰着她们的生活，
欢乐在后宫里很少露面。
妙龄的嫔妃们想方设法
自己把自己的心灵欺骗，
她们更换着华美的服饰，
玩各种的游戏，聊聊闲天；
或在活泼的泉水喧嚷中，
下临清澈的明净的水流，
在枫树的浓郁的清荫下，
成群结伴地轻盈地漫游。
凶狠的太监巡视着她们，
没有法子躲开他的监守：
他的嫉恨的耳朵和眼睛
永远地紧跟在她们身后。
就靠着他的辛勤的努力
才建立起了永恒的秩序。
可汗的意旨——唯一的法令；
《古兰经》至高无上的训诫
他并不怎么严格地遵行。

他的心根本不祈求爱情；
对那些嘲笑、非难和憎恶、
太难堪的恶作剧的欺凌、
轻蔑和祈求、畏怯的目光、
无力的哀怨、轻微的叹声，
他都好像木偶般地容忍。
他完全摸透女子的天性；
他深知在故意或无意间
他自己有多么狡猾恶狠：
含情的目光、眼泪的谴责，
已不会使他的心灵激动；
他早已再也不相信它们。

当那些年轻美貌的女奴
披开一绺绺轻柔的秀发，
在暑热的时刻出去洗浴，
而那一股股泉水的清波
流上那令人销魂的身躯，
欢乐的寸步不离的看守
这时就会冷漠地守望着
这一群裸着玉体的宫女；
而在黑夜里，他又在内宫
迈着他无声的脚步巡行；
他轻轻踩着地毯悄悄地
溜进那应手而开的房门，
每张床都看得仔细分明；
他怀着无穷的疑虑窃听
可汗的嫔妃深夜的呓语，

察看着她们旖旎的美梦；
呼吸、叹息、最轻微的悸动——
他点滴不漏全看在眼中；
谁要是在睡梦中喃喃地
唤出了一个陌生的姓名，
或对女伴讲出罪恶思想，
那就触了霉头、大祸来临！

　　基列伊为什么郁郁不乐？
他手中的烟管早已熄灭；
太监在门外屏住了呼吸，
一动不动，察看他的颜色。
满腹忧思的君王站起来。
面前房门大开。默默无声，
走进不久以前受宠爱的
那些嫔妃们居住的内宫。

　　她们这活泼嬉戏的一群
悠闲自在地等待着可汗，
她们在浤浤的喷泉四周
团团围坐，铺着丝绒地毯，
带着天真的喜悦在观赏
鱼儿在那清澈的泉水里，
在大理石池底游来游去。
有的还故意地把黄金的
耳环向着鱼儿投进水底。
这时给这些女郎们跟前
送来了甘凉清香的果汁，

而整个内宫忽然唱起了
一支嘹亮而美妙的歌子。

鞑靼人之歌

一

"上天常常地赐给人至福，
取代灾难与眼泪的不幸：
幸福的是在悲惨的老年
朝拜圣地麦加①的苦行僧。

二

"幸福的是用死亡礼赞过
光荣的多瑙河涯岸的人。
天国的女儿将展翅飞来，
以热情的微笑把他接引。

三

"但更幸福的只有那个人，
他爱平静、安逸，啊，莎莱玛，
他在深宫寂静里爱抚你，
亲爱的，如同爱抚玫瑰花。"

她们唱着。但是莎莱玛呢，
后宫的美人，爱情的明星？——
唉唉！她面色苍白而憔悴，

---

① 麦加，伊斯兰教第一圣城，为该教创造人穆罕默德诞生地。

对这些赞扬全无心去听；
像一戋雷雨打折的棕榈，
年轻的头颅阴郁地垂下；
什么都引不起她的欢喜：
基列伊已经厌弃莎莱玛。

　　他变了心！……格鲁吉亚女郎，
有谁能比得过你的玉颜？
绕着娇美如百合的前额
把辫发盘起，盘成了两圈；
你的那一双醉人的眼睛
比深夜还黑，比白日还亮；
谁的声音能更加强烈地
表露出火热希望的激荡？
什么人的吻能够比你的
沁人心脾的吻更为动人？
那一颗为你而陶醉的心
怎能为别人的美而跳动？
但狠心的无情的基列伊
已鄙弃了你的月貌花容，
他闷闷不乐地独自一人
度着那夜的寒冷的时辰，
自从那、自从那波兰公主
被幽禁在他深深的后宫。

　　年轻的玛丽雅不久之前
才看见了这异国的天空；
不久之前她在祖国刚刚

花朵般展开美丽的芳容。
白发的老父以她为骄傲，
把她看作他暮年的依靠。
她那些天真无邪的心意
是老人信守不渝的教条。
他所关怀的只有一桩事：
要让可爱的女儿的命运
好像那明丽如画的春光，
决不让他的爱女的心灵
蒙上哪怕是片刻的悲伤；
甚至要让她在出阁之后
怀着深深的感动回想她
好像轻捷的梦幻逝去的
欢乐的岁月、少女的年华。
她的一切都这样地迷人：
柔和的性格、端庄活泼的
举止和慵倦淡蓝的眼睛。
她用那精心的修饰更为
美化了上天可爱的赋予；
她用那神奇悦耳的竖琴
使家中的饮宴充满乐趣；
有多少富豪和达官贵人
成群地来向玛丽雅求婚，
有多少青年儿郎为了她
饱尝痛苦，在暗地里伤心。
但是在她那平静的心中，
她还不晓得什么是爱情，
她在世代相传的城堡里

整日只是同女伴们嬉戏，
度着自在的闲适的光阴。

　　很久了吗？怎么样！鞑靼人
像山洪似的向波兰涌来，
庄稼黄熟的田亩的野火
也没有这般可怕、这般快。
烽火连天中备受蹂躏的
繁华的国土成了瓦砾场；
升平的歌舞如过眼云烟，
村落、丛林和豪华的城堡
都阒无人迹，已一片凄凉。
玛丽雅的绣阁寂然无声……
家庭教堂内圣徒的尸骨
沉睡着，在做着寒冷的梦，
而今又筑起了雕着王冠
和公爵徽章的新的坟冢……
父亲已入墓，女儿已被俘，
吝啬的继承人统治城堡，
而使这满目荒凉的国土
在苦难重轭下受尽凌辱。

　　唉！巴赫奇萨拉伊的宫殿
隐蔽着一个年轻的公主。
在静静的幽禁中凋萎着，
玛丽雅整日在悲伤、啼哭。
基列伊哀怜不幸的女郎：
她心中的哀伤、眼泪、呻吟

惊破了可汗的短暂的梦，
他只是为了她才放宽了
宫禁中严峻苛刻的法令。
可汗嫔妃的阴沉监守人
昼夜不许走进她的寝宫；
他也不许用那关切的手
强迫着她在卧床上入梦；
他眼中不逊无礼的目光
也不敢向她的身上投去；
陪同她在那秘密的浴室
沐浴的只有她的女奴隶；
可汗自己也生怕搅乱了
幽囚的女郎悲凄的安谧；
让她独居在远离后宫的
一所冷落僻静的房间里：
仿佛，在远离尘寰的地方
隐藏着一位绝世的仙女。
在那里，圣母的圣像面前
日日夜夜点着神灯一盏；
她怀着一腔虔诚的信念，
这忧伤的心的唯一慰安，
是她孤寂中的一线希望，
而一切都使她寂寞的心
想起亲爱的美丽的故乡；
在那里，远离可羡的女友，
年轻女郎不禁酸泪盈眶；
当周围的一切都沉沦于
极度疯狂的享乐与欢娱，

掩蔽这个庄严的圣物的
只有这奇迹救出的一隅。
这样，心灵，这迷妄的牺牲，
在这各和罪恶的欢乐中
仍然保持着神圣的信物，
仅有的圣洁、至高的感情……
·····························
·····························

　　夜已经来临；塔夫利达①的
愉快的田野已罩上暗影；
远处，月桂静寂的浓荫下
我听见夜莺悦耳的歌声；
星星合唱队的后面升起
一轮明月；从澄清的天空
把她那阴森凄清的光辉
洒上了山谷、丛林和丘陵。
在那巴赫奇萨拉伊街上
贫苦的鞑靼人的妻子们
头上披戴着洁白的纱巾，
或隐或现像飘忽的幽灵，
匆匆地你来我往地串门，
分享着夜晚闲暇的时辰。
宫殿寂静了；后宫已入梦，
沉浸在那恬静的安谧中；
什么也不能把夜的宁静

---

① 塔夫利达，克里木半岛及其以北一带的古称。

打破。忠心耿耿的守护人，
太监，走来走去到处巡行。
现在他入睡了；但是恐怖
仍在惊扰他梦中的灵魂。
时刻防范不测的责任心
不让他的头脑片刻安宁。
仿佛忽而听到什么响动，
忽而是低语，忽而是喊声；
为不可信的耳朵所欺骗，
他醒过来，浑身战战兢兢……
侧起了惊恐的耳朵倾听……
但周围的一切悄然无声；
唯有从大理石的隙洞里
淙淙的泉水不停地喷涌。
而夜莺形影不离地伴着
可爱的玫瑰花深夜歌唱；
太监侧耳静听了好一会，
睡魔又把他拖进了梦乡。

绚丽多彩的东方之夜啊，
你幽暗的景色多么可爱！
在那预言者的信徒看来
时光流逝得是多么愉快！
在无忧的后宫的寂静里，
他们家中迷人的花园里
又是何等的美满和安逸！
在那里，在月光的照耀下，
一切都充满恬静与神秘

和令人心荡神怡的诗意！
······················

　　嫔妃们入睡了。只有一人
不能成眠。她屏住了声息，
爬起来；走着；用慌张的手
推开了门；在夜的黑暗里
用轻轻的脚步向前走去……
白发的太监躺在她面前
心绪不安地微微打着盹……
啊，他的心是铁石般无情：
睡眠的平静兴许是骗人！……
她从一旁溜过，像个幽灵。
······················

　　她面前就是房门；她的手
战战兢兢地、犹疑不定地
摸着坚牢的门锁，跨进门……
走进屋里去，惊异地察看……
而莫名的恐惧浸透全身。
神灯暗淡的孤寂的微光
阴惨惨地照耀下的神龛、
圣母慈祥的温和的面容、
十字架，爱的圣洁的象征，
格鲁吉亚女郎，凡此种种
都勾起了你怀乡的幽情，
都忽然模模糊糊地响起
忘掉的过往时日的声音。——

她面前公主静静地躺着，
双颊上燃烧着处女的梦，
浮起了慵倦无力的微笑，
还带着两行新鲜的泪痕，
显得越发娇艳，光彩动人：
正如同在月光的照耀下
经受过骤雨摧折的鲜花。
仿佛是睡意沉沉的天使
伊甸园的孩子从天降临，
而在睡梦中流淌着眼泪
哀怜这深宫女囚的不幸……
唉！莎莱玛，你究竟怎么啦？
她双膝不由得跪到地下，
她的胸膛里填满了哀愁，
哀求地说："可怜可怜我吧，
请你不要拒绝我的恳求！……"
她的语言，她的动作，呻吟
打断了少女的恬静的梦。
公主惊异地看见她面前
有个年轻的陌生的女郎；
她用颤抖的手把她扶起，
同时惶惑不安地对她讲：
"你是谁？……一个人，半夜三更——
来这里干什么？"——"我来找你，
救救我吧；在我的命运里
剩下的只有这一线希冀……
我曾享受过很长的幸福，
一天又一天地无忧无虑……

而幸福的影子已消逝了；
我就要死了。听我说下去：

　　"我不是这里生长，在很远、
很远的地方……但是往日的
经历过的事情直到而今
还深深地铭刻在记忆里。
我记得高入云霄的山峰、
山间流着的温暖的清溪、
无法穿越的茂密的森林、
异样的法律、异样的风习；
但是为什么、是什么命运
使我抛下了自己的家乡，
我不知道；我只记得大海，
还记得一个人在帆船上
高高地站着……
　　　　　　　我从来不懂
什么是惊恐、什么是悲哀；
我在安逸无忧的幽静中、
宫闱阴影下把花苞绽开，
而用这颗柔顺的心期待
尝试最初的心中的情爱。
我的隐秘的心愿实现了：
基列伊为了平静的安逸
已经厌弃了血腥的战争，
他停止了那可怕的征伐，
重新回到了自己的后宫。
眷恋的期待中我们来到

可汗面前。他默默无言地
把敏锐的目光转向了我，
他把我召去……而从这时起
我们便在无尽的欢乐中
度着幸福的甜蜜的生活；
无论是烦闷、谗言或猜疑，
无论是恶毒嫉妒和痛苦
都不曾搅乱我们的快乐。
玛丽雅！你来到他的面前……
唉，从那时起他的心因为
罪恶的思想而郁郁不欢！
基列伊，他的心已经大变，
对我的哀怨已充耳不闻，
我心中的悲叹使他厌烦；
他和我在一起已没有了
往昔的深情、娓娓的情谈。
你并没有参与这桩罪行；
我知道，这不是你的责任……
可是听我说：我美艳绝伦；
在整个后宫里能够跟我
比一比的就只有你一人；
但我生来就是为了爱情，
像我这样地爱，你是不能；
为什么你用冷静的美色
来搅扰他那颗脆弱的心？
把基列伊给我：他是我的；
他的吻还燃烧在我嘴上，
他对我赌过可怕的誓言，

基列伊把他一切的思想
和愿望同我的结成一体；
他的变心将置我于死地……
我在哭泣；你瞧瞧，我现在
在你的面前屈下了双膝，
我不敢怪你，我只是求你，
把快乐和平静还给我吧，
还给我那原先的基列伊……
你什么也无须向我剖白；
他是我的！你使他着了迷。
躲开他吧，随你想想办法
用轻蔑、用悲伤或用哀乞；
请发誓……（虽然为了《古兰经》
我在可汗的女奴隶当中
已经忘记了从前的信仰；
母亲的信仰和你的一样）
你要对我发誓，凭着信仰。
把莎莱玛再交还基列伊……
但是你听着：如果我应当
报答你……我有着一把利剑，
我诞生在高加索山近旁。"——

　　她说完之后便突然消失，
公主也不敢去跟着追寻，
充满痛苦的热情的言语
这纯真的少女全然不懂，
她只模糊地懂它的声音；
使她感到又害怕、又吃惊。

怎样的眼泪、怎样的祈求
才使她不至于蒙受耻辱？
什么命运等着她？难道她
剩下的痛苦的青春岁月
就非得成为低贱的婢奴？
啊，天哪！但愿基列伊能够
永远把这个不幸的女郎
遗忘在她的僻远的牢房，
或者斩断她惨痛的日子，
以暴病给她带来了死亡！
玛丽雅该是多么高兴地
撇下了这个凄惨的人寰！
人生宝贵的短暂的时光
早已逝去，早已一去不返！
荒漠的世界有什么留恋？
玛丽雅该去了，有人等她
进入天国，进入平静怀抱，
亲切的微笑在把她召唤。
· ·

玛丽雅不在了。光阴似箭；
瞬息间这孤儿已经长眠。
她，正像一个新的安琪儿，
照亮了期待已久的乐园。
但是什么把她带入坟墓？
是疾病或是其他的灾难，
还是绝望的幽禁的哀伤？······
谁知道！——柔情的女郎死了！

阴惨的宫殿已满目凄凉；
基列伊又抛下他的皇宫；
他又带领着大队鞑靼人
对国外展开凶猛的进攻；
他心地残酷，他面目阴沉，
又在战斗的风暴中驰骋：
但另一种感情的凄然的
火焰隐匿在可汗的心中。
他常常在宿命的厮杀中
举起了马刀，用力地一挥，
忽然一下呆住，凝然不动，
茫然失神地四面张望着，
面色惨白，似乎满怀惊恐，
口中喃喃不绝，而有时候
热泪河水般地流个不停。

　　被遗忘的受冷落的内宫
再也不见基列伊的影踪；
注定了痛苦命运的嫔妃
在无情的太监的巡守中
一天天衰老。在她们当中
格鲁吉亚女郎早已不见；
被后宫沉默可怕的卫士
抛入了大海的无底深渊。
在公主死去的那天夜里，
这样地结束了她的痛苦。
不管那是怎样的罪过吧，
惩罚未免太可怕、太残酷！——

　　用战争的烈火烧干净了
俄罗斯许多和平的村庄
和那临近高加索的国家，
可汗又回到了塔夫利达，
而在皇宫的幽静的一角
建立起一座大理石喷泉，
为了纪念薄命的玛丽雅。
喷泉上又筑了个装饰着
十字架的穆罕默德新月
（当然这是个大胆的象征，
是桩可怜的无知的罪恶）。
喷泉上有题词：风雨剥蚀
还没有把题词完全湮灭。
在它那异国的字迹之下
泉水在那大理石中呜咽，
而如同寒冽的泪珠似的
点点地滴着，永没有休止。
像母亲在悲伤的日子里
哭着死在战争中的儿子。
在那个地方年轻的姑娘
都知道这个古老的传言，
她们就给这凄伤的古迹
起了个名字，就叫做"泪泉"。——

　　我终于抛下可爱的北国，
长久地忘掉欢乐的酒筵，
访问了巴赫奇萨拉伊的

那座忘怀中沉睡的宫殿。
我在静寂的回廊踯躅过,
在那里各族人民的灾星,
狂暴的鞑靼人开过饮宴,
而在那可怕的攻战之后
也曾沉湎于豪华的懒散。
温馨的气息而今还流溢
在那寥落的池苑和椒房,
泉水喷湮,玫瑰披着红装,
葡萄的枝蔓在四处缠绕,
墙壁上依然是金碧辉煌。
我也看见过残破的雕栏,
妙龄的嫔妃们在雕栏前
常掐着她们的琥珀念珠
在寂静之中不断地悲叹。
我也看见过可汗的陵墓,
君王的最终的栖身之处。
这些戴着大理石头巾的
竖在陵前的高高的华表,
仿佛听到,用清晰的语言
对我讲出了命运的诚诰。
可汗在哪里?后宫在哪里?
四周的一切阴沉而静寂,
一切都变了样……但是那时
我心中想的不是这些事:
玫瑰的气息、喷泉的声响
把我引入了茫然的忘情,
我的思想不由得神往于

那难以言语形容的激动；
而在宫殿里眼前隐约地
浮现出少女飘忽的幻影！
·······················

　　啊，朋友，我看见谁的幻影？
告诉我，谁的温柔的形象
紧紧地追踪在我的身后，
使我无法逃躲，不可拒抗？
那时出现在我的面前的
是玛丽雅的纯洁的灵魂，
还是莎莱玛满怀着妒嫉，
徘徊在这座寥落的后宫？

　　我记得那样可爱的目光
和那依稀是人间的玉颜，
我心中的思绪向她飞去，
在逐放中依然把她思念⋯⋯
啊，痴人，够了！不必再提了，
不要再激起无用的哀痛，
这不幸的爱的不安的梦，
你已经给了它你的同情——
郁悒的流囚啊，清醒清醒；
你要长久地跟枷锁亲吻，
并用你不识分寸的竖琴
在人世上宣布你的愚蠢！

　　我，缪斯和平静的崇拜者，

把光荣和爱情全都忘记，
啊，沙里吉尔快乐的两岸，①
很快地就要重新看到你！
我怀着离奇隐秘的回忆
将登上沿海诸山的山冈，
而塔夫和达滚滚的波浪
将再娱悦我贪婪的目光。
赏心悦目的迷人的地方！
那里景色如画：山峦、森林、
葡萄藤上的琥珀和宝玉、
深山峡谷里迷人的美景、
潺潺的流泉、白杨的清荫⋯⋯
一切都诱惑着旅人的心，
当着在静谧的清晨时分
他的识途的老马奔驰在
沿海群山的海滨的小径，
而在他面前，大海的波涛
在阿尤达格②悬崖的面前，
波光闪耀又大声地喧腾⋯⋯

---

① 沙里吉尔，克里木半岛的大河，注入亚速海。这里指整个克里木半岛。
② 阿尤达格，克里木半岛南临黑海的悬崖。

茨冈人

1824

《茨冈人》开始写于 1824 年 1 月，于同年 10 月完成于米哈伊洛夫斯克。第一次发表于 1827 年 5 月。跟其他几篇南方长诗一样，《茨冈人》中主要写的是普希金个人的观察及印象。据同时代人的回忆，普希金跟着茨冈人的流动人群一起度过几天生活。《叶甫盖尼·奥涅金》第八章第五节也写到这件事。

　　长诗的一些片段发表在 1825 年的《北极星》及 1825 年的《莫斯科电讯》上。单行本在 1827 年 5 月才问世。

　　原诗的格律及译文的处理办法，与《鲁斯兰与柳德米拉》相同。只是长诗中"天国的鸟无从知道"一节采用的是四音步扬抑格。它的音节数和韵式是 $\begin{smallmatrix}8\,7\,8\,7\\ \text{ABAB}\\8\,7\,8\,7\\ \text{CDCD}\end{smallmatrix}$（下略）。金斐拉唱的"老年丈夫，凶狠丈夫"共五节，采用的是二音步抑抑扬格。它的音节数和韵式是 $\begin{smallmatrix}6\,6\,6\,6\;\;6\,6\,6\,6\\ \text{ABAB\;AABA}\end{smallmatrix}$（下略）。译文每行都是八个字，韵式也是双行有韵。

熙熙攘攘的一群茨冈人①
在比萨拉比亚②平原流浪。
今天他们在河岸上过夜，
撑起了他们破烂的篷帐。
要在广阔的天幕下做起
宁静的梦，像自由般快乐；
马车用毡毯半掩了起来，
车轮中间燃烧起了篝火；
一家人围起来烧着晚饭；
平川旷野正好牧放马匹；
在篷帐外面，驯服的狗熊
自由自在地躺卧在那里；
草原上一切都充满生气；
一家人从容不迫地纷忙，

---

① 茨冈人，过游荡生活的民族。原住印度西北部，10世纪前后开始外移，现几乎遍布世界各地，尤以匈牙利、罗马尼亚为最多。茨冈人身材短小，肤色黄，目黑而有光。语言大都由印度语变来。擅长歌舞，过去以卜筮、卖艺、补锅为业。在其初到欧洲时英人将其误认为埃及人，故称之为吉卜赛人，巴尔干半岛诸国称之为茨冈人，俄语中的称呼与此相同。

② 比萨拉比亚，即原苏联与罗马尼亚接壤的一带。

准备天亮就去附近村镇，
妇女唱歌，孩子们闹嚷嚷，
旅行铁砧也发出了响声。
但接着向这流浪的人群
就降下了梦一般的宁静，
在草原的寂静中只听得
犬的吠叫和马匹的嘶鸣。
四处的灯火都已经熄灭，
一切归于宁静；只有月亮
向着这寂静的流浪人群
从高空倾注下它的清光。
在一座帐篷里有个老人
还没有入睡；坐在炭火前
借它的残烬的余温取暖，
一边凝望着已经笼罩了
一层夜雾的辽远的莽原。
他的疼爱的年轻的女儿
到空旷的田野里去游玩，
她惯于随心任性地嬉戏，
她该回来了；但已经很晚，
眼看着月亮就要抛开了
辽阔天空上的朵朵云彩——
简陋的晚餐就快要冷了；
但是金斐拉还不见回来。

那不是，她来了；在草原上
有个小伙子跟在她身后；
茨冈人不认识这小伙子。

女儿对老人说:"我的爸爸,
我有个客人;我在山丘后,
在那片旷野上遇见了他,
邀他来野营里住上一宿。
他想同我们一样做一个
茨冈人;法律在迫害着他,
但是我将要做他的女友。
他的名字叫阿列哥——他啊,
他愿意跟我们四处漂流。"

老人

我十分高兴。你今天晚上
可以住在我们的帐篷内,
或者跟我们长久待下去,
只要你自己愿意。我准备
跟你同甘共苦。愿你成为
自家人,习惯我们的命运,
习惯自由、流浪者的贫困;
明天当朝霞上升时我们
就坐上同一辆马车动身;
你随意挑一种活儿干干,
打打铁——要不然就唱唱歌,
到东庄西村去耍耍狗熊。

阿列哥

我就待下去。

金斐拉

他是我的了——
谁能够赶走我的心上人？
但天已不早……弯弯的月亮
沉没了；黑暗笼罩了田野，
睡魔要把我带进了梦乡……

天晓了。老人轻轻地漫步，
绕着这怅然无声的帐幕。
"太阳出来了，起吧，金斐拉，
是时候了！醒一醒吧，客人！
孩子们，离开舒适的卧榻！……"
人们拥了出来，一片喧哗；
所有的帐篷都已经拆掉；
马车也都在准备着启程。
一切都同时动了起来——看，
荒漠的原野上人流滚滚。
在驴背上搭着的驮篓里
驮着些嘻嘻哈哈的儿童；
丈夫和兄弟、妻子和姑娘，
老老少少都跟随着步行；
叫喊、喧嚷、茨冈人的合唱、
狗熊的号叫、铁链发出的
刺耳的嚓啦嚓啦的声响、
五颜六色的褴褛的衣裳、
赤身裸体的孩子和老人、

狗的猞猞的吠叫和哼鸣、
风笛的呜呜、马车的辚辚，
一切都不协调，粗野，乏味，
但一切又如此活泼生动。
不像我们死一般的安逸，
不像我们懒洋洋的生活，
这生活单调的奴隶之歌！

　　小伙子带着颗阴郁的心
瞩望着一片荒芜的平原，
他自己也不敢推究推究
他那忧伤的隐秘的根源。
他已是人间自由的居民，
黑眼睛女郎跟他在一起，
太阳在他的头上愉快地
照射着正午璀璨的光辉。
青年的心为了什么跳动？
他有什么忧虑闷在心里？

　　天国的鸟无从知道
什么劳累、什么烦恼；
它不需要辛苦营筑
经年耐久坚牢窠巢；
夜里它在树上打盹；
东方升起红色太阳，
鸟儿倾听上帝声音，
拍动两翼，婉转歌唱。

度过春天美丽季节，
暑热夏季将要逝去——
晚秋天气给人带来
朝云暮霭、凄风楚雨：
人们感到苦闷、烦恼；
小鸟它却越过大海，
远远飞向暖和地方，
一直等到明春再来。

他这漂泊无定的放逐者，
如同那无忧无虑的小鸟，
无论对什么都难以习惯，
不知何处是栖身的窠巢。
在他看来到处是他的路，
到处都有他安身的所在，
清早醒来他自己的一天
他就交付给上帝去安排，
而生活中的忧思和不安
搅扰不了他心爱的懒散。
诱人的光荣的遥远星辰
有时候会把他魅惑招引；
豪华与欢乐有时候也会
在他的面前意外地来临；
雷霆在他的孤寂的头上
也不止一次隆隆地轰鸣；
但他在雷雨下处之泰然，
晴朗的白日却睡梦昏昏。——
他生活着，把狡狯盲目的

命运的权威不放在眼中——
可是,上帝啊,爱情曾怎样
戏弄过他那顺从的心灵!
爱情在他苦痛的胸膛里
曾经怎样地激动和沸腾!
它们能否长久地静下去?
它们就要觉醒:请等一等!

金斐拉

告诉我,我的朋友,难道你
不惋惜永远抛掉的一切?

阿列哥

我抛掉了什么?

金斐拉

你会明白:
故国的人和城市的生活。

阿列哥

有何惋惜? 如果你经历过、
如果你能够多少想象到
窒息的城市奴役的生活!
那里人在围墙里成了堆,
嗅不到清晨的凉爽气息,
闻不到春天草地的香味;
他们出卖着自己的意志,

以爱情为耻,思想被迫害,
在偶像面前低垂下头颅,
只知去祈求锁链和钱财。
我抛掉什么? 无情无义的
激动、武断与偏见的惩处、
人群的绝灭理性的倾轧、
或者是光彩夺目的耻辱。

金斐拉

但是那里有高大的官殿、
那里有花花绿绿的挂毯、
热闹的演唱、喧腾的酒筵,
姑娘们打扮得那么好看!……

阿列哥

城市欢乐的喧嚷算什么?
如没有爱情,便没有欢乐。
而姑娘……你比她们美得多,
虽没有珍珠,虽没有项链、
虽没有她们华丽的服装!
不要变心,我可爱的朋友,
而我呢……我的唯一的愿望
就是同你分享爱情、悠闲
和自由自在流放的时光!

老人

你喜欢我们,虽然你生长
在那些有钱的人们中间。

但一个习惯于安逸的人
不可能把自由永远爱恋。
在我们当中有一个传说：
有一年沙皇给我们这里
流放来一个南方的居民①。
（早先记得他贤明的称号，
但现在已忘得干干净净。）
他按年纪来说已经老了，
但无邪的心却活泼年轻——
他有唱歌的非凡的天才，
他的歌喉像流泉的声音——
所有的人都非常喜欢他，
他就在多瑙河边住下来，
他从来不得罪任何的人，
他讲的故事真逗人喜爱；
他不管什么事都不会做，
软弱而胆小像儿童一样；
他要别人替他出去打猎，
捕鱼也要别人替他张网；
当奔腾的河流冻结起来，
而严冬的狂风肆虐呼啸，
这时人们给神圣的老人
穿戴好长毛的皮衣皮帽；
但是他到底是无法习惯

---

① 指古代罗马大诗人奥维德。他被罗马皇帝奥古斯都放逐到多瑙河入海处托美要塞，后来就死在那里。普希金借奥维德的悲惨故事以比自身的命运。罗马皇帝没有称为"沙皇"的，这里称之为"沙皇"，就是隐示此意。参阅普希金诗《奥维德》。

这贫困生活的辛勤苦劳；
他苍白而憔悴，到处流浪，
他说道，这是他罪愆难逃，
愤怒的上帝降下了惩罚……
他期待：会不会把他宽饶。
不幸的老人总是在苦恼，
整日价徘徊在多瑙河畔，
怀念着他的遥远的城市，
他泪如泉涌，他肝肠寸断，
他临终时留下几句遗言，
他要把他那客死的尸骨
设法迁送回南方的家园，
死——也不会使他得到安息，
如果与这里的土地无缘！

阿列哥

啊，罗马，你赫赫的大国啊，
这就是你的子孙的命运！
爱情的歌手，神灵的歌手，
请你告诉我，什么是光荣？
死后的喧嚷、赞美的歌辞、
一代又一代流传的声名？
或是烟雾腾腾的篷帐里
粗野茨冈人的故事逸闻？

两年过去了。这群平和的
茨冈人依然在各地流浪；
他们随处都找得到安适、
热情的款待，像往日一样。
阿列哥鄙弃文明的枷锁，
像他们似的自在而逍遥；
他过着漂泊流浪的日子，
既没有惋惜，也没有烦恼。
他还是那样，家还是那样；
他已习惯茨冈人的生活，
对过去的事连想都不想。
他爱他们的过夜的篷帐，
他爱贫乏的响亮的语言
和那永远的懒散的舒畅。
狗熊，自己老窝的脱逃者，
他篷帐中毛茸茸的客人，
在村庄里，沿着草原大路，

在摩尔运维亚①宫殿附近，
在担心害怕的观众面前，
嚼着那恒它厌烦的铁链，
拙笨地跳着舞，吼叫不停；
茨冈老人扶着旅行拐杖，
懒洋洋地敲着鼓，阿列哥
手牵着狗熊，嘴里唱着歌，
金斐拉在场边走来走去
收取乡下人随意的施舍；
夜色将要来临；他们三人
煮着没有成熟的嫩黍米；
老人入睡了——到处是安谧……
帐篷里是昏暗而又静寂。

---

① 摩尔达维亚，在原苏联西南部。

在春天的阳光下，老人的
凝化了的血液温暖过来；
女儿在摇篮边歌唱爱情，
阿列哥倾听着，面色苍白。

金斐拉

年老丈夫，凶狠丈夫，
杀死我吧，烧死我吧：
无论烈火，无论钢刀，
我很刚强，我都不怕。

我打心底恨透了你，
没有把你放在眼里；
我在爱着另外一个，
即使是死，心不转移。

阿列哥

别唱了。我讨厌这一支歌，
这种野蛮调子我不喜欢。

金斐拉

我唱歌是唱给我自己听，
你不喜欢吗？这与我何干！

杀死我吧，烧死我吧；
即使死去，不说二话；
年老丈夫，凶狠丈夫，
你也无法探听出他。

他像春天美好可爱，
他像夏日热情可亲；
他是多么年轻勇敢！
他爱我呀一往情深！

当那夜半寂静到来，
我是怎样爱抚着他！
那个时候又是怎样
讪笑过你苍苍白发！……

阿列哥

别唱了，金斐拉！我听够了……

金斐拉

那么你听懂了歌的意义？

阿列哥

金斐拉！

金斐拉

你只管生气好了，
我这支歌子唱的就是你。
（走出去，还在唱："年老丈夫……"）

老人

是的，我想起，想起这支歌——
我们那时就编了这支歌，
已经很久了，人们为解闷，
大家都传来传去地唱着。
在加古尔①草原上流浪时，
在严寒的冬天的深夜里，
我的玛利乌拉摇着女儿，
面对着炉火，唱着这支歌。
在我的心里逝去的年月
一时比一时更淡漠、淡漠；
但是在我的记忆里仍然
深深地铭刻着这一支歌。

---

① 加古尔，多瑙河下游的一个支流。

万籁俱寂;深夜。一轮明月
挂在南方的碧蓝的天空。
老人被女儿金斐拉唤醒:
"我的爸爸! 阿列哥多可怕,
你听听:他在沉重的梦中
一会儿啼哭,一会儿呻吟。"

老人

不要去惊动他。不要作声。
我吁说过俄罗斯的传说:
现在恰好是这半夜三更,
家中幽灵压得睡着的人
透不出气;坐到我这边来。
曙光上升前它就会走开。

金斐拉

爸爸! 他在低声叫:金斐拉!

老人

在睡梦中他还在找寻你：
你对他比世界还要宝贵。

金斐拉

他的爱我已经感到腻味。
我的心要求自由；我气闷——
我已经……轻点！你听见没有？
他在念叨着别人的姓名……

老人

谁的？

金斐拉

　　　　听见吗？嘶哑的呻吟，
发狠的咬牙声！……多么可怕！……
我过去把他叫醒……

老人

　　　　　　　　没有用，
不要去驱赶夜里的幽灵——
自己会走的。

金斐拉

　　　　　　他翻了个身，
坐起来了，在叫我……他醒啦——
我去看看他——再见，你睡吧。

阿列哥

你在哪里？

金斐拉

　　　　和爸爸坐了坐：
有一个幽灵在把你折磨；
你的心灵在梦里受了苦；
你呀，看着你我可真害怕：
你在睡梦中不住地咬牙，
还呼唤着我。

阿列哥

　　　　　我梦见了你。
我梦见，仿佛在我们当中……
我看见一些可怕的幻影！

金斐拉

别相信那些荒唐的梦境！

阿列哥

啊，无论什么我都不相信：
不相信梦和甜蜜的誓言，
甚至也不相信你这颗心。

老人

　　年轻的傻孩子,为什么你、
为什么你老是唉声叹气?
在这里,人自由,天空晴朗,
女人们又是出名地美丽。
别哭吧:忧愁会伤害身体。

阿列哥

爸爸啊,现在她不爱我了。

老人

宽心吧,朋友,她是个孩子。
你的忧伤真是没有道理:
你拼死拼活地在爱恋着,
而女人的心却当作儿戏。
你看:在那辽远的天空中
荡漾着一轮自由的月亮;
它无心地向着整个世界
不分厚薄地洒下了清光。

它照着随便哪一朵彩云，
而且照得这样美——但她又，
你看呢。转移向另外一朵；
对这朵也不会留恋多久。
谁能在天空中给它指定
一个地方，说：就待在这里。
谁能对一个少女的心说：
只爱一个人，别三心二意。
宽心吧！

阿列哥

她曾怎样地爱我！
她曾多么温存地俯伏在
我身边。在荒野的寂静里
共度一刻千金夜的时刻！——
她充满了孩子般的快乐，
常常地会用甜美的私语
或是用令人销魂的亲吻
把我心头的那一些忧烦
顷刻间驱赶得无踪无影！……
怎么回事？金斐拉不忠实？
我的金斐拉已经变了心！……

老人

你听着，我来给你讲一讲
我自己亲身经历的故事。
在很久以前当俄罗斯人
还没有威胁到多瑙河时——

（你看，阿列哥，我又提起了
那一段年代久远的哀伤）
那时候苏丹①使我们害怕；
而从阿凯尔曼②的城楼上
总督把整个布扎克③统辖——
那个时候我还年纪很轻；
我的心正在快乐地跳荡；
而在我的一绺绺鬈发里
还没有一茎染上了银霜——
在年轻美貌的女郎当中
有个姑娘……我很久、很久地
像爱恋太阳般爱恋着她，
终于我把她唤作了我的……

啊，我的青春很快地逝去，
那样快，宛如那彗星一闪！
但是你，我的爱情的时光，
消逝得还要快：玛利乌拉
她爱我只不过短短一年。

有一天在加古尔河近旁
我们遇到另一群流浪人；
那些茨冈人紧靠着我们，
山脚下张起自己的帐篷。

---

① 苏丹，即土耳其皇帝。多瑙河下游曾被土耳其统治，各地都派有总督治理。
② 阿凯尔曼，黑海沿岸的小港，是布扎克的行政中心。
③ 布扎克，比萨拉比亚南部草原，即黑海沿岸德涅斯特河和多瑙河之间的地带。

我们在一起共处了两夜。
第三天夜里他们就走啦，
而玛利与拉抛下小女儿
跟上了他们也一同跑啦。
我睡得很死——当霞光升起，
我醒来一看，不见了女伴！
我寻找、我呼唤——全无踪影……
金斐拉想妈妈，又哭又喊，
我也哭了起来——从这时起
就恨透世上所有的妇女；
我的眼没有从女人当中
给自己再挑选一个伴侣——
我也再没有同任何女子
分享我寂寞悠闲的时日。

阿列哥

但是你怎么不即刻追上，
去抓住这个负心的女人，
抓住那一帮强盗，用钢刀
刺进这个狡猾东西的心？

老人

为什么？青春比鸟还自由，
什么人能够把爱情阻挠？
快乐轮番地赐予一切人；
过去的一切将不再来到。

阿列哥

　　我可不这样。不，不必多说，
我决不会放弃我的权利！
甚至我会以复仇为享乐。
不！假如在大海的深渊边，
我发现仇人在那里熟睡，
我可以发誓，我的脚一定
不饶恕这个可恶的东西；
我一定马上面不改色地
把无防备的他踢下海去；
而用狰狞的狂笑去谴责
他觉醒中的意外的恐惧，
而跌入深渊扑通的声音
会使我感到可笑和快意。

青年茨冈人

再给我一个……再给一个吻……

金斐拉

该走了：我丈夫嫉妒、凶狠。

茨冈人

一个……但长一点！……临别的吻。

金斐拉

再见吧，趁着他还没有来。

茨冈人

告诉我——什么时候再见面？

金斐拉

今天，月亮上升时，在那里，
在那座土丘后坟堆上边……

茨冈人

她是在骗人！她不会再来！

金斐拉

他来了！快跑……亲爱的，我来！

　　阿列哥睡着了:在他心里
正在做着一场杂乱的梦;
他妒火中烧,伸出了手去,
大叫一声,在黑暗中惊醒;
但是他那只战兢兢的手
抓住的只是清冷的被单——
女伴已经远远地离开他……
他颤抖着坐起四面观看……
一切寂静——他充满了恐惧——
浑身一阵发热,一阵发冷,
他站起身来,走出了篷帐,
凶狠地徘徊在马车附近;
一片沉静;田野悄然无声;
夜色深沉;月亮钻进云雾,
星星一闪一闪发着微光,
露水上隐约看出了脚印,
直通到远远的土丘那方:
他焦急不安地走着,朝着
不祥的脚印指引的方向。

他面前,在远远的大道旁
模糊不清闪出一座坟墓……
他心中充满痛苦的预感,
走过去,拖着无力的脚步——
他嘴唇发抖,膝盖在打战,
他走着……突然……难道这是梦?
他突然看见了两个人影,
在那被亵渎了的坟头上
听到很近的轻轻的话声——

第一个声音

该走了……

第二个声音

等等……

第一个声音

好人,该走了。

第二个声音

不,等等,让我们待到天明。

第一个声音

不早了。

第二个声音

你怎么这般胆小。

一分钟!

第一个声音
你这是要我的命。

第二个声音
一分钟!

第一个声音
如果我丈夫一醒,
发现我不在?……

阿列哥
我已醒来了。
坟前正是你们的好地方;
你们不要慌,你们哪里跑!

金斐拉
亲爱的,快跑,快跑……

阿列哥
哪里跑!
年轻小白脸,你往哪里跑?
倒下吧……

(向他猛刺了一刀。)

金斐拉

阿列哥！

茨冈人

　　　我要死了！……

金斐拉

阿列哥，你杀死、杀死了他！
看，鲜血溅了你一脸一身！
噢，你干下什么？

阿列哥

　　　　没有什么。
现在你再享受他的爱情。

金斐拉

不，好，我并不怕你、并不怕！——
我根本瞧不起你的厉害，
我诅咒，诅咒你这种凶杀……

阿列哥

你也在讨死！

　　　　　　（给了她一刀。）

金斐拉

　　　我死也要爱……

朝霞照亮的东方辉耀着：

浑身都是血迹的阿列哥

手里拿着刀，在土丘后边，

在坟前一块石头上坐着。

他面前横陈着两具尸体；

凶手的脸色十分地怕人。

一群茨冈人激动不安地、

畏缩地把他围绕在当中。

人们在一旁挖掘着坟墓，

妇女们哀伤地列成一行

——地亲吻死者的眼睛。

老父亲独一人坐在那里，

呆呆地望着死去的爱女，

沉浸于无可奈何的悲痛；

人们扶起尸体，抬了过去，

把这对惨死的年轻情侣

放进了大地寒冷的怀抱。

阿列哥远远望着这一切……

当人们厒最后一抔黄土

把他们两人的尸体埋好，
他默默地慢慢地垂下头，
从墓石上向草丛中栽倒。

　　这时候老人走过来说道：
"离开我们吧，你高傲的人。
我们粗野；我们没有法律。
我们也不惩罚，也不处刑——
我们不需要流血和呻吟——
但不愿和凶手活在一起⋯⋯
你生来不是为粗野生活，
你寻求自由只为了自己；
你的声音我们听得可怕——
我们的心灵怯弱而良善，
你粗暴残忍——离开我们吧，
别了，愿你今后永远平安。"

　　说完了——熙熙攘攘的一群
流浪的人们离开山谷间
可怕的宿地便即刻动身。
一切消失在远方的草原；
在广漠的宿命的田野里
只留下孤孤的一辆马车，
上面覆盖着破烂的毡毯。
正如同冬天将要来临时，
在清晨时弥漫的浓雾里，
一群为了赶程途的野鹤
呱呱地叫着从田野飞起，

向着那遥远的南方飞去，
有时，一只被致命的铅弹
击中，垂下了受伤的两翼，
独一个凄然地留在那里。
夜已降临：黑暗的马车里
没有人来点灯，没有光照，
撑起的车棚下，直到天明
没有任何人来这里睡觉。

尾声

那些快乐或悲哀的时日
靠着赞美歌奇异的力量，
在我朦胧的记忆中依然
生动地保留它们的景象。

在那个国度，那里战争的
可怕的轰鸣长久地不停，
在那里俄罗斯人强横地
将伊斯坦布尔疆界划定①，
在那里我们的双头老鹰②
依然叫嚣着往昔的光荣，
在那里在广阔的草原上，
在那古老的营地的周围，
我遇见过善良的茨冈人，
自由子孙的平和的车队。

---

① 伊斯坦布尔，即君士坦丁堡，土耳其帝国的首都。新的疆界，指1812年俄土战争后《布加勒斯特和约》商定的界线。

② 双头老鹰，帝俄时代俄国的国徽。

跟随着他们懒散的人群
我在荒野里同他们闲步，
我常睡在他们的野火前，
分享他们的粗陋的食物。
在缓慢的行进中我爱听
他们嘈杂的快乐的歌声——
而我很久地口中念诵着
可爱的玛利乌拉的芳名。

　　但你们也没有什么幸福，
天地间的可怜的子孙们！……
而在破破烂烂的帐篷下
定居的也只是痛苦的梦。
你们的漂泊无定的屋宇
荒野里也不能避开穷困，
到处是无可逃躲的苦难①，
没有什么屏障摆脱命运。

①　苦难，原文是 СТРАСТИ（复数第一格）。这个字有"激情"、"情欲"、"苦难"几种不同的意义。我以前译为"苦难"。有的同志译为"激情"、"情欲"，还有的同志善意向我提出意见，说译为"苦难"是错误的。我反复考虑，认为还是译为"苦难"比较合适。后来看到日本俄文界老前辈藏原惟人的译文中也译为"苦难"（岩波文库 4407—4409《吉卜赛·青铜骑手》第 110 页），决定暂时仍采用"苦难"这种译法。

努林伯爵

1825

《努林伯爵》写于 1825 年 12 月 13 日和 14 日。最早的清稿题名为"新的塔尔昆"。长诗的前三十行发表在 1827 年的《莫斯科通报》上,全文发表在 1828 年的《北方之花》上,后来跟巴拉丁斯基的《舞会》在一起出过一个单行本。

　　原文的格律及译文的处理办法,与《鲁斯兰与柳德米拉》相同。

出发啦、出发！号角已吹响；
天还没有亮，驯犬手已经
穿好了猎装，骑到了马上，
拴皮带的猎犬乱跳乱蹦。
老爷出来了，站在台阶上，
他双手叉腰察看着一切，
在他那扬扬自得的脸上，
又像是威严，又像是喜悦。
他身穿一件高加索上衣，
腰带上系着土耳其短刀，
怀里揣着一大壶罗姆酒，
青铜链条上挂着个号角。
妻子看栏子还没有睡醒，
围裹着披巾，头戴着睡帽，
从窗口悻悻地望着人群
和那群猎犬的乱蹦乱跳，
丈夫的快马也已经牵来；
他抓住鬃毛，脚踩着马镫，
向妻子喊了一声：别等我！

随即出了门,奔上了路程。

　　正好是九月将尽的时节
(拿人们轻蔑的散文来说),
乡下很无聊:阴雨又泥泞,
或秋风萧萧,或小雪霏霏,
还有那野狼在嗥叫;而猎人
却兴高采烈! 舍弃了安逸,
去那辽远的荒野上驰骋,
到处找得到夜宿的处所,
他破口大骂,他浑身湿透,
为了追猎的成功而庆贺。

　　丈夫出了门,妻子一个人,
一个人在家要干些什么?
不少的事情都要她来干:
又要腌蘑菇,又要喂喂鹅,
安排了午饭再安排晚饭,
察看了仓库,再察看地窖,——
主妇的眼睛到处得留神;
一下就能够看出点蹊跷。

　　不幸的是我们的女主角……
(啊! 她的芳名我忘了介绍,
丈夫平时只叫她娜塔莎,
可是我们——我们就管她叫:
娜塔丽雅·巴甫洛芙娜)
但娜塔丽雅·巴甫洛芙娜,

不幸的是，她对那家务事，
全都不放在心上；因为她
从小儿竟没好好受过
什么严格的父母的教导，
而只在寄宿中学向外侨
法利巴太太学了点皮毛。

　　她坐在窗口，面前摊开的
是本长篇小说的第四卷，
那是部伤感主义的小说：
叫《爱丽莎与阿尔芒之恋》。
也叫做《两个家族的通信》。
这部古典主义的旧小说，
妙在非常之长、长而又长，
既觉民约世，又端方纯正，
绝没有浪漫主义的勾当。

　　娜塔丽雅·巴甫洛芙娜
看小说起初还十分专心，
但是过一会她就走了神。
老山羊和看家狗在窗外
忽然间打起架，难解难分，
她也就静静地观看起来。
周围的孩子们看了大笑。
而在那窗底下一群火鸡
凄声地尖叫着朝外逃跑。
跟着一只湿漉漉的公鸡。
三只鸭子在水洼里扑腾，

泥泞的院子里有个女人
走过去篱笆上晾晒衣裳,
眼看着天气越来越阴沉——
好像是快要下雪的光景……
突然间响起了一阵铃声。

　　朋友们,谁在冷僻的乡村
长久地待过,他一定知道,
远远传来的铃声有时候
使我们怎样激动得心跳。
来的可会是迟到的朋友,
蓬勃的青春时期的伙伴?
会不会是她呢?……我的天哪!
喏,近了、近了,心跳得更欢……
但是铃声却从门前飞过,
转过山后,微弱得听不见。

　　娜塔丽雅·巴甫洛芙娜,
铃声促使她跑上了阳台,
她远远望去,望见河对岸,
磨坊旁有一辆马车驶来。
瞧,上了桥——正向着我们! 不;
向左拐了。她紧跟不舍地
望着,差一点没放声哭出。

　　但突然——真开心! 一道陡坡——
马车翻了。——"费里卡,瓦西卡!
有人吗? 赶快! 瞧,那辆马车。

把车拉到院里来,快点吧,
请那位老爷来家吃午饭!
没有摔坏吧? 快点去看看,
快点,快点!"

　　　　　　仆人跑向那边。
娜塔丽雅·巴甫洛芙娜
赶紧散开她漂亮的鬈发,
围起了技巾,拉上了窗帘,
摆好椅子,等着。"我的上帝,
快来了吧!"终于来啦,来啦。
马车好不容易拖了进来,
溅满了长途奔波的泥泞,
摔得真够惨,坏得很厉害。
老爷挺年轻,腿有一点拐。
那法国仆人倒并不泄气,
边走边说:"allons courage!①"
已上了台阶,已进了厅堂。
先得把这位老爷领进来,
领进她那间上好的卧房,
还得把旁门大大地敞开,
趁着比卡尔忙乱和叫嚷,
老爷也想换衣服的空当,
让我告诉您,他是何等人?
努林伯爵,来自异域他方,
那里他在时尚的漩涡里

① 法语:走吧,没有关系

把日后的收入挥霍精光。
看样子他像奇异的野兽。
现在要到彼得罗波尔去，
他随身带着燕尾服、背心、
礼帽和折扇、斗篷和紧身、
花色的手帕、透明的①长袜。
长柄眼镜、领扣、袖扣、别针，
还有吉索②的可怕的著作，
一册讽刺的辛辣的画集，
瓦尔特·司各特③的新小说，
巴黎宫廷的俏皮的笑话④，
贝朗瑞⑤最近写出的诗歌，
还有罗西尼、贝尔的乐曲⑥，
和其他的一切、其他一切⑦。

饭桌摆好了。早该吃饭了；
女主人等待得好不心焦。
房门开了，伯爵走了进来；
娜塔丽雅·巴甫洛芙娜
微微欠欠身，彬彬有礼地

---

① 原文为法文。
② 吉索(1787—1874)，法国历史学家。普希金说的大约是他的《法国革命的经验》一书。
③ 瓦尔特·司各特(1771—1832)，英国小说家。
④ 原文为法文。
⑤ 贝朗瑞(1780—1857)，法国诗人，19 世纪 20 年代常发表反对波旁王朝的诗歌。
⑥ 罗西尼(1792—1868)和贝尔(1771—1839)，均为意大利作曲家，当时居住在巴黎，享有盛名。
⑦ 原文为拉丁文。

问他怎么样？他的腿好吗？

伯爵回答了一声：没问题。

他们走到桌前。他坐下来，

把餐具向她面前挪了挪，

于是一席谈话就此展开：

他一直咒骂神圣的俄国，

他非常想念美丽的巴黎，

奇怪，这雪地里怎么生活……

"剧院怎么样？""噢，十分冷落，

C'est bien mauvais, Ça fait pitié。①

塔尔马②已过时，年迈力衰，

玛尔斯③小姐，唉！人老珠黄。

可是波蒂埃④, le grand Potier!⑤

只有他一个人在观众中

至今还保有当年的名声。"

"现在哪一位作家最吃香？"

"还是数 d'Arlincourt⑥ 和拉马丁⑦。"

"我国也有人在模仿他们。"

"不会吧？真的吗？这么一来，

我国的智慧也开始发展？

上帝保佑，我们开开眼界！"

① 法语：情况大为不妙，可怜极了。

② 塔尔马(1763—1826)，法国著名悲剧演员。

③ 玛尔斯(1779—1874)，法国著名喜剧女演员。

④ 波蒂埃(1775—1836)，法国著名喜剧演员，当时常扮演时髦轻喜剧和通俗喜剧中的人物，轰动一时。

⑤ 法语：伟大的波蒂埃！

⑥ 法语：达林库尔。沙尔·达林库尔(1789—1856)，法国小说家。

⑦ 拉马丁(1790—1869)，法国浪漫主义诗人。但普希金不承认他是浪漫主义者。

"腰身怎么束法?""非常之低,
几乎要到……这是新的风气。
请让我看一看您的装饰……
贴边、蝴蝶结……花饰在这里……
全都很接近时新的款式。"
"我们订得有《莫斯科电讯》①。"
"啊,那喜剧的歌曲多美呀!
要不要听?"伯爵唱了几声。
"好极啦! 伯爵您请用饭吧。"
"我饱了。"于是……
　　　　　　　　他们从桌前
站起身来。年轻的女主人
心里十分快乐,笑容满面。
伯爵也早已把巴黎忘怀,
他奇怪:她怎么如此可爱!
夜晚在不知不觉中过去;
伯爵身不由主,如痴似呆。
女主人的目光忽而亲切,
忽而又温顺地微微低垂……
你瞧——转眼间已到了深夜——
仆人们在前厅早已入梦,
邻家的公鸡也已在打鸣;
守夜人一声声敲着铁梆,
客厅里的蜡烛已经点完。
娜塔丽雅·巴甫洛芙娜

————————————

　　①《莫斯科电讯》,俄国 19 世纪的一种杂志,附有时装图。女主人订阅了这份杂志,以此自诩。

站起来说道:"该睡了,再见!
床铺好了。祝您做个好梦!"……
多情的伯爵半怀着迷恋,
懊恼地站起来亲她的手。
这打什么紧?谁个不风流?
这个迷人精——上帝,宽恕她!——
轻轻地亲了捏伯爵的手。

　　　娜塔丽雅·巴甫洛芙娜
脱去了衣裳;在她的身旁
站着心腹巴拉莎。朋友们!
巴拉莎最清楚她的花样:
她缝缝洗洗,还传递消息,
乘机讨几件穿旧的衣裳,
她有时和老爷戏谑玩笑,
有时又对老爷大叫大嚷,
对夫人她竟也胆敢扯谎。
此刻她正在一本正经地
讲述着伯爵和他的故事,
真是详详细细、点滴不漏,
天晓得她怎么全都清楚。
但是到后来夫人对她说:
"我已听厌了,快别再嚼咀!"
要她取来了睡衣和睡帽,
躺下去,并让她赶快离去。

　　　这时候法国仆人也已经
帮伯爵把衣服都给解开。

他躺了下来，要抽支雪茄。
Monsieur Picard① 就给他送来
长颈玻璃瓶、银质的茶杯、
小闹钟、青铜制的蜡烛台、
雪茄烟、带弹簧的小夹钳，
还有一本小说，没有裁开。

他躺在床上随意浏览着
瓦尔特·司各特长篇小说。
但此刻他的心不在书上……
东想想、西想想，想得很多；
而且他心绪很烦乱；他想：
"难道我竟然堕入了情网？
如果真可能，那倒也不坏！
跟人们谈起来却也光彩。
女主人多半是爱上了我。"
努林伯爵就熄灭了烛火。

伯爵感觉到他燥热难熬、
睡不着。魔鬼也没有睡觉，
用罪恶的幻想挑逗他的
感情。我们热情的主人公
眼前十分清晰地出现了
主妇的脉脉含情的眼睛，
她那丰满的圆润的腰身。
真正女性的悦耳的声音，

---

① 法语：比卡尔先生。

两颊浮现的农村的红润——
健康比胭脂都美丽动人。
他想起了那娇小的足尖，
想起了：不错，一点也不错！
她和他有情却似无情地
轻轻握手；他真是个蠢货，
他和她本应当待在一起——
要抓住瞬息即逝的奇遇，
好在是时机还没有过去。
她的门一定还没有关闭……
他于是立即披上他那件
鲜艳的丝绸的长身睡衣，
黑暗中撞倒了一把椅子，
这位新的塔尔昆现在已
下决心去寻找鲁克丽丝，①
企望能得到甜蜜的赏赐。

　　正如司一只狡猾的公猫，
女仆的拿腔作势的宠物，
下了炕偷偷地去捉老鼠；
轻轻地、慢慢迈着脚步，
眯着眼睛，一点点往前挨，
蜷成一团，尾巴摆来摆去，
猛然把灵巧的利爪张开，
一下就抓住可怜的猎物。

---

　　① 普希金在这里讽刺地把努林和娜塔丽雅·巴甫洛芙娜比作莎士比亚长诗《鲁克丽丝受辱记》中的人物——塔尔昆和鲁克丽丝。

堕入情网的伯爵漆黑中
慢慢地走着,摸索着找路。
他胸中欲念像烈火燃烧,
使他紧张得气也不敢出——
地板在脚下咯吱地一响,
他就肉跳心惊,看,他终于
来到了这个向往的门口,
把门键的铜柄紧紧握住;
轻轻地、轻轻地推开房门……
他一看:灯光在微微发亮,
模模糊糊地照耀着卧房,
主妇在那里静静地睡着,
这睡着,也许是她在装腔。

他慢慢走进去,后退一步——
他突然在她的脚前跪下。
她呢……现在我恳切地请求
彼得堡太太们设想一下,
娜塔丽雅·巴甫洛芙娜
猛然醒了过来时的惊恐,
并请你们替她想想办法。

她睁开了她那两只大眼,
直瞪着伯爵——伯爵马上就
把背熟的情话一连串地
向她撒去,还用鲁莽的手
想要动她的锦被,刹那间,

弄得她糊涂了，不知所措……
可是她立刻就清醒过来，
心中充满了高傲的愤怒，
不过，也许是充满了惶恐，
她挥起了手，给这塔尔昆
一记耳光，一点不错，真的，
一记耳光，是狠狠的一记！

努杯伯爵羞得面红耳赤，
忍着气咽下了这场羞耻，
我不知道他将如何下场，
他此刻感到恐惧和悔恨，
但鬈毛狮子狗一阵吠叫，
打断了巴拉莎美好的梦，
伯爵听到走过来的脚步，
羞惭得一溜烟逃了回去，
还咒骂这个借宿的地方
和那个喜怒无常的娇娘。

他，女主人公、巴拉莎怎样
度过当夜的剩余的时光，
诸位，请你们随便想想吧。
我这里不再给你们帮忙。

清早，伯爵默默地起了床，
没精打采地穿好了衣裳，
一边百无聊赖地打哈欠，
一边修饰玫瑰色的指甲，

他漫不经心地系上领带，
也没有用蘸上油的发刷
刷平他那修剪过的鬈发。
他在想什么——我无从知道。
可是这时候，请他去喝茶。
怎么办？伯爵尽力克制住
难堪的羞惭、隐秘的愤怒。
他去了。

  这恶作剧的少妇
低垂着她那嘲笑的目光，
轻轻地咬着鲜红的嘴唇，
东拉西扯地没话找话讲，
若无其事。起初很难为情，
但是他逐渐提起了勇气，
在应对之间也满面春风。
还没有到半小时他已经
显得谈笑风生，非常逗人，
而且差一点又再度钟情。
前厅忽闻嘈杂声。谁来啦？
"你好，娜塔莎。"

    "啊，我的天哪！……
伯爵，这是我丈夫。亲爱的，
这是努林伯爵。"

    "竭诚欢迎……
这样的天气实在太讨厌……
在铁匠那里我已经看见
您的已经修理好的马车，
娜塔莎！在那菜园子里面

猎犬逮住了一只灰兔子……
喂，伏特加！伯爵，请尝尝看，
从老远送给我们的礼物，
你得和我们吃一顿便饭？"
"不知道，真的；我急于动身。"
"得了吧，伯爵，我在请求您。
内子和鄙人，都非常好客。
不行，伯爵，不能走！"

　　　　　　　　但伯爵
很懊恼·春梦已尽成泡影，
郁郁不乐地执意要登程。
比卡尔一杯酒提起精神，
正哼呀嗨哟地搬那皮箱。
两个仆人抬着口大箱子，
使劲地把它捆到马车上。
马车慢慢地驶到台阶旁，
比卡尔很快就装好行李，
于是伯爵走了……这篇东西，
朋友们，本可以就此结束；
但我再讲两句，作个收尾。

　　当马车渐渐地远去之后，
妻子把一切告诉了丈夫，
还把我这位伯爵的功勋
给周围的邻居尽情讲述。
和娜塔丽雅·巴甫洛芙娜
在一起哪个人笑得最多？
你们都猜不着，什么原因？

丈夫吗？——哪里是！完全猜错。
他认为简直是奇耻大辱，
他说道：伯爵这个大坏蛋，
乳臭未干；如果早知这样，
会放出猎犬来把他追赶，
直咬得哇啦哇啦哭皇天。
笑得最多的是邻居地主，
他名叫里进，年方二十三。

　　现在我们可以公正地说：
在我们现在这个时代里，
忠实于自己丈夫的妻子，
朋友们，一点也不足为奇。

波尔塔瓦

1828—1829

战争的威力与光荣变化无常，
正像崇拜它们的势利的人们，
都已转到胜利的沙皇这一方。
——拜伦①

《波尔塔瓦》开始写于 1828 年 4 月 5 日。从 4 月底到 9 月中旬中断过一个时期，是一个片段一个片段地写完的。第一章定稿于 10 月 3 日，第二章——10 月 9 日，第三章——10 月 16 日，10 月 27 日写好献词。序言（见附录二）是 1829 年 1 月 31 日写的。1829 年 3 月底连同序言出版了单行本。以后印行时删去了第一版序言。

　　原诗的格律及译文处理办法，与《鲁斯兰与柳德米拉》相同。

---

　　① 原文为英文。引自拜伦长诗《马泽帕》。

献词①

献给你——但阴郁的缪斯的
声音能否进入你的耳中？
你凭着你那虔诚的心灵
能不能理解我心的憧憬？
或许，诗人的这一篇献词，
有如他已经逝去的爱情，
献给你，得不到你的回答，
一如往昔，又成了耳边风？

至少，你要知道，你往常是
十分喜欢我所有的歌声——
要知道，在分手的日子里，
在我变幻莫测的命运中，
你的凄凉的阴郁的荒原，
你的话语的最后的叮咛，
便是我唯一的珍宝、圣物，
我心头唯一爱恋的幻梦。

---

① 参阅"附录二"。

第一章

柯楚白[1]又有声名又有钱。
他的牧场真是一望无边；
在那里他的马儿吃着草，
自由自在地不用人经管。
波尔塔瓦的郊外的田庄[2]
周围都环绕着他的花园，
他还拥有数不清的财宝：
黄金和白银、皮衣和绸缎，
有的在库房，有的在外面。
但是柯楚白富贵和骄傲
并非因为他长鬃的骏马，
并非因为克里木牧人的
贡金和先人遗留的田园，
而柯楚白的美丽的女儿[3]
才是值得他骄傲的根源。

可以说：在整个波尔塔瓦
没一个美人比上玛丽雅。
她艳丽，有如一朵怀抱在

松柏林中浓荫下的春花。
她苗条，有如基辅的白杨。
她的步履有时令人想到
荒野的池沼岸上的天鹅
展开了两翼翩翩地飞翔，
又令人想到牡鹿的奔跑。
她的胸口像雪浪一般白。
她的鬈发在高高的前额
有如乌云一般发着漆光。
她的眼有如星星般闪烁；
她的嘴有如玫瑰般鲜红。
但不仅是美貌（昙花一现！）
使年轻的窈窕的玛丽雅
为人们异口同声地称赞：
天下谁不晓得这位女郎
是多么地聪明而又安闲。
正因此，乌克兰与俄罗斯
打发来许多爱慕的青年；
但是羞怯的玛丽雅，如像
逃避枷锁一样，躲避婚姻。
对所有的青年一概拒绝——
将军①也为她而差来媒人[4]。

　　他已经老了。他因为年岁、
战争和辛劳而感到苦闷；
但热情还在他胸中沸腾，

---

① 乌克兰最高统治者，通常从哥萨克上层选举。

爱情又抓住马泽帕的心。

　　年轻的心忽而燃烧,忽而
又熄灭。爱情离开他的心,
但忽而又在他心中出现,
他每天都有不同的感情;
为岁月折磨成顽石般的
老人的心并非这般淡泊,
并非这般暗暗地、微微地
燃烧着暂时的爱情之火。
老人的心顽强地、慢慢地
在欲火中已经烧得通红;
但最后的余烬不会冷却,
不让他爱除非要他生命。

　　这不是羚羊走下了山岩,
已经感觉到飞来的苍鹰;
女郎在廊下独一人徘徊、
战栗,等候着命运的决定。

　　母亲怀着满肚子的愤怒,
向她这里走来,浑身发抖,
一把捉住了她的手,说道:
"真是无耻! 不要脸的老头!
可能吗? ……只要我们活着,
不! 不许他做出这种罪恶①。

---

① 玛丽雅是马泽帕的教女。按正教教规,教父不得与他的教女结婚。

丧心病狂的东西！他本是
纯洁教女的朋友和教父……
他怎么在这衰暮的残年，
忽然想起要做她的丈夫。"
玛丽雅不禁地身上一抖。
脸上蒙上了阴沉的苍白，
浑身发冷，如像死人一般。
她支撑不住了，倒在台阶。

　　她苏醒过来了，但是即刻
又闭起双眼——没有吭一声。
父亲和母亲想尽了方法
想要使她的心恢复镇静，
想驱走她的恐怖与痛苦，
使她烦乱的心得到安宁……
一切都是枉然。整整两天
或无声泣啜，或长吁短叹，
玛丽雅不喝水，也不吃饭，
走来走去，有如一个幽灵，
也不曾想到睡眠。第三天
闺房里不见了她的踪影。

　　谁也不知道，她什么时候
怎么样出走。有一个渔夫
在那天夜里听到马蹄声、
哥萨克人和女人的低语，
而早晨在草地的露水上
看见有八只马蹄的迹印。

　　不仅脸面上初生的柔毛
和那年轻的棕色的鬈发，
有时候老人严肃的面貌、
前额的皱纹、苍白的头发，
也为热情的想象所看中，
变成美人的想象的幻境。

　　这个致命的不幸的消息
柯楚白很快地就已听到：
她竟然忘掉贞操和廉耻
而投入这个恶棍的怀抱！
这是怎样的耻辱呀！父亲
和母亲不敢听信这传言。
一直等到那事实的真相
赤裸裸地摆到他们面前。
直到这年轻女罪人的心
已经看得很清楚、很分明。
直到这时候大家才明白
为什么她老是那般任性，
总是逃避着家庭的禁锢，
暗自愁眉泪眼、唉声叹气，
而对于求婚少年的殷勤
高傲地沉默着，不睬不理；
为什么她在酒席上这样
默默地倾听着将军一人，
当杯中浮起了酒的泡沫，
正在人声鼎沸、谈笑风生；

为什么她总是喜欢吟诵
将军早年里写下的篇章[5]，
那时候他贫穷而又卑微，
威名还没来到他的头上；
为什么她的那铁石心肠
喜欢那声势显赫的马队，
喜欢那宣天动地的战鼓，
喜欢那小俄罗斯君王的
旌节与锤形杖①前的欢呼……[6]

柯楚白又有地位又有钱。
当然有许多朋友支持他。
他能够洗净自己的英名。
他能掀起整个波尔塔瓦；
他能够在将军的宫殿里
马上干掉那傲慢的恶棍，
泄一泄自己为父的深仇；
他能够用自己应心的手
刺入……但激动柯楚白心的
却是另一种可怕的计谋。

那是个动荡混乱的时代，
那年轻的俄罗斯的力量
正在艰苦的战斗中锻炼，
英明的彼得刚使它成长。
在光荣这门学科上给他

---

① 锤形杖，土耳其、乌克兰·哥萨克等长官所用的权杖，形如矛，顶上饰有马尾。

请到了一位严厉的先生：
瑞典的武士①给他讲授过
多次意外的流血的课程。
经历过许多命运的打击，
忍受了长期惩罚的磨炼，
俄罗斯才逐渐强大起来。
铁锤击碎玻璃，铸成利剑。

顶戴着毫无用处的光荣，
查理在那深渊上滑行。
他向古老的莫斯科进发，
把俄罗斯民兵全部赶跑，
像旋风卷走山谷的尘芥，
吹倒尘埃中细微的小草。
他顺着这一条大道前进，
当今新的强敌②，"天命伟人"，
战败后乱了他的步伐时
在这里也留下他的足印[7]。

乌克兰已在无声地动荡。
火花早已经在那里点燃。
向往着血腥时代的人们
在期望着爆发一次内战。
他们埋怨着，高傲地要求
将军把他们的枷锁打开，

---

① 指瑞典国王查理十二。
② 指拿破仑。

而他们抱着轻浮的狂欢
焦急地期待查理到来。
"是时候了!"就在马泽帕的
身边响起了叛变的呼声,
但是年老的将军依然是
彼得的忠诚不贰的臣民。
他仍然是往常那样严峻,
还在安然统治着乌克兰,
对闲言仿佛是没有听到,
而若无其事地大开酒筵。

　　"将军是怎么啦?"——青年们说,——
"他年纪太老了;已经没用;
劳苦与岁月已经磨尽了
他那先前的活跃的热情。
为什么让他那颤抖的手
还在掌握着至高的权柄!
现在我们该对那可恨的
莫斯科爆发起一场战争!
假如是年高的多罗申哥[8]
或年壮的沙莫伊罗维奇[9],
或巴列依[10],或高尔捷英珂[11]
还在统领耆我们的兵力,
不会死掉那么多哥萨克,
在那辽远的异邦雪野上,
而大军早已把这悲惨的
小俄罗斯从压迫下解放[12]。"

燃烧着轻浮火焰的青年
这样无畏地倾吐着怨言，
而渴望着来个大的变动，
忘记国土的昔日的沦陷，
忘记鲍格丹①幸运的辩争，
忘记神圣的舌战与协定、
还有那远古时代的光荣。
但老年人用怀疑的目光
审视着一切而举步唯谨。
什么行不通，什么办得到，
他们还不能马上就决定。
谁能够进入大海的深渊，
穿过掩盖着的一层坚冰？
谁能以久经历练的明智
洞察狡猾的莫测的人心？
心中的思想，那被压抑的
热情的多时滋长的结果，
深深地埋没在心的深处。
而多少时候以来的计划，
也许，暗地里已逐渐成熟。
哪知道？但马泽帕越狠毒，
他的心眼越奸诈、越阴险，
他外表上就显得越坦率，
在待人接物上也越随便。

---

① 鲍格丹，17 世纪乌克兰著名将军。1654 年为抵抗鞑靼人的侵略，召集立法会议，讨论请求邻国保护问题。当时有人主张臣服于波兰、土耳其和克里木的可汗国。鲍格丹力主与俄罗斯合并。最后他的主张获胜，随即与俄罗斯沙皇订立合并乌克兰于俄国的协定。

他是多么会随意任性地
迷惑人和猜度人的心意，
自如地操纵别人的心智，
并揭穿别人心中的秘密！
这个唠叨不休的老头子
装一副使人置信的模样，
而在筵席上怎样恳切地
对老人慨叹逝去的时光，
对爱好自由的赞美自由，
对不满现状的痛骂当局，
对含冤莫诉的淌着眼泪，
对头脑懵懂的尽量吹嘘！
也许知道的人没有多少，
他的天性本是桀骜不驯，
他喜欢有时公然地、有时
暗地里加害自己的仇人；
他对于细小的睚眦小怨
也怀恨终身永记在心头，
傲慢的老头子老在盘算
以后报复的罪恶的计谋；
他并不晓得神灵和圣物，
他并不记得慈悲和宽宥，
他什么都不爱，他只准备
把鲜血当作水一般地流，
在他的眼睛里没有祖国，
他根本瞧不起什么自由。

　　狠毒的老头子多时以来

就心中怀着可怕的计谋。
但是一对早有提防的眼、
怨恨的眼已经把他看透。

　　"不，大胆的强盗，不，老狐狸！"
——柯楚白在咬牙切齿地想，——
"我可以绕过你那所住宅，
我的女儿的阴郁的牢房；
你可以幸免于烈火之中，
幸免于哥萨克人的刀锋。
不，你这个该死的大坏蛋，
在莫斯科行刑吏的手中
当你鲜血淋漓，无法抵赖，
躺在刑台上面不活不死，
你就会诅咒你给我女儿
施洗礼的那一日那一时，
你就会诅咒我为你斟满
一杯美酒的那一次饮宴，
你就会诅咒你这个老雕
啄伤我爱女的那个夜晚！……"

　　是的！有一个时候马泽帕
同柯楚白是很好的朋友，
像食盐、面包与牛油一般，
他们两人真是情意相投。
他们的马在胜利的战场、
在敌人炮火下并头驰骋；
他们两人常常长时间地

披肝沥胆，一起促膝谈心——
诡秘的将军对着柯楚白
把自己不安分不知足的
心的深渊对他多少揭开，
而关于他的未来的变节、
勾结、叛乱，也在不分明的
谈话中隐约地暗示出来。
是的，那时候柯楚白的心
对他的好友还矢志不变。
但是禁不住痛苦的怨恨，
它现在只听从一种召唤：
不分白天黑夜、时时刻刻，
他的心里只有一种思想：
惩处自己被污辱的女儿——
或者自己毁掉，或者死亡。

　　但他把这个周密的计划
紧紧深藏在自己的心怀。
现在他在无力的悲哀中
把自己的思想全部丢开；
他对马泽帕也没有恶意；
完全是女儿一人的过错。
但他连女儿也可以宽恕：
将来让她去向上帝负责，
她给全家人带来了耻辱，
把上天与王法全部忘却……

　　但同时他鹰鹫般的眼睛

在他自己的家人们中间
要寻求一个不屈不挠的、
不为利诱的勇敢的伙伴。
他全盘告诉了他的妻子：[13]
在很久以前，夜深人静时
他就已写好告密的奏疏。
满怀着女性常有的愤怒，
他那位生性急躁的妻子
催促着怨怒难遏的丈夫。
在夜的寂静中、在卧榻上，
她好像摆脱不开的魔鬼，
口中念叨着要报仇雪恨，
责骂他，激励他，流着眼泪，
还要他当面起誓——老头子
只好郁郁地对她起了誓。

一切已计划周密。勇敢的
伊斯克拉[14]同柯楚白一起。
两人想："我们一定会成功；
仇人的灭亡早已经注定。
但是谁能够燃烧着热情，
为了全国的安全和福利，
而奋不顾身去把这一封
告发这个大坏蛋的奏疏
递到有成见的彼得手中？"

在这不幸的女郎鄙视的
波尔塔瓦哥萨克人当中，

有一个少年时候就怀着
热烈的爱情爱过她的人。
当晨光熹微或暮色苍茫，
在那家乡小河的河岸上，
在乌克兰樱花的浓荫下，
他常常地等待着玛丽雅。
他因为等待而感到痛苦，
短暂的一见就心满意足。
他明知无用也热恋着她，
他经受不起对方的拒绝，
他没有用哀求烦扰过她。
当求婚的青年成群结伙
向她走来时，唯有他一个
远远地离开他们的行列。
当突然在哥萨克人中间
议论起了玛丽雅的耻辱，
而那可畏的无情的流言
讥笑地打击到她的头上，
这时玛丽雅在他脑子里
仍然保有她往昔的形象。
但是有人要当着他的面
偶然提起马泽帕的姓名，
他就心如刀割、面色突变，
不由得垂下了他的眼睛。

·····················

是谁在那星光与月色下
这么晚还骑在马上遄行？

是谁的不知疲倦的马儿
在这无边的草原上飞奔？

　　一个哥萨克人向北奔去，
这个哥萨克人在深林里、
在旷野上、在险恶的渡口，
都不愿停下来稍事休息。

　　他的佩剑玻璃似的闪耀，
他胸前的行囊叮当作响，
他的骏马儿扬起了鬃毛、
永不颠踬，一直奔向北方。

　　金钱是急使必需的东西，
佩剑是这个青年的安慰，
骏马是不可缺少的伴侣，
但皮帽他看得更为宝贵。

　　为了皮帽他宁愿放弃掉
自己的骏马、金钱与佩剑，
要他交出帽子只有格斗，
而且得遇上勇敢的好汉。

　　为什么帽子这样地贵重？
因为帽子里缝着告密书，
柯楚白向沙皇彼得告发
恶棍将军马泽帕的奏疏。

但是马泽帕还没有感到
风暴的来临,他毫无顾忌,
还在继续行使他的奸计。
全权的耶稣教徒[15]在同他
策划着煽起人民的叛变,
并许诺给他不稳的王冠。
在深夜里他们偷儿似的
进行着他们秘密的计议:
他们估计着叛变的得失,
他们编排着命令[16]的号数,
他们在贩卖巨僚的誓言,
他们在贩卖沙皇的头颅。
有一个不知来历的乞丐
常常出入于将军的宫禁。
奥尔里克[17],将军的副官长,
经常地把他带出又带进。
他的秘密派出去的亲信
到处在暗地里散布毒素:
那里,顿河哥萨克的帮会
已经同布拉文[18]合成一股;
那里,野蛮部族①揭竿而起;
那里,在第聂伯滩地那面
粗暴的渔民也被彼得的
专制给吓坏了,惶惶不安。
马泽帕把眼光投向四方,

---

① 指查波洛什人。

函件雪片似的飞向各处：
他要鼓动巴赫奇萨拉伊①，
煽动他们与莫斯科反目。
军营中的查理与沙皇、
奥察可夫城②土耳其总督。
华沙波兰国王都听信他，
他的狡黠的心依然如故；
他的鬼心眼越用越聪明，
把计谋准备得十分周到；
狠毒的欲念并不曾稍减，
罪恶的火焰不停地燃烧。

  但他多么暴躁、多么惊恐。
当在他的头上突然响起
一声晴天霹雳，当着给他，
给他这个俄罗斯的敌人，
俄罗斯的钦差大臣[19]送来
波尔塔瓦呈上去的密文，
不仅未加以正义的谴责，
反当作牺牲而备加慰问；
沙皇成天价关心着战争，
捏造的谣言不屑于去听，
把奏文丢开而没有去管，
而且对犹大还一再安慰，
并应允要经常大张旗鼓

---

① 巴赫奇萨拉伊，指克里木的鞑靼人。
② 奥察可夫城，黑海北岸城市，当时为土耳其所占领。

严厉制裁这告密的行为！

　　马泽帕在假装的悲哀里
向沙皇陈述忠顺的心意。
"苍天也知道，世人也看见：
他，可怜的将军，二十年间
竭忠尽智地侍奉着沙皇；
他身受的宠幸旷世无比，
受到过多少殊恩的赞扬……
啊，诬蔑是多么无稽荒唐！……
现在已走进坟墓的大门，
他为什么还要策划叛变，
来玷污他的高洁的令名？
拒绝援助斯丹尼斯拉夫、〔20〕
严词谢绝了乌克兰王冠、
把条约和秘密书函简札
本着自己的职责呈递给
沙皇陛下的，不正就是他？
对于可汗和沙尔格拉得〔21〕①
苏丹的策动无动于衷的，
不正就是他？他忠心耿耿
要用才智与军刀同那些
俄罗斯皇帝的敌人抗争，
他不辞艰辛、也不惜生命，
而现在狠毒的仇人竟敢
侮蔑这白发苍苍的老人！

---

① 沙尔格拉得，即君士坦丁堡，这里指土耳其，前已有注。

这是谁？伊斯克拉、柯楚白！
本是他多年的知心友人……"
恶棍流淌着无情的眼泪，
用冷冰冰的不逊的口气
要求把他们都明正典刑……[22]

　　处决哪个呢？倔强的老人！
他的怀抱中是谁的爱女？
但是他却冷酷地抑制住
自己心中梦一般的呓语，
他说："为什么这个糊涂虫
挑起这不自量力的抗争？
这个傲慢的自由思想者
自己给自己磨快了刀锋。
他蒙住双眼闯到哪里去？
他一切希望有什么基础？
或者是……但是女儿的爱情
换取不了她父亲的头颅。
情人不得不给将军让路，
否则我免不了身首异处。"

　　啊，玛丽雅，可怜的玛丽雅，
切尔卡瑟女儿中的鲜花！
你还不知道在你怀抱里
爱抚着一条怎样的毒蛇。
是怎样的不可解的魔力
使得你这样倾心地热衷
一颗凶狠而又污浊的心？

你是在为什么人而牺牲？
他的花白的鬈曲的头发、
他的前额上深深的皱纹、
他的阴险的诡诈的言谈、
他的贼亮的深陷的眼睛，
你认为比一切还要宝贵：
你能为这些而忘掉母亲。
你为了蛊惑铺陈的卧榻
宁愿舍弃了祖先的门庭。
老东西用他那怪异的眼
迷惑了你的淳朴的灵魂，
用他那絮絮叨叨的低语
催眠了你的纯洁的良心；
你把你已被眩惑的两眼
向他虔诚地敬畏地抬起，
而一往情深地抚爱着他——
你的无耻反而使你快意，
你在一意疯狂的陶醉中
把无耻竟然当作了纯贞——
你在你的沉沦中已经把
娇羞稚弱的美丧失净尽……

　　玛丽雅有什么值得可耻？
有什么闲言？她何必去管
世人的谴责？只要老头子
骄傲的头俯在她的膝前，
只要老将军跟她在一起
忘掉命运的声名和劳苦，

或对怯懦的女郎吐露出
胆大妄为的秘密的意图？
她毫不惋惜纯洁的时日，
只是有时候有一种悲哀
乌云似的笼罩在她心头：
她仿佛看见父亲与母亲
愁云满面站在她的面前；
她透过眼泪看见他们那
孤苦伶仃的老境的悲惨，
又仿佛听到他们的责难……
啊，如果她也已经知道了
传遍整个乌克兰的消息！
但是对于这可怕的秘密
只有她一人还蒙在鼓里。

第二章

马泽帕满面阴沉。残酷的
奸计使他的心不得安宁，
玛丽雅抬起柔情的目光
望着她那位阴郁的老人。
她抱住了他的两只膝盖
对他倾吐着爱情的话语。
但是全都无用：她的爱情
驱散不了他心上的忧虑。
他在这可怜的女郎面前
冷冷地低垂下他的视线，
仿佛没有听见，只用沉默
来回答她那亲切的责难。
她感到很奇怪，感到委屈，
感到气愤，简直是憋得慌，
站起身来，愤怒地对他讲：

"将军呀，你请听：我为了你
忘掉了世界上一切东西。
这一生也只爱过这一回，

我心窝里只有一个目的：
就是你的爱情。我为了它
已经断送了自己的幸福，
但我一点也不觉得惋惜⋯⋯
你记得：在可怕的静寂里，
在我成了你的那天夜里，
你对我起过誓永远爱我，
为什么现在把前言尽弃?"

马泽帕

我的亲爱的，你错怪了我。
快丢开那些胡思乱想吧；
你用怀疑苦磨着你的心：
不，是爱情激动着、眩惑着
你的火一样炽热的心灵。
玛丽雅，你相信吧：我爱你
胜过了权势，胜过了声名。

玛丽雅

你完全撒谎：你在欺骗我。
我们在一起才多少时候?
现在你却逃避着我的爱；
现在你把它已丢在脑后；
你整天在老人们圈子里
饮宴、游乐，把我完全忘记；
你不是独坐一整夜，就是
同那乞丐、邪教徒在一起。
可怜我一腔温存的爱意

遇到的却是粗暴的无情。
我知道你在前不多几天
宴请过杜尔斯卡雅夫人。
真是新闻;她是谁?

马泽帕

嫉妒吗?
我到了这样的衰暮之年,
难道还寻求那些自尊的
美人的目空一切的白眼?
难道我,粗暴的老人还要
像浪荡子一样,下气低声,
拖着沉重的耻辱的枷锁,
竟然去勾引女人们的心?

玛丽雅

不,快不要这样借辞推托,
要你直截了当地回答我。

马泽帕

你的心神平静最为重要,
好吧,玛丽雅;我说:要知道——

我们一直在计划着大事;
我们现在正积极地进行。
幸福的日子就快要到来;
伟大的斗争一天天逼近。
多少时候以来我们一直

在那华沙的保护下低头，
受着莫斯科专制的统治，
没有可爱的光荣和自由。
但是现在正好是乌克兰
成为一个独立国家之时：
我要向专制的彼得举起
血的自由的神圣的旗帜。
一切都已就绪：两个国王①
都同我订好了秘密协议；
在激烈战争里，在混乱中
也许我很快地就要登极。
我有着许多可靠的朋友：
那杜尔斯卡雅公爵夫人、
我的邪教徒和这个乞丐
对这个计划都竭忠奉行。
就是经过他们的手带来
两个国王的命令和函件。
这就是对你严正的剖白。
你是不是满意？你的疑团
是不是消散？

玛丽雅

啊，我亲爱的，
你要做我们国家的沙皇！
在你的白发上将要戴上
沙皇的冠冕！

———————————

① 指瑞典国王和波兰国王。

马泽帕

请你先别忙。
一切还未定。风暴将到来；
谁能知道,什么在等着我!

玛丽雅

我在你身边就胆壮起来——
你有这样威力! 啊,我知道:
皇位等着你。

马泽帕

要是断头台? ……

玛丽雅

真这样,跟你同上断头台。
啊,你死了,我怎么能独生?
但是不:你将要成为至尊。

马泽帕

你爱不爱我?

玛丽雅

我! 爱不爱你?

马泽帕

你说:你认为哪个更可亲。
父亲呢,还是丈夫?

玛丽雅

　　　　亲爱的，
干吗要提出这样的问题？
你无故地搅乱了我的心。
我尽力地忘掉我的家庭。
我辱没了我的家门；也许
（这真是多么可怕的想法！）
我父亲现在正把我咒骂，
可是为谁……

马泽帕

　　　这样，我比父亲
还可亲？你不说话……

玛丽雅

　　　啊，天哪！

马泽帕

怎么？回答我。

玛丽雅

　　　由你决定吧。

马泽帕

你请听：假如我们，他和我，
两个人必须有一个死去，
而你又是我们的审判者，

那时你将要牺牲哪一个？
那时你将要维护哪一个？

玛丽雅

唉，够了！不要再来搅扰我！
你是个恶魔！

马泽帕

你快答复我！

玛丽雅

你面色苍白；你言辞严厉……
啊，别生气！我准备着为你
牺牲一切的一切，相信吧；
但你的话听来实在可怕。
够了。

马泽帕

你不要忘记，玛丽雅，
现在对我所讲的这些话。

乌克兰之夜是这样静谧。
天空透明。星星发着闪光。
大气不想抑制它的睡意。
白杨树的银白色的浓叶
轻轻地颤动，飒飒地作响。

在那白拉雅教堂①的上空
月亮静静地洒下了清光，
照耀着一座古老的城堡，
照耀着将军富丽的花园。
城堡的四周围万籁俱寂；
城堡里却有低语和不安。
柯楚白身上披戴着枷锁
独坐在一座炮塔的窗前，
满怀深沉的痛苦的思想，
黯然地凝望着窗外的天。

　　一清早就要行刑。但是他
无畏地想着残酷的死刑；
对于生命他已毫不顾惜。
死是什么？期待已久的梦。
他甘愿躺进血的棺木里。
想着打起了盹。但是，上帝！
要像个不会说话的畜生
无言地倒在恶棍的脚下，
沙皇把权交给他的敌人，
在敌人权势下要受拷打，
要丧失名誉——要丧失生命，
要把朋友也带上断头台，
要在坟墓上听他们咒骂，
要无辜地躺在刀斧之下，
看着仇人的愉快的眼睛，

---

① 白拉雅教堂，基辅西南不远的小寨堡。马泽帕的临时营地。

躺倒在死神的怀抱之中，
而关于那个恶棍的仇恨
对谁也不会留下一句话!……

他想起了他的波尔塔瓦、
朝夕相处的朋友和家人、
过往时日的财富和光荣、
他的可爱的女儿的歌声、
和他出生的老屋，在那里
他劳苦过、做过平静的梦，
想起一生享受过的一切，
把这一刃抛弃，他都甘心，
可是为了什么？——

但是钥匙
在锁子里作响……他被惊醒。
可怜的人想：这是他来了!
是他，我这血腥的道路上
高举着十字架的领路人，
罪恶的强有力的赦免者，
能医治精神痛苦的医生，
救世主基督派来的使者，
他把他的神圣的血和肉
带给我，我要振作起精神，
我要勇敢地向死神走去
迎接那上帝赐予的永生!

不幸的柯楚白心中怀着

深沉的隐痛,准备在这位
最高权力的使者的面前
尽情倾诉他哀怨的伤悲。
但来人不是神圣的隐士,
来人却原来是另一个人:
面前是凶恶的奥尔里克。
因厌恶而激起满腹苦恼,
这苦难的人悲愤地问道:
"你在这里,残酷无情的人?
为什么在我这最后一夜
马泽帕还不给我个安宁?"

奥尔里克

审判还没有终结:你招吧。

柯楚白

滚蛋,该说的我已经说过,
你赶快给我滚。

奥尔里克

　　　　将军大人
还要口供。

柯楚白

　　　还要我供什么?
你们想要我供认的一切
我都直认不讳。我的证据
全是捏造的。将军没有错。

我在抵赖人。我故弄玄虚。
还要我供什么？

奥尔里克

　　　　　我们知道，
知道你的金银财宝无数；
我们知道：仅仅在狄康卡[23]
埋藏的就不止一座宝库。
你的死刑明天就要执行；
你的财产将要全部充公，
全部没收，拿来充作军用——
国法就是这样明白规定。
说吧，这是你最后的义务，
你在什么地方还有宝库？

柯楚白

是这样，你们说得完全对：
三个宝库就是我的安慰。
第一个宝库是我的名誉，
而酷刑拷打已把它夺去；
第二个宝库已无可挽回——
这就是我的爱女的贞操。
我无分昼夜为着它忧虑：
这宝库却被马泽帕偷去。
但我还保有最后的宝库，
第三个宝库：神圣的报复。
我准备把这个交给上帝。

奥尔里克

老头子,快丢开这些梦呓:
今天你就要离开这世界,
把头脑放得严肃一点吧。
这不是玩笑的时候。快说,
假如你不想受新的拷打:
钱藏在哪里?

柯楚白

　　　　凶恶的坏蛋!
非法的审讯有没有个完?
等一等:快让我躺进棺木,
那时你跟马泽帕一同去
用你们那沾满鲜血的手
去检查我的所有的遗产,
去发掘我的各处的地窖,
烧毁、斫伐我的家和花园。
请你们把我女儿也带上;
她会告诉你们一切秘密,
会指给你们所有的宝库;
但是为了上帝我恳求你,
现在请你们给我点安静。

奥尔里克

金钱藏在哪里? 快一点说。
不愿意吗? ——快说,钱在哪里?
不说你就不会有好结果。

想一想：快点说，藏在哪里？
你不说吗？——好，再打。喂，刑吏！[24]

刑吏走进来……
　　　　　　　　啊，苦难之夜！
但将军，那个恶棍在哪里？
他跑到什么地方去逃避
自己狠毒的良心的责备？
在陶醉于幸福无知中的、
正入睡的女郎的闺房里，
靠近年轻的教女的卧榻，
沉默而又阴郁的马泽帕
低垂着脑袋呆坐在那里。
一个比一个阴暗、冷酷的
思虑不断闪过他的心头。
"狂妄的柯楚白就要死了；
没有一点法子把他搭救。
将军的计划越是有把握，
他就越应当紧握住大权，
仇人就对他越应当顺服。
挽救他的办法绝对没有：
告密者和他所有的同谋
非死不可。"但是，望了望床，
马泽帕心中又想："啊，上帝！
她将要怎样地难过，当她
听到这无可回避的消息？
直到如今她还在平静中——
但是秘密是不会长久地

保守下去。明天一早斧声
就会响遍整个的乌克兰。
世人的口没有法子阻挡，
很快地会在她跟前说穿!……
唉，我看：谁要命中注定
必须有一种动荡的生涯，
他就该一人去面对风暴，
别让妻子也来担惊受怕。
一辆车子上驾不住一匹
骏马和一只惊骇的牡鹿。
我没有留意简直糊涂了：
现在要给她愚蠢的礼物……
她自己认为至高的一切、
使她的生活愉快的一切，
可怜的女郎都拿来给我，
给这阴沉的老人，——怎么样？
我给她的是怎样的打击!"
他看着：在静静的卧床上
青春的安谧那样地甜蜜!
梦神柔情地抱着她睡眠!
两唇微开着;年轻的胸口
在平静地呼吸;可是明天，
明天啊明天……马泽帕急忙
抖抖索索地转过他的眼，
站起来，轻轻地走了出去，
一直走进了寂静的花园。

乌克兰之夜是这样静谧。

天空透明。星星发着闪光。
大气不想抑制它的睡意。
白杨树的银白色的浓叶
轻轻地颤动,飒飒地作响。
但是在马泽帕的心灵中
有许多忧郁奇异的想法:
夜空的星星好像无数只
责难的眼讥笑地盯着他。
白杨树密密地挤作一行,
轻轻地摇摆着它们的头,
像法官在互相窃窃私语。
而那暖和的夏夜的黑暗
沉闷得像座幽暗的监狱。

　　突然……他听到微弱的叫声……
不分明的呻吟仿佛打从
城堡中来。那是空幻的梦、
鸱鸮的夜啼、野兽的哀鸣、
刑讯的惨叫或别的声音——
但只是老头子已经无法
克制住自己心中的激动,
而对这漫长微弱的声音
回应以一种另样的叫声——
当他同扎别拉①、同嘉麻列②,
还有——同他……同这位柯楚白

---

① 扎别拉,乌克兰 16 世纪大地主,曾为波兰国王服务。赫美里尼茨基叛变时随之倒戈。
② 嘉麻列,赫美里尼茨基时代的执政官。

在战争烈火中并马驰骋，
他曾经在狂暴的欢乐中
用这种叫声使战场震动。

　　一抹鲜艳的紫红的彩霞
铺展开笼罩着整个天空。
一切都在闪耀：丘陵、田野、
河水的波涛、森林的顶峰。
清晨的喧嚣响遍了大地，
人们也都从睡梦中惊醒。

　　玛丽雅在睡神的拥抱中
甜蜜地呼吸，透过了微睡
仿佛听得有人向她走来，
在她的脚上轻轻地一推。
她已经醒来了——但却害怕
刺目的晨光的照耀，马上
带着微笑又闭起了双眼。
玛丽雅伸出了她的臂膀，
慵倦而无力地低声地说：
"马泽帕，是你吗？……"但回答的
却是另外一个声音……啊，天！
打了个寒噤，她一看……怎么？
母亲站在面前……

母亲

　　　　不要作声；
别要了我们的命；半夜里

我偷偷地悄悄来到这里，
我只有一个伤心的恳求。
今天就是处决期。只有你
才能够和缓他们的怒气。
救救父亲吧。

女儿(惊恐地)
　　父亲怎么啦？
什么处决？

母亲
　　难道现在你还
不知道？⋯⋯不！你不是在荒郊，
住在宫殿里；你应该知道，
将军的权威是多么可怕，
他怎么样惩处他的仇人，
沙皇又怎样地依从着他⋯⋯
但是我看：你为了马泽帕
抛弃了你的悲惨的家庭；
他们在进行残暴的审问，
他们在宣读判决的书文，
他们给你父准备好斧钺，
可是你还做着沉沉的梦。
我看，我们彼此成了路人⋯⋯
醒醒吧：我的女儿！玛丽雅，
快去，快去跪在他的脚前，
我们的天使，救救父亲吧：
你的眼能簿住恶棍的手，

你能使他们把刀斧丢下。
去求求吧——将军不会拒绝：
为了他你把一切都忘却：
贞操、亲人、上帝。

女儿

我怎么了？
父亲……马泽帕……处决——而母亲
在这里哀求，在这城堡里——
不是，难道我心智已昏迷，
或是一场梦？

母亲

上帝保佑你，
不是的，不是的——不是噩梦。
不是幻想。难道你不知道，
你生来性子倔强的父亲
不能够忍受女儿的丑行，
复仇的渴望迷住了心窍，
在沙皇面前告发了将军……
在血肉模糊的刑打之下
他承认了出于私人仇恨，
承认狂妄的陷害的耻辱，
他这勇敢的正义的牺牲，
把自己的头交给了仇人，
如果是天主的高贵的手
不对他庇护，不把他援救，
在大队人马的簇拥之下

他今天就要被他们斩首；
现在他就在这里，就在那
牢狱的高塔上。

女儿

　　　　天哪，天哪！⋯⋯
今天啊！——我的可怜的父亲！

　　女郎便突然晕倒在床上，
躺在那里，像僵冷的死人。

　　各色的帽子。戈矛的寒光。
鼓声咚咚响。卫队[25]在奔跑。
士兵排成了整齐的队形。
人声鼎沸。人心突突地跳。
大道，挤满了人，向前蠕动，
好像是一条长蛇的尾巴。
刑台就搭在刑场的正中。
刑台上刽子手踱来踱去，
嬉笑着，专心等候着牺牲：
时而同快乐的观众说笑，
时而两只洁白的手拿起
沉重的板斧自如地玩弄。
女人的叫骂、笑声与低语
都混入这雷鸣般的语声。
忽然听到了大声的喊叫，
一切静下来。只有马蹄声
打破了这片可怕的寂静。

在那里，在卫队的环绕中，
将军大人带着几名长老，
骑着一匹黑马向前飞奔。
而在那边，在基辅大道上
有一辆马车驶来。所有的
视线都慌张地向它转去。
在马车上，无愧于天地的、
坚信天主而态度轩昂的、
无辜的柯楚白坐在那里。
沉默而冷静，与羔羊一般
顺服的伊斯克拉在一起。
马车停下了。教堂合唱队
大声的祈祷声突然响起。
从香炉里升起轻烟袅袅。
人们也都在默默地祈祷，
为了不幸者心灵的安息。
受难者也在为仇人祈祷。
看，他们下了车，走到台上。
柯楚白在台上画着十字，
躺在那里。像坟墓中一样，
人们屏声静气。板斧一挥，
一道白光，人头跳到一旁。
整个刑场在叹息。另一个
眨着眼，跟着也滚到一旁。
青草被鲜血染得一片红——
刽子手恶意地喜气洋洋，
抓住了两颗人头的头发，
他在使出了十足的臂力

在观众们的头顶上摇晃。

人已经斩了。看热闹的人
也都四散了，在路上走着，
而且彼此间谈论着他们
永没有什么变化的工作。
刑场渐渐地越来越空旷。
这时从行人杂沓的道上
横越大路跑来两个女人。
跑得精疲力竭，满面灰尘，
看起来，她们满怀着惊慌，
急忙地没命地赶来刑场。
"已经晚了。"——有人路上碰着，
用手指着刑场对她们说。
那里，黑袈裟的神父还在
祈祷，人们正在拆卸刑台，
两个哥萨克人向马车上
抬起了一具橡木的棺材。

马泽帕一人在马队前头
威风十足地离开了刑场。
有一种莫名的，但可怕的
空虚在搅扰着他的心房。
谁也没有走近他的面前，
他没有跟谁讲过半句话；
马儿满身是汗，向前飞奔。
回到宫里，"玛丽雅还好吧？"
马泽帕问。但他所听到的

却是惶恐的、低声的回答……
他为禁不住的恐怖震惊，
走去看她；走进她的闺房：
闺房里静悄悄没有人影——
他走到花园不安地彷徨；
但是绕遍了广阔的水池，
在树丛中寂静的树荫下，
都没有、都没有她的影子——
她走了！ ——他把亲信的仆人、
机敏的卫队召集在一起。
他们出发了。马喷着鼻息——
喊起追击的粗野的叫声，
勇敢的好汉在马上奔驰，
迅速地向每个方向飞去。

宝贵的时光不停地飞逝。
玛丽雅还一直没有找到。
任谁也不知道、没有听见，
她为了什么、怎么样跑掉……
马泽帕默默地咬紧牙关。
奴婢们都骇得噤若寒蝉。
将军满怀着沸腾的毒恨，
把自己关在女郎的房中。
在夜的黑暗中，在卧榻前
他坐了一夜，没有合合眼，
非人间的痛楚把他熬煎。
第二天清晨派出去的人
一个个地先后空手回来，

马儿被累得已不能转动。
铁掌和肚带、笼头和鞍被
湿淋淋地全都浸着汗水，
血渍斑斑，有的遗失、磨坏——
但是没有人能给他带来
可怜的女郎的任何消息。
她的存在，像消失的声音，
从此再没有一点点踪影。
而母亲背着痛苦与贫困
向着黑暗的流放地遄行。

第三章

内心的悲戚、深沉的痛苦
没能止住乌克兰的首长
施展他狂妄的扩张企图。
坚信他的计谋可以得逞，
他同那傲慢的瑞典国王
仍然继续着诡秘的来往。
但为了更为稳当地欺蒙
人们敌视的怀疑的眼睛，
他在一群医生的包围中、
在那佯装痛苦的病榻上
呻吟着，为健康祷告上苍。
由于操劳过度、戎马倥偬，
加以年老多病、郁郁寡欢，
都可以构成死亡的征兆，
使得他卧床不起。他准备
离开这生死无常的人间；
他想要举行神圣的仪式，
他已经请来一位大法师，
走近可疑的死亡的病榻：

并把神圣的橄榄油洒上
他那奸诈的鬈曲的白发。

　　但是时光逝去了。莫斯科
枉然地等待着它的客人，
在早年敌人的坟墓之间
准备好仪式悼念瑞典人。
查理却突然掉转马头，
而把战争转向了乌克兰。

　　白昼已来临。垂死的病人，
马泽帕从病床一跃而起，
这个活死人就在前一天
还在坟墓上微弱地呻吟。
现在是彼得坚强的敌人。
现在，神采奕奕，在三军前
闪耀着睥睨一切的目光，
高举起军刀——跨上了马鞍，
飞快地奔向德斯纳河①上。
正像那狡诈的红衣主教②，
老年生活折磨得弯了腰，
戴上了罗马教皇的冠冕，
病也好了，年轻了，直了腰。

---

① 德斯纳河，第聂伯河支流之一。
② 红衣主教，指罗马教皇西克斯特五世，亦即红衣主教蒙塔里陀(1521－1590)。据说他未被选为教皇前，佯作善良而多病，选为教皇后，即将拐杖抛弃，高唱谢主歌。

消息展开翅膀飞向四方。
乌克兰到处不安地喧嚷：
"他已经变了，他变了节了，
他已经把他恭顺的权杖
交给查理。"火花已爆发，
人民战争的血红的彩霞
升上天空。
　　谁能够描画出
沙皇这时的愤慨与震怒？[26]
刑吏[27]绞杀马泽帕的木像；
宗教大会上的诅咒雷动。
自由争辩的人民大会上
人们推举出另一个将军。
彼得从荒僻的叶尼塞河
把伊斯克拉和柯楚白的
家属急急忙忙派人召回。
彼得和他们都流下眼泪。
他赐予了他们新的荣誉
和财物，加以亲切的抚慰。
马泽帕的对头，暴烈骑士，
巴列依老头子，从流放地
向乌克兰沙皇军营奔回。
他们众叛亲离毫无希望。
车切尔[28]和那查波罗什的
阿塔曼都死在断头台上。
你，这个好大喜功的狂人①，

---

① 指查理十二。

抛弃了皇冠而戴上军帽，
你的末日已经近在眼前，
你已望见波尔塔瓦城堡。

　　沙皇也急忙地调遣民兵。
大军像风暴般一拥而来——
两军阵营在广大原野上
双方都将对方包围起来：
猛烈的交锋已不止一次，
沉醉于血战的勇猛战士
今天与期待已久的对手
终于这样地遭遇到一起。
强大的查理怒目看到的
已经不是不幸的纳尔瓦[①]
东走西奔乱云般的逃兵，
而是精壮整齐、严明敏捷、
坚定沉着的军队的长阵
和一行屹立不动的刀锋。

　　但是他已决定明朝交锋。
深沉的梦降临瑞典军营。
只有在一个帐幕下听到
两个人轻轻谈话的声音。

　　"不，我看，不，我的奥尔里克，

---

① 纳尔瓦，芬兰湾南岸的城市，原由瑞典占领，1700 年彼得率领俄军四万进攻，为查理所败。

我们这样匆忙恐怕不妥：
我们的估计粗疏而不妙，
这样子不会有好的结果。
显然，我的计划已经失败。
怎么办？我估计错了形势：
我完全看错这个查理。
他是个胆大妄为的孩子；
当然偶尔去战地上玩玩，
他可以顺利地打赢几次，
他可以参加敌人的晚宴，[29]
他可以用笑声回答炸弹；[30]
他可以半夜里潜入敌营，
不亚于俄罗斯的狙击兵；
他可以像今天虽受了伤
却换来一条哥萨克的命，[31]
但是要同专制巨人来斗，
却不是他的适当的对手：
他把命运看得像是军队，
想用鼓声把它随意支配；
他看事不清，又执拗暴躁，
心地又轻浮，对人又高傲，
天知道，他信赖什么运命；
他只是拿他过去的成就
去估量敌人的新的力量——
他这次要碰得头破血流。
我惭愧：我这么大的年纪，
为这个好战的浪子所迷；
好像一个胆怯的小姑娘，

为他胜利的侥幸和胆量
眩惑了眼。"

奥尔里克

我们等待战斗。
如果要跟彼得重归旧好，
到现在时机还没有错过：
还可以消弭这一场灾祸。
我们打败过的沙皇，无疑，
决不会拒绝我们的讲和。

马泽帕

不，已经晚了。俄罗斯沙皇
决不会来同我善罢甘休。
我的命运无疑早已决定。
早已燃起了心底的冤仇。
有一天，就在亚速夫海边，
当夜色变得深沉的时候，
我和沙皇在军营中饮宴：
满满的酒杯沸腾着泡沫，
我们在杯酒间无所不谈。
我说出了一句大胆的话。
年轻的客人都感到难堪……
沙皇脸一红把酒杯一丢，
气势汹汹地就一把抓住
我的苍白的胡子。那时候
我屈服于无力的愤怒中，
立誓将来要给自己报仇；

我怀着这个誓言——像母亲
怀着胎儿。现在已到时候。
他的心里会永远记着我，
一直记到他最后的一日。
我自投罗网任他去处置；
我是他皇冠上一根荆刺：
他只要再能像往日一样
抓住马泽帕苍白的胡子，
甘愿交出一生中最好的
时光和祖先留下的城市。
但是我们还有一线希望：
胜败还要等朝霞上升时。

出卖俄罗斯沙皇的叛徒
说完了话就闭起了双目。

新的红霞已燃遍了东方。
炮火在平原上、在丘陵上
已经轰鸣。紫红色的浓烟
滚滚地飞向碧色的天空
去迎接鲜红明丽的晨光。
队伍都一列列密集起来。
射击手们在树丛内散开。
枪弹嗖嗖响，炮弹在飞旋；
冷森森的刺刀耸向天边。
胜利娇宠的儿郎，瑞典人
穿过战壕的炮火在突进；
骑兵巨浪般地向前飞奔；

步兵紧随在他们的后边
迈着沉着的坚定的步伐、
抱着决死的心向前猛冲。
这片宿命的战场到处在
熊熊地燃烧,雷声般震动。
但是战争的福星显然地
已经开始光照到了我们。
被排炮击退的瑞典部队
横七竖八地倒在沙场上,
罗森从小道逃命;暴烈的
史里平巴赫也已经投降。①
我们一步步紧逼瑞典人;
他们的旗帜已蒙上灰尘,
而我们每一步的前进中
都印上战争之神的洪恩。

　　突然好像是从天上发出
彼得动人的、响亮的声音:
"奋勇前进,上帝保佑我们!"
彼得在一群亲信围绕中
从帐幕里走出,目光炯炯。
他的容貌真是威风凛凛,
他步履矫健,他神采奕奕,
他活像一位天上的雷神。
他走过来。给他带来了马。
忠诚的马又英俊又驯良。

---

① 罗森和史里平巴赫,都是瑞典将领,波尔塔瓦战役的参加者。

它嗅到了战争的火药味，
抖擞了几下。斜扫着目光，
因为威武的骑者而自豪，
飞快地奔入硝烟的战场。

　　正午已来临。火一般地烧。
战斗好像农夫，也在休息。
从哪里飞来哥萨克骑兵。
骑兵排起阵势，非常整齐。
战斗的音乐已渐入沉静。
小山上的大炮也安静地
停止了自己饥饿的吼声。
这时候——欢呼万岁的声音
震动着旷野，把一切淹没：
原来是三军望见了彼得。

　　他在军队前面飞奔而过，
像战斗一般愉快而威严。
他向着战场上扫了一眼。
他后边紧跟着飞来一群
彼得窠巢中养大的雏鹰——
在大地的命运的转换中、
在国事与战争的辛劳中
和他一起的伙伴、子弟们。
那位高贵的舍列梅捷夫、
布留斯、鲍维尔和列普宁，①

---

① 四人都是俄罗斯将领，波尔塔瓦战役的参加者。

还有出身贫苦的幸运儿，
统治着半壁江山的将军①。

　　查理在他勇敢的部队
一片深蓝色的行列之前
坐着肩舆，面色十分苍白，
因为刨伤未愈，四肢不动，
亲信的仆役们把他抬来。
英雄将领们跟在他后边。
他静静地沉湎于沉思中。
慌张的目光中显示出了
内心异常的兴奋和激动。
仿佛是希望已久的战斗
使查理感到心绪不宁……
他突然扬起无力的臂膀
指挥军队向俄国人进攻。
　　在平原上，在烟尘弥漫里，
沙皇的大军与他们相遇：
战斗爆发，波尔塔瓦战役！
在炮火中，在被活的城墙
所反照的通红的城墙下，
生力军在倒下的队伍里
又一起端起了刺刀。骑兵
飞快奔驰，像一朵朵乌云，
抖动着马勒，闪亮着军刀，

---

　　① 指亚历山大·达尼洛尼维奇·缅希科夫公爵（1673—1729），彼得最亲近的助手。
幼时曾在莫斯科卖过馒头。

杀进敌营，真是难解难分。
一堆尸体上又压了一堆，
铁丸在尸堆中跳跃、乱撞，
翻起了一团一团的尘土，
在血泊中哑哑哑地鸣响。
瑞典人、俄罗斯人——刺、砍、杀。
战鼓咚咚、呐喊声、切齿声。
大炮声、马蹄声、嘶叫、呻吟，
这里到处是地狱与死神。

几个平时很镇静的将领
在这极度纷忙与焦急中
用激奋的目光望着战场，
注意观察着战争的动向，
他们预测着失利与胜算，
而在低声地进行着交谈。
但是在莫斯科沙皇身前
这白发的老将是什么人？
有两个哥萨克扶持着他，
愤怒的火焰烧在他心中，
他用英雄的老练的目光
注视着激烈进行的战争。
巴列伊不能再跨上战马，
孤寂的流放中他已老迈，
他已经再不能振臂一呼
使哥萨克四处应声而来！
但是为什么他目光一闪，
为什么愤怒像夜的暗影

笼罩着他的苍老的容颜？
什么事能使他如此激动？
可是他从弥漫的烟尘中
看见了马泽帕，他的仇人，
而这时手无武器的老人
在痛恨自己偌大的年龄？

马泽帕心里在胡思乱想，
一边注视着激战，一大帮
怀着二心的哥萨克、卫队、
亲信和长老站在他周围。
忽然砰的一枪。老人回脸。
沃伊纳洛夫斯基①手中的
火枪的枪筒还在冒着烟。
被打倒的年轻的哥萨克
在几步外的血泊中辗转，
他的马满是汗渍和尘土，
脱掉了缰绳，撒野地跑走，
消失在发着火光的远处。
哥萨克拿着刀，冒着战火，
两眼显示出狂暴的愤恨，
向着将军一直猛扑过来。
老头子跑过去正要发问：
怎么一回事？但是哥萨克
已不行了。他濒死的面容

---

① 沃伊纳洛夫斯基，马泽帕之甥，与马泽帕同时叛变。波尔塔瓦战役后流亡国外。后被捕送交俄皇，流放于西伯利亚雅库茨克。

还在威吓俄罗斯的敌人；
他苍白的面色那样阴沉，
而他的舌尖还在喃喃地
低声说着玛丽雅的芳名。

　　但胜利的时刻已经来临。
乌拉！追击！瑞典人已输掉。
光荣的时刻！光荣的情景！
再一次进攻——敌人在溃逃：[32]
骑兵在飞快地追踪突进，
利剑砍杀得已经发了钝，
草原上满满地盖着尸体，
就好似一群黑色的蝗虫。

　　彼得设宴庆祝。他的眼睛
骄傲、明亮，又充满了光荣。
皇家的筵席是那样丰盛。
士兵的欢呼使大地震动，
他在自己的帐幕里邀请
自己的将领，对方的将领，
他在款待着可敬的俘虏，
他也举起了酒杯为那些
自己战争中的老师祝福。

　　但首席的贵宾哪里去了？
我们严厉的老师在哪里？
波尔塔瓦胜利者粉碎了
他蓄谋已久恶毒的奸计。

马泽帕这恶棍哪里去了？
犹大骇得到哪里去逃命？
为什么贵宾中没有国王？
为什么叛贼还没有处刑？[33]

在不毛的平原的荒径上
国王和将军骑着马飞奔。
命运使他们一路上逃命。
切身的危急、刻骨的仇恨
赐予了国王逃命的力量。
他忘掉自己痛苦的创伤。
他低垂下头，在拼命奔跑，
他被俄罗斯人紧紧追赶，
而一群尽忠于他的仆从
好容易才跟在他的后边。

老将军同国王并马逃奔，
一边用他那锐利的目光
瞭望着广阔草原的远景。
前面有一座村庄……为什么
马泽帕突然显出了惊愕？
为什么他不走这个村庄，
打快了马从村庄外绕过？
可是这一座荒凉的院落、
这所房屋、这寥落的花园，
还有向野外开着的小门，
现在使他忽然间想起了
一桩早已经忘掉的事情？

你，神圣的纯贞的破坏者！
你可还认识这一个院宅、
这所曾经是欢乐的房屋？
你在这里，在醇酒燃烧下，
在幸福的家庭的环绕中，
在筵席间谈过开心的话。
你认识这个闲静的居所？
在这里曾住过和平天使，
还有花园，从这里在深夜
你带着她走向草原……认识！

深夜的阴影拥抱着草原。
在那碧色的第聂伯河畔，
俄罗斯以及彼得的敌人
轻轻地睡在那岩石之间。
幻想饶恕了国王的平静，
他忘掉波尔塔瓦的创痛。
但马泽帕的梦一片混乱。
他的心梦中也不得安宁。
但是突然在夜的寂静中，
有人在唤他。他醒了过来。
一看：在他头上，手指着他，
一个人慢慢地弯下腰来。
他打了个寒噤，像在刀下……
他面前有一个披头散发、
闪耀着深陷下去的眼睛、
衣衫褴褛、消瘦苍白的人
被月光照耀着，站在那里……

"这莫非是梦？……玛丽雅……是你？"

玛丽雅

喂，低声，低声，亲爱的……现在
父亲和母亲都闭了眼睛……
等一等……他们会听见我们。

马泽帕

玛丽雅，啊，可怜的玛丽雅！
你醒醒吧！天哪！你怎么啦？

玛丽雅

你听听：哪有这样的诡计！
他们讲的是多大的笑话？
她背着人偷偷地对我说，
说我的可怜的父亲死啦，
她随后悄悄地给我拿来
一颗白发的人头——啊，主呀！
我们到哪里去逃避恶骂？
请你想想看：这一颗人头
完全不是什么人头，你看：
什么样子！——而是一颗狼头！
她想要拿这个来欺骗我！
这样恫吓我，她也不害羞？
为了什么？为了使我今天
不敢跟着你一块儿逃走！
这能吗？

　　　　怀着深沉的悲哀，

惨无人性的情人倾听她。
但是思想如旋风般旋转，
"但是，"她接着讲了这些话：
"我记得刑场……喧闹的日子……
还有很多人……僵冷的尸体……
母亲带了我去参加节日……
但是你哪里去了？……为什么
我要离开你深夜里漫游？
我们回家吧。快……天已不早。
哎呀，你看，我的头、我的头
装满了空洞无谓的激动：
老头子，我要另外一个你。
快点走开吧，让我静一静。
你的眼光可笑而又可怕，
你是这样地丑。他多么美：
他的眼睛里闪耀着爱情，
他的言语充满柔情蜜意！
他的胡子比雪还要洁白，
而你的胡子满沾着血迹！……"

　　她带着尖声粗野地笑着。
她的脚步比小羚羊还轻，
一跳，跳了起来，拔步便跑。
随即消失在夜的黑暗中。

　　夜影渐淡。东方一片红霞。
哥萨克的炊火冒起火焰。
哥萨克正在煮着小麦饭；

护兵在第聂伯河的河畔
饮着卸下了马鞍的战马。
查理醒来。"啊，是时候了！
快起吧，马泽帕。天已亮了！"
但将军早已经没有睡意。
苦痛、苦痛紧压着他的心；
胸口的呼吸也感到窒息。
又一声不响地备起马鞍，
又跟着国王一起去逃难，
眼里转过着可怕的目光
这样告别了祖国的边疆。

———————

百年过去了。这些英雄们
英名盖世，曾经怀着如许
热情的意志，留下了什么？
他们那一代早已经逝去——
他们的艰难、奋斗与胜利
也一同消逝得无踪无迹。
在北方大国人民的心中、
在它南征北战的命运里，
只有你，波尔塔瓦的英雄，
给自己建立起一座丰碑。
那里，一行行飞转的风车，
像静穆的城墙似的环绕

本德雷^①那些荒寂的堡垒，

长角的水牛在军人坟前

到处徘徊，——在这荒凉之地

只有破烂的亭台的残迹

和深深陷入地下的三级

长满了青苔的层层石阶

讲说着瑞典国王的事迹。

从那里，这个狂妄的英雄

独自一人带领少数仆从

击退土耳其军队的进袭，

终于抛下佩剑俯首就擒；

他乡游人常来这里凭吊，

将军的坟墓已无处寻找：

马泽帕早已为人们忘记；

只有这使人追念的胜地

至今宗教大会一年一度

人们还大声地把他咒诅。

但是两个受难者安息的

那座坟墓现在依然完整：

在年久的忠贞的坟墓间

有一座教堂荫蔽着他们。^{〔34〕}

在狄康卡友人手植下的

一排老橡树还枝叶扶疏；

他们到如今还对子孙们

———————————

① 本德雷，比萨拉比亚城市，当时属于土耳其。1710 年马泽帕死于此。查理十二在波尔塔瓦战役后，居留于此。他曾怂恿土耳其与俄罗斯交兵，未成，土军反将本德雷营地包围。查理率少数仆从一度击退土耳其及鞑靼的进攻，终因寡不敌众而被俘。

讲着他们被杀害的先祖。
但是对那个罪孽的女儿……
没有一点传说。她的苦难、
她的命运、她最后的下场，
蒙了一层望不透的昏暗。
只有那乌克兰的盲歌人，
当他们在村庄里对乡民
弹唱起那位将军的歌曲，
关于这罪恶可怜的女郎，
有时候顺便也向年轻的
哥萨克姑娘讲三言两语。

普希金原注

〔1〕柯楚白,司法总监。现在伯爵中有以柯楚白为姓者,就是他的后裔。

〔2〕田庄,郊外的房舍。

〔3〕柯楚白有好几个女儿。其一嫁给马泽帕的外甥奥比道夫斯基。这里所讲的是玛特辽娜。

〔4〕马泽帕事实上曾向他的教女求过婚,但被拒绝。

〔5〕相传马泽帕编有不少歌曲,至今流传民间。柯楚白在他的告密疏中也提到他狭隘的爱国思想,或许是指马泽帕所编的歌曲。这种思想在历史上具有重大意义。

〔6〕旄节与锤形杖,将军职权的标志。

〔7〕参看拜伦《马泽帕》。

〔8〕多罗申哥,小俄罗斯年老的英雄,是俄罗斯统治者最顽强的敌人之一。

〔9〕沙莫伊罗维奇,将军的儿子,彼得第一初执政时流放于西伯利亚。

〔10〕巴列依,著名骑士。因为未奉命令,自行追击敌人,马泽帕呈请把他流放于叶尼塞斯克。马泽帕叛变后,他的势不两立的敌人巴列依由流放中召回,参与波尔塔瓦战役。

〔11〕高尔捷英珂,查波罗什哥萨克人军营阿塔曼①。后投降查理十二,1709 年被俘处死。

〔12〕两万哥萨克人被遣至利夫梁几亚。

〔13〕马泽帕在信中曾责备柯楚白,说他的"骄傲而多智"的妻子驾驭了他。

〔14〕伊斯克拉,波尔塔瓦上校。柯楚白的挚友,参与他的计谋并一同受难。

〔15〕耶稣教徒扎林斯基、杜尔斯卡雅公爵夫人和被逐出祖国的保加利亚某大主教,都是马泽帕叛变的主谋者。某大主教曾化装为乞丐往返于波兰与乌克兰之间。

〔16〕意即乌克兰将军的通令。

〔17〕奥尔里克,马泽帕的秘书长和亲信。马泽帕死后(1710 年),查理十二曾委以空头的小俄罗斯将军。后信奉伊斯兰教,约于 1736 年死于本德雷。

〔18〕布拉文,顿河的哥萨克,当时正在叛变中。

〔19〕机要秘书沙菲洛夫和哥罗夫金伯爵,是马泽帕的密友与庇护人;实际上他们应

---

① 阿塔曼,军营的头领。

负严刑拷打及处决告密者的全责。

〔20〕此事发生在 1705 年。参看班狄希-卡敏斯基《小俄罗斯史》注释。

〔21〕嘉塞-基列伊进攻克里木失利时曾约马泽帕合力攻打俄罗斯军。

〔22〕马泽帕信中申诉,对告密者之拷打处分太轻,坚请处他们死刑。他自比为被不法老人无辜中伤的苏珊娜,而比哥罗夫金伯爵为预言者但理。

〔23〕柯楚白的乡村。

〔24〕柯楚白被判死刑后在将刽士兵手中还受过拷问。由受难者的口供中可以看出,曾讯及他藏匿的宝库。

〔25〕将军亲自组织的部队。

〔26〕彼得以其惯用的迅速而有力的手段使乌克兰屈服。1708 年 11 月 7 日,遵照皇帝意旨,哥萨克根据惯例以自由选举方式,推举斯塔罗杜布上校伊万·斯珂洛帕德斯基为将军。

"8 日,基辅,柴尔尼可夫及别列亚斯拉夫等地大主教来到格鲁霍夫。

"9 日,各地僧正当众诅咒马泽帕;同日,抬出叛贼马泽帕的木像,卸下勋章(勋章以丝带挂于木像上),将木像掷于刑吏之手,刑吏缚之以绳,拉向各街衢及广场示众,然后拉至绞首台绞死。

"10 日,处车切尔及其他叛贼死刑……"(《彼得大帝日记》)

〔27〕刑吏(Кат),小俄罗斯语。即俄语"刽子手"。

〔28〕车切尔固守巴士伦①以拦缅希科夫公爵之大军。

〔29〕应国王奥古斯都之邀请赴德累斯顿。参看伏尔泰《查理十二传》。

〔30〕——啊,陛下!炸弹!……——"炸弹与我给你写的信有何共同之处? 请写信吧。"这件事发生很晚。

〔31〕深夜,查理亲自窥视我营地,袭击坐于火旁之哥萨克。他直奔哥萨克,亲手击毙一哥萨克。其余哥萨克回击三枪,重伤其足。

〔32〕由于缅希科夫公爵的适当处置和行动,主力战的命运早经决定。战事未及两小时胜负已决定。"因为(《彼得大帝日记》中写道)所向无敌的瑞典大人们很快就露出自己的马脚,而敌军立即被我军全盘击溃。"嗣后,彼得因为缅希科夫公爵此次功绩常常宽宥他的过错。

〔33〕俄皇满怀着不欲掩饰的喜悦在战地接待一批批的俘虏,并不断问道:"我的查理

① 巴士伦,在波尔塔瓦之北方。

仁兄在哪里?"……当他举起了酒杯说道:"敬祝我战争艺术上的老师们身体健康!"林希尔德问他,给予这样尊敬的称呼的是什么人。沙皇答道:"你们,各位瑞典将领。""果然如此,——伯爵说,——现在如此不客气地对待自己的老师们,未免太忘恩负义了。"①

〔34〕伊斯克拉和柯楚白的无首尸体,由家属领去,葬于基辅修道院;墓上刻有下列铭记:②

> 将来从我们墓前走过的人啊,
> 你不会知道我们葬埋在这里。
> 恐怖与死亡不允许我们说话,
> 但墓石将把我们的事告诉你:
> 我们为了真理并对君王忠诚
> 饮尽这只痛苦与死亡的酒杯;
> 万恶的马泽帕既狠毒又残暴,
> 以斧钺斩掉我们无辜的首级。
> 圣母赐予奴仆以永恒的生命,
> 我们在她的庇荫下得到安息。

1708 年 7 月 15 日,被斩于白拉雅教堂近郊波尔沙高夫佐与柯夫舍沃两村间之刑场,高贵的瓦西里·柯楚白,司法总监;约安·伊斯克拉,波尔塔瓦上校。7 月 15 日移枢基辅,同日安葬于洞天修道院此地。

---

① 原文为法文。
② 碑文系俄文古文。

塔济特

1829—1830

《塔济特》写于 1829 年底至 1830 年初。内容的进一步发展可以从留下来的两个计划(见附录二)中得知一二。1837 年,已是普希金逝世以后,该诗发表在《同时代人》卷七上,标题是《加鲁布》,这是茹科夫斯基搞错了,他把塔济特的父亲卡苏布误记为加鲁布。

原文的格律及译文的处理办法,与《鲁斯兰与柳德米拉》相同。

并不是为了闲谈和娱乐，
并不是为了战争的集议，
不是为了结义前的盘查，
也不是为了抢夺的嬉戏，
一清旦儿一群阿代赫人①
聚会在卡苏布的院子里。
在塔垮尔图勃②荒墟附近，
卡苏布老头儿独生儿子
猝然遇到敌人送了性命。
他的尸体停放在茅屋中。
他的埋葬仪式正在进行，
阿訇们悲凄地唱着哀歌。
就在这忧伤的茅屋跟前
停下了套好的牛拉大车。
院子里人挤得水泄不通。

---

① 阿代赫人，即切尔克斯人。
② 塔塔尔图勃，捷列克河左岸一个古城遗址。此处被认为是圣地，逃亡者遇人追捕时可以躲避的安全地方。

客人号哭着发出了哀音，
并且捶打着披甲的前胸，
马儿听着这不像战斗的
喧嚷，也莫名其妙地骚动。
人们等着。终于从茅屋里
老父亲夹在妇女们当中
走出来。他后面两个贵族①，
栗色马驮出冰冷的尸身。
让那闲人们往两边退让，
随后把尸体放到牛车上，
在他周围放了许多武器：
弓和箭筒、上膛的火绳枪，
还有格鲁吉亚式的短剑，
还有军刀上十字形的钢，
这一切都是为了使勇士
在坚固的墓中静静安息，
只要阿兹拉伊②登高一呼，
武装的战士就立刻跃起。

丧仪的行列准备好上路，
牛车已在移动。阿代赫人
严肃地跟随在牛车后面，
默默忍耐马扬起的灰尘……
落日的光辉渐渐地暗淡，
把岩壁映照得金光闪闪，

① 北高加索的封建贵族，亦指一般首长。
② 阿兹拉伊，伊斯兰教传说中的死亡的天使。

那牛车才慢慢地来到了
这巨石嶙峋的山谷之间。
我们的那位年轻的骑士
就在这地方被仇人杀死,
现在寒冷的坟墓的阴影
掩盖起他的无言的死尸……

尸体已埋进了黄土里边。
墓穴己填平。在坟墓周围
对死者的祈祷也已做完。
这时从山后来了个老头,
他还带着个齐楚的少年。
大家都给来人让开了路——
老头儿正正经经走上前
对这丧子的老父这样讲:
"算起来已过了一十三年,
那时候你来到我们山村,
你给我抱来一个小囡囡,
要我把小囡囡抚养成人,
今天我带来了,我已把他
培养成了一个车臣好汉。
你把你早死的儿子埋葬,
卡芝布,听命运,不要悲伤。
我给你又送来另外一个,
你的头低下来正好靠着
他这高大的结实的肩膀。
你的损失正好用他补偿——
我的辛苦嘛,你也会知道,

我不想在这里自我夸奖。"

他说完了。卡苏布匆匆地
看了看少年。塔济特久久
站在他面前，一动也不动，
默默地低垂下了他的头。
悲伤的卡苏布打量一番，
心里头着实十分地喜欢。
就把他亲切地抱在怀里。
他然后又拥抱了老先生，
向他一再致谢，并且请他
来到自己家中待为上宾，
并请其他的来客在一道
举行了三天三夜的宴饮，
过后还馈赠了各种礼物，
把老师好好地送上归程。
悲伤的父亲心里这么想：
他给我多么珍贵的礼物——
一个可以报仇雪耻的人，
一个忠诚的可靠的心腹。

*　　*　　*

好多天过去了。卡苏布的
内心悲伤已经逐渐平息。
但是塔济特依旧保留着
原来的野性。他在自家的
山村里仍然像是个外人；

他沉默着，整天在深山中
独自游荡；就像捉来的鹿
总是想着去荒野和森林。
他喜欢——沿着崎岖的山径
爬上那耸入云霄的高冈，
倾听暴风雨的大声喧闹
和那深渊里滔滔的波浪。
有时候一直到深更半夜，
他还是沉郁地坐在山头，
一手支着头，一动也不动，
惘然若失地凝望个不休。
他所希望的究竟是什么？
他心上想的是什么思想？
青春的梦想把他从这个
山谷世界要带到了何方？
谁知道？心灵底层是难测。
少年在幻想中十分任性，
如同天空中的风……
　　　　　　　　但父亲
对塔济特看法已有不同。
他暗暗想："他的教育之果
哪里有勇敢、敏捷和活脱、
那调皮的智慧以及膂力？
我看他只有不驯和懒惰。
也许我没有把儿子看清，
也许是老先生欺骗了我。"

* * *

塔济特从家中的马群里
挑选了一匹他最爱的马，
整整两天他离开了山村，
到第三天他才回到了家。

父亲

儿啊，哪去来？

儿子

到一个峡谷，
那里临河的山崖开凿着
一条通向达里雅尔的路。

父亲

你干些什么？

儿子

听捷列克河。

父亲

你没有看见格鲁吉亚人
或者俄国人？

儿子

看见运货的

第比利斯亚美尼亚商人。

父 亲
可有兵跟着？

儿 子
没有，一个人。

父 亲
为什么你一点没有想到
从山崖跳下去给他一个
意想不到的猛烈的袭击？——

切尔克斯的儿子低下眼，
深深低垂下头没有吭气。

*   *   *

塔济特又给马鞴上了鞍，
又两天两夜都没有踪迹，
又到第三天他回到了家。

父 亲
你哪儿去来？

儿 子
到了白山里。

父 亲

你碰见什么人？

儿 子

我在山头
看见我们那逃走的奴隶。

父 亲

呀，多好的命运！ 他在哪里？
你难道没有用套索套住
那个逃亡的人，把他拖回？ ——

塔济特又低低垂下头颅。
卡苏布默默地皱起了眉，
把心头的怒火尽力压住。
他想道："算了，无论怎么样，
他也代替不了他的哥哥。
我的塔济特原没有学会
用刀剑去把金银给抢夺。
我不能够指望他的漫游
给我增加马匹，或者牲灵。
他只知道懒懒地平和地
去听听浪涛，去看看星星，
他不会在那突然袭击中
劫夺马匹和诺盖人①的牛，

---

① 诺盖人，土耳其语系的一个民族。

不会把战斗掳来的奴隶
载满安纳普河上的小舟。"

＊　＊　＊

塔济特又给马鞴上了鞍。
两天两夜不见他的踪迹。
到了第三天他脸色苍白
像死人一样，回到了家里。
父亲见他这样子，便问道：
"你上哪去来？"

儿 子
　　　　我去到库班
那个靠近树林边的村镇。

父 亲
看见什么人？

儿 子
　　看见了仇人。

父 亲
谁？谁？

儿 子
　　杀死哥哥的那个人。

父亲

你见了杀死我儿子的人……
你快来呀！……哪里是他的头？
塔济特！……我要看看他的头。
让我好好看一看！

儿子

那凶手
孤单单，负了伤，没有武器……

父亲

你还好没有忘记了血仇！……
你一定把敌人掼倒在地，
不是真的吗？你抽出钢刀，
拿钢刀捅进了他的咽喉，
你尽情地欣赏他的呻吟，
咽喉里慢慢地转了三周，
欣赏蛇蝎的最后的呼吸……
给我……头在哪里……我已无力……

但儿子沉默着，低垂下眼。
卡苏布立刻就脸色发青，
满肚子怒火，对儿子叫喊：

"滚开吧——你不是我的儿子，
不是车臣人——而是女人，
亚美尼亚人、胆小的奴才！

我诅咒尔！滚开吧，别让人
笑话我有个懦弱的后代，
去，去等待那可怕的聚首……
让你那死去的哥哥好像
血淋淋的猫骑在你肩头，
让他把你驱赶进了深渊，
你像受伤的鹿一样奔跑，
哪里也得不到一点慰安，
总是憋着满肚子的懊恼，
俄国孩子套索把你套上，
狠狠撕你，像撕一只小狼，
呸，滚吧、滚吧……快给我滚开，
别在这里亵渎我的目光！"
老人说完了就躺在地上，
闭了两眼。一直躺到深夜。
等他起来时蔚蓝的天穹
已经升上了皎洁的明月，
它在天空中静静照耀着，
把山顶映照得闪出银光。
他接连叫了塔济特三声，
但是却没有一点儿回响……

* * *

深山峡谷里淳朴的居民
吵吵闹闹地聚集在山坝——
他们开始了寻常的游戏。
一群车臣青年骑着马儿，

在尘土飞扬中拼命奔驰，
不是用利箭把帽子射穿，
就是用宝剑一下子劈开
叠起三层的厚厚的毛毡。
时而进行着滑行的争斗，
时而在舞蹈中意气扬扬。
妇人和少女在一边唱歌，
歌声在树林中远远回荡。
但是在这些青年们中间
有一人没参加骑马游戏，
他既没有沿着急流飞奔，
也没拿响亮的弓去射击。
在女人中间有一个少女
悒郁而又苍白沉默不语。
他们显然是奇特的一对，
站在一边什么也不与闻。
他们是不幸：他是被逐的
儿子，而她就是他的情人……

　　啊，有一个时候！……这个青年
和她偷偷地在山中相会。
他从她简短诚挚的语言、
从她慌张和下垂的眼睛，
饮尽了甘美含毒的酒杯。
当她站在自家的门槛上
抬头遥望着道路的远方，
正在跟爱玩的女友交谈——
脸色却突然苍白，坐下了，

虽然在答话，却不敢抬眼，
两颊如像朝霞似的燃烧——
或者当她站在那山顶上
倾泻下的急湍的河水边，
她用镶铁的水罐从河里
很长的时间才能够汲满。
他已经再也没法子克制
内心的激动，他放下脸来
走到了她的爸爸的跟前，
把他拉开说："我很早就爱
你的女儿。多时来想着她，
心头上从没有把她放下。
求你成全了我们的爱情。
我虽然穷，可是有力、年轻。
我会做活儿。我一定能够
让我们今后过起好光景。
我会当你的儿子和朋友，
对你忠实、孝顺、尽心照顾，
和你的儿子结为亲兄弟，
做你女儿的忠诚的丈夫。"

科隆纳的小房

1830

《科隆纳的小房》是普希金 1830 年 10 月在波尔金诺写的,只用了五六天的工夫,于 10 月 9 日写完。反对的批评家不赞成普希金这部长诗,他们要普希金为官方的题材服务,要他写一些合乎官方爱国精神的作品,他却写出了这么一部开玩笑的诗。但果戈理和别林斯基立即予以良好的反映。普希金从皇村学校毕业后、流放到南方以前曾在彼得堡科隆纳这个地方住过。这部长诗就是根据那几年的印象写成的。长诗开头几节(参见附录二)写到当时的文学论争及普希金对于诗和整个文学的精辟的见解。长诗到 1833 年才刊印在《新居》上。后来于 1835 年又收入《诗与小说》文辑中。

　　原诗的格律与普希金通常用的格律不同,采用了"八行诗节"(octava),即:每节八行,每行采用五音步抑扬格,音节数和韵式是 $\begin{smallmatrix}10\,11\,10\,11\,10\,11\,10\,10\\ A\ \ B\ \ A\ \ B\ \ A\ \ B\ \ C\ \ C\end{smallmatrix}$。译文每行十二个字,大致五顿,韵式采用原文的形式。

一

四个音步的抑扬格我早厌烦：
人人都写它。早应该送给孩子，
让孩子拿它去当作玩具去玩。
很久以前我就想使用八行诗。
事实上：三重韵我是相当熟练。
瞧，我写起来简直是毫不费事！
要知道脚韵正好像与我同在；
两个韵凑了，第三个自然而来。

二

为使脚韵的道路自由而宽广，
我就马上决定用动词来押韵……
您知道，动词韵人们并不欣赏，
我们也把它鄙弃。为什么？我问。

虔诚的希马托夫①经常这样讲；
我却大都是这样写我的作品。
为什么？您说；我们本来够贫乏，
今后我将在脚韵上添些变化。

三

我不把动词都给骄横地淘汰，
如同因残废而被剔出的新兵，
或者像不堪用的马排除在外，——
我却是连接词、副词也都选用；
大军也要由小流氓组织起来。
我需要脚韵；把一切兼包并容，
乃至整部字典；音节就是战士。——
编队都有用：我们不搞检阅式。

四

好啦，阴性和阳性的音节都有！
上帝，让我们来试试：大家注意！
前后对齐，拉开些距离，齐步走！
三个一列，朝着八行诗节走去！
我们不会太严格，请不要担忧；
放自然一点，但是要走得整齐，
我们已熟练，上帝，操得还挺好，

① 希马托夫（1785—1837），俄国诗人。他写过一些宗教内容的诗，他本人后来也削发为僧侣。他认为不能采用动词的字尾来押韵。

让我们走向平坦的阳关大道。

五

多惬意啊：按照编号、根据次序，
一列跟着一列带着自己的诗，
不让它们落伍走到了外边去，
如同军队，不让在战斗中散失！
这里每个音节都有最高荣誉。
每行诗都认为自己不可一世，
作诗的人……他可以比作什么人？
他是塔米尔兰①，甚至是拿破仑。

六

在这里我们要稍微休息休息。
怎么？要停下或者要加倍下注②？……
我承认，我在五音步的诗行里
喜欢在第二音步上稍稍停住。
不然，诗行就会显得忽高忽低，
即使现在我沙发上舒舒筋骨，
总以为仿佛坐着颠簸的马车，
在那冻结的田野上拼命奔波。

---

① 塔米尔兰，传说是成吉思汗的后裔，自称为大可汗。曾在土耳其斯坦、西伯利亚、波斯及印度建立了恐怖统治。
② 加倍下注，牌戏用语。此处指下面押的"注"字韵："住"和"骨"。

七

　　这有什么关系？一个人总不能
老在涅瓦河花岗石河岸漫步。
或在吉尔吉斯草原拍马驰骋，
或在那嵌木地板上翩翩起舞。
我要一站又一站慢慢地步行，
好像传说中那个奇怪的人物，
他骑着快马奔跑，不要去喂养，
可以从莫斯科跑到涅瓦河上。

八

　　我是在说，快马！巴那斯的神马
也追不上它。但希腊的彼加士^①
早已衰老，老得早已掉光了牙。
它发掘的泉水已干涸。巴那斯
长满了荨麻；菲伯^②已告老还家，
缪斯们的圆舞我们懒得正视。
我们从古典主义的峰顶下来。
而在杂货市集上把帐篷撑开。

---

　　① 彼加士，又译珀伽索斯，希腊神话中有翼的马。它的蹄子踢出了赫利孔山下的一眼泉水，即希波克林灵感之泉。
　　② 菲伯，神话中的太阳神，诗及音乐的保护者。

九

缪斯,请坐:把手放进口袋里边,
脚放凳子下! 别动,调皮的姑娘!
现在我们来开始。——从前,八年前
有个老太太,是个可怜的孤孀,
有个女儿。在波克洛夫教堂①前、
警岗后她们有座简陋的小房。
那座小房子的玻璃、三个窗户、
台阶和大门,现在还历历在目。

十

在三天以前我带着我的朋友
傍晚的时候还去过那里闲转。
那地方盖起了一座三层大楼,
原来那座小房子早已经不见。
我还记得老太太和她的妞妞,
那时候她们经常地坐在窗前。
我也想起了我还年轻的时光,
我想:她们还活着? ——究竟怎么样?

十一

我觉得有点哀伤:我斜着眼睛

---

① 波克洛夫教堂,在彼得堡科隆纳地区,花园街与英吉利大街交接处。

望着那一座大楼。如果这时候
一把火把它整个地烧个干净，
那么大火在我这忌恨的心头
也会感觉到惬意。人们的心中
常充满怪梦；好多往事经常就
来到了我们脑际，当一人单独
或者跟朋友一块大街上漫步。

十二

谁要能够把语言严格地管好，
把自己思想的缰绳紧紧拉住，
假如在心中蛇突然唑唑地叫，
谁能够打死它，那么谁就有福；
但是谁要是饶舌，恶徒的称号
立即就传开……我忘了，一时糊涂，
医生要我开朗点，不许我郁结：
我们不谈这个了——原谅我瞎扯！

十三

老太太（伦勃朗①的油画上多次
看见过恰恰就是这样的面庞）
戴着压发帽和老花眼镜。但是
她的女儿真是个漂亮的姑娘：
眼睛和眉毛——黑得与深夜相似，

---

① 伦勃朗(1606—1669)，荷兰著名的肖像画家。

人却像小鸽子那样白净、善良；
她的喜好真是又高尚、又斯文。
她还读过大作家艾明①的作品。

十四

她还会弹奏六弦琴,她还会唱、
还会唱《灰蓝色的鸽子在哀怨》、
《我要不要出门》②和已被人遗忘
过时的歌,俄国姑娘冬天傍晚
火炉边、或枯闷的秋天茶炊旁、
或春天的季节经过树林里边
所唱的那些过时的忧郁调子,
啊,这忧郁的歌女,我们的缪斯。

十五

无论是作比喻或就实际来讲：
我们整个家族,从马车夫直到
第一流诗人,都在阴郁地歌唱。
俄罗斯的歌就是悲凄地号叫。
这是我们的特征！开头还健康,
可是到了后来就越来越不妙。
我们缪斯和姑娘的歌是哀痛,
但这悲切的调子却十分动听。

---

① 艾明,俄国18世纪低级趣味的小说家。
② 这两首歌是根据德米特里耶夫和涅列丁斯基-梅列茨基的词谱写的。

十六

　　巴拉莎（这是我们美人的名字）
会缝、会纺织、会洗、还会熨衣服；
家务事都由巴拉莎一人操持，
她每天还得算清当天的账目，
煮荞麦粥更是她亲手干的事
（这类重活由那善良的老厨妇
费克拉帮着她两人共同执行，
虽然她嗅觉和听觉早已不灵）。

十七

　　年老的妈妈，经常是，坐在窗前；
她白天在那里织袜子、打毛衣，
晚上呢，她就坐在小桌子后边
摆弄纸牌来占卜自己的运气。
这时候女儿在家里到处跑遍，
时而在窗前，时而又跑到院里，
无论谁路过，不管是乘车步行，
她都看得清（多好眼力的女性！）。

十八

　　冬天时很早就把百叶窗放下，
但夏天好像成了不移的规矩，
直到深夜门窗都敞开。狄安娜

从窗口长久地望着我们少女。
（每一部小说都是这样的写法；
这已经成了一种不变的规律！）
经常是，母亲老早就进入梦乡，
而女儿——还在那里凝望着月亮。

十九

并听着阁楼上传来的咪亚呜
猫儿叫声，不雅的幽会的暗号，
还有远处的守卫的呼喊，还有
时钟的打点——此外一切静悄悄。
科隆纳的夜非常寂静。有时候
有两个人影从邻屋前消失掉。
慵倦的少女自己也可以听清
心在隆起的衣衫下怎样跳动。

二十

每逢礼拜日，不管夏天或冬天，
老寡妇带上女儿去波克洛夫，
站在人群最前列、唱诗班左边。
如今老早就搬开，不在那里住，
但如同白日做梦，幻想总喜欢
飞向科隆纳，并飞向波克洛夫，
我飞到那里以后——要是礼拜日
那就在那里参加了祈祷仪式。

二十一

我记得，有一位伯爵夫人，从前
常去那里……（叫什么，我真已遗忘，
想不起来了）她又年轻又有钱；
一进来就神气活现，大声叫嚷；
祈祷也傲慢（这有什么可傲慢！）。
说来真罪过！我老向右边张望，
总是望着她。巴拉莎在她前边，
看起来，可怜的她越显得可怜。

二十二

有时候伯爵夫人也会无意中
把那高傲的目光投到她身上。
但她却正在祈祷，沉静而虔敬，
她好像并没有感到什么心慌。
她是性格既温柔，心地又恬静；
伯爵夫人只想着自己的时装，
只想着穿上诱人时装的自己，
只想着她那冷峻高傲的美丽。

二十三

她好像是虚荣的无情的典范。
你们会发现她身上这种东西；
但通过这种傲慢态度我看见

另外一篇故事；长时期的悲戚、
温顺的哀怨……我根据这些表现
看出，它们引起我不禁的注意……
但是那公爵夫人不懂得这个，
一定把我也列入牺牲的名额。

二十四

她是痛苦的，尽管她生得漂亮，
而且还很年轻，尽管她的生活
在奢侈的安逸当中过得舒畅，
尽管福尔图娜①也受她的统率，
尽管时尚对于她是尽量捧场，——
她是不幸的。读者，你刚结识的
新知，我的淳朴善良的女主角
比起公爵夫人来要幸福得多。

二十五

绾在梳子上的发辫两边批分，
金色的鬈发松松地散在耳边，
胸前围着打成蝴蝶结的围巾，
细细的颈项上戴着蜡制项链——
衣着很朴素；但黑胡子近卫军
还是常常徘徊在她的小窗前。
姑娘并没有什么华贵的衣裳，

---

① 福尔图娜，罗马神话中的命运女神。

却能把他们迷恋得如痴似狂。

二十六

他们当中她认为哪个最满意，
或者是对他们几人她都一样
冷淡？等一等就可以看出底细，
在目前她的生活还过得平常，
她从来没有想到过舞会、巴黎
和宫廷生活（虽然宫廷侍卫长
夫人是表姐维拉·伊万诺芙娜，
她夫妇俩就在皇宫附近住家）。

二十七

但是她们家突然遇到了不幸：
老厨娘出去洗了一回蒸汽浴，
回来病倒了。尽管用茶、用酒精、
用醋、用薄荷热罨剂，病还未去。
她就在圣诞节前夕半夜三更
终于与世长辞了。老寡妇母女
同厨娘告了别。当天就有人来
料理后事，送到奥赫塔①去掩埋。

---

① 奥赫塔，在彼得堡近郊，埋葬穷人的地区。

二十八

　　一家子全都想念她,而那老猫
最为想念。后来我们的老寡妇
想了想:两天三天——不能太久了——
没有厨娘自己弄还可以凑付;
把菜饭都听命于天可就不妙。
老太太叫女儿:"巴拉莎!""唉!""何处
能找到个厨娘? 打听打听邻居,
知道不知道。便宜的恐怕难遇。"

二十九

　　"我知道,妈妈。"于是她穿好外衣
出去了。(正好是隆冬季节,严寒,
足下的积雪在作响,晴空万里,
北风凛冽,星光灿烂,霜花满天。)
寡妇在等巴拉莎,已精力不济;
她竟打起了瞌睡;天色已很晚,
巴拉莎慢慢回来了,对妈妈讲:
"你看,我给你带来了一位厨娘。"

三十

　　一个姑娘紧紧地跟在她后头,
高高的身材,面目长得还端正,
穿着短裙,羞羞怯怯,垂着两手,

向着老寡妇深深地鞠了一躬，
站到一边理她的围裙和衣袖。
"要多少工钱？"老太太问了一声。
"多少都可以，一切都随您的便。"
姑娘回答得既谦恭而又自然。

三十一

老寡妇对她的回答觉得满意。
"叫什么名字？""玛芙拉。""好，玛芙拉，
那就留下吧；你还年轻，亲爱的：
不要勾引男人。过世的费克拉
给我们做了整整的十年娘姨，
从来没有犯过错或者出过岔。
一定把我和我的女儿服侍好，
勤勤谨谨的，可不敢乱报花销！"

三十二

一天天过去了。这位厨娘可真
毫无办法：不是烧东西过了火，
就是烤焦了，要不把饭碗菜盆
都打翻在地；盐总是放得过多。——
坐下来缝补——她也不会使用针；
你去骂她——她还是什么也不说；
不管什么事她都弄得一团糟。
巴拉莎想尽办法，她也搞不好。

三十三

　　礼拜天一清早，母亲女儿两人
都去教堂做弥撒。家里留下了
　玛芙拉；看见了吗：她牙疼难忍，
　整整一夜差一点儿没有死掉；
　还要她在家把肉桂捣成细粉。
　她还准备把甜点心也都烤好。
　因此把她留在家。可是老寡妇
　教堂里突然间吓得连声叫苦。

三十四

　　她想："玛芙拉这个狡猾的东西，
为什么这样热心地要烤点心？
　这个烤点心的骗子不怀好意！
　是不是卷包上我家东西当真
　偷偷地跑掉？我们要穿上新衣
　过节呢！哎呀，这可真要吓死人！"
　老太太这样想着，软瘫作一垛，
　到后来忍不住了，便对女儿说：

三十五

　　"巴拉莎，你就在。我回家去走走。
我心上有点发慌。"为什么发慌，
　女儿不理解。老太太走到门口，

几乎是飞也似的离开了教堂；
她的心在跳，就像是大祸临头。
她来到小房，向着厨房望了望，——
玛芙拉不在。老寡妇走进卧房——
怎么样？天哪！多么可怕的景象！

三十六

厨娘正好坐在巴拉莎镜子前
刮胡子。看哪，我的寡妇怎么啦？
"哎哟！"老太太栽了个仰面朝天。
厨娘肥皂沫涂满了她的两颊，
看见老太太（不顾寡妇的尊严），
急忙地就从她身上一步大跨，
跑出了前厅，便一直奔向台阶，
手捂着自己的脸，拼命地跑开。

三十七

弥撒已散；巴拉莎也已回了家。
"妈妈，你怎么了？""我的巴拉莎，哎！
玛芙拉……""她怎么？""我们的厨娘，她……
我现在脑子还没有清醒过来……
照着小镜子……满脸肥皂……""你的话、
你的话我真的一点也不理解；
玛芙拉哪去了？""啊呀，她是恶棍！
她在这里刮胡子……像你的父亲！"

三十八

巴拉莎的脸红了或者没有红，
我真无法告诉您；但是玛芙拉
从此就再也不见了，——无影无踪！
工钱嘛，连一个铜板也没有拿，
但事情也没有弄得怎么严重。
漂亮姑娘和那老太太她们家
谁来接替玛芙拉？我可实在是
不知道，我得赶快结束这故事。

三十九

"怎么，就完了？开玩笑！""决不含糊。"
"八行诗原来只是这样的东西！
当初为什么要如此大张旗鼓，
召集大队人马，吹破了牛皮？
您所选择的道路倒使人羡慕！
是不是没有找到其他的话题？
难道您没有一句劝世的箴言？"
"没有……也许有：但请您毋躁少安……

四十

给您的教训：不花钱雇女厨子，
按我的看法来说，是相当危险；
谁要生而为男人，却穿上裙子

装成女人，那总归是有点怪诞，
而且也无用：他总得刮刮胡子，
这与女人的天性是绝对无缘。
只此而已……再没有其他的意思，
别在我的故事中鸡蛋里找刺。"

叶泽尔斯基

1832

《叶泽尔斯基》这部未完成的长诗开始于1832年底,1833年没有写完就把它丢开而去写另一部长诗《铜骑士》。手稿中没有标题,茹科夫斯基给它加了标题。1836年普希金抽取其中的几节发表在《同时代人》上,题为"我的英雄的世系(讽刺长诗的片段)"。

　　原诗采用了"奥涅金诗节"的格律,即:每节十四行,每行用四音步的抑扬格。该十四行诗的韵式是:前四行是交韵,次四行是随韵,再次四行是抱韵,最后两行是偶韵。它们的音节数和韵式与《叶甫盖尼·奥涅金》相同。译文每行十个字,大致四顿,韵式采用原文的形式。

一

在阴沉的彼得堡的上空，
凄厉的秋风把乌云驱散，
天空发散出潮湿的寒冷，
涅瓦喧嚷着；波浪在翻转，
冲击着岸上整齐的码头，
如同诉冤人满怀着哀求
敲叩法官的门；骤雨凄切，
打着窗棂；天色已渐渐地
黑下来；伊万·叶泽尔斯基，
我的怪人，就在这个时候
走进了自己逼仄的阁楼……
但是他的出身、他的门第，
以及他的年龄、官阶、职务，
诸位，你们知道得更清楚。

二

我们来ab ovo^①：叶泽尔斯基
出身于那一些领袖人物，
他们威风凛凛，满脸杀气，
多年来就是海上的恐怖。
奥杜尔夫，他家族的族长，
是一位十分威严的大将，
《索菲亚史记》^②中就有记载。
伐尔拉夫在奥尔加时代
在沙尔格拉得受过洗礼，
同一位希腊公主结了婚；
他们先后生下两位少君：
雅库伯和多罗非；因伏击
雅库伯被杀死，而多罗非
生下十二个，真是一大堆。

三

叶泽尔斯基本姓昂德莱，
生下伊里亚和伊万弟兄。
在彼切尔修道院^③受过戒。
这以后叶泽尔斯基当成

---

① 拉丁语：从头讲起。
② 《索菲亚史记》，15世纪中叶根据《诺甫哥罗德史记》在莫斯科编写的史书。索菲亚，古诺甫哥罗德寺庙的名字。
③ 彼切尔修道院，在基辅。

他们家的姓，加尔卡时代
有一个儿子被逮捕起来，
那里鞑靼人沉重的铁蹄
像蚊子似的把他踩成泥；
那个叶泽尔斯基，耶里札
损失不小，但却威武壮烈，
曾痛饮过鞑靼人的鲜血，
在涅普①和顿河间的岸涯。
带着自己苏兹达里亲兵
从后方打到他们的军营。

四

在我们光荣的古老世纪，
正像多难的不幸的年代，
在暴乱和血腥的日子里
叶泽尔斯基家名扬四海。
他们在军事或国务中间
负责军务或与外国谈判，
一直为沙皇和公爵服务。
叶泽尔斯基·瓦尔拉阿姆
一向自命不凡，目中无人：
常常地跟人们争论不休，
这次他可触了个大霉头，
沙皇餐桌上发生了纠纷，
坐了高于席茨基的位置，

---

① 涅普，全名是涅普里亚得瓦河。

发了大脾气，竟气恨而死。

五

　　罗曼诺夫从庄严的杜马
接过了自己的王冠之时，
作为和平的强大的国家
罗斯最后得到休养之日，
而我们的敌人也已归附，
这时候叶泽尔斯基家族
在当时彼得大帝宫廷里
是最强大的主要的势力……
但是请原谅：也许，读者们，
我使你们感到有点不快：
我们的时代使你们开怀，
贵族的傲慢不再折磨人，
你们感觉不到有何不足，
直到你们传下来的家谱。

六

　　不管你们的族长是何人，
姆齐斯拉夫①或叶尔马克，
或米丘什加那酒馆主人，
对你们都一样——当然不错，
你们瞧不起你们的父亲，

---

① 姆齐斯拉夫，即勇敢的姆斯齐斯拉夫。

他们古老的光荣和权柄，
你们的态度聪明而宽厚，
你们早就同他们分了手，
为了能直接地受到教育，
作为公益之友，你们自豪，
个人的功绩视为最重要，
以本家叔叔的名声自许，
或相互邀约去酒馆酬酢，
那儿你们祖辈未曾去过。

七

我自己——虽然我的同行们
口头或书面上把我奚落——
如您所知，我是个小市民，
据此又是个民主主义者。
不喜欢新霍达科夫斯基①，
喜欢从我们老祖母那里
听一听亲属的含义何在，
听她讲一讲遥远的古代。
有力的祖先的可怜曾孙
读上卡拉姆津的几行诗，
就希望遇上祖先的名字。
而这无害的弱点和癖瘾，
不管怎么样，——上帝也知道，——
改掉它，我是永远办不到。

---

① 霍达科夫斯基，有名的古风爱好者。

八

　　我惋惜:这些贵族的门第
失去了光彩,气势也低落。
看不到公爵波扎尔斯基,
其他的人不再听到评说,
费格里亚林①也辱骂他们,
这一家俄国轻浮的名门
沙皇的证书他都要丢弃,
竟把它看作过时的日历;
我们开始对历史的呼声
感觉到陌生,我们从酒吧
虽然无意爬进 tiers—état②,
即使我们子孙将会贫穷,
他们还会感谢我们,究竟
为什么,仿佛谁也说不清。

九

　　我惋惜:我们让雇用的手
把自己的收入任意剥夺,
而我们背着重轭往前走,
在首都整年不停地劳碌;

---

　　① 费格里亚林,原文是"小丑费格里亚林",指反动文人布尔加林。布尔加林 1830 年在《北方蜜蜂》上发表了攻击普希金祖先的杂文。《我的家族》一诗和关于维多克札记的杂志短评就是回答布尔加林的。
　　② 法语:第三等级。

我们家庭生活并不很好，
既不算悠闲，也不算富饶，
我们在自己宗族的田庄
日益衰老，走近亲人坟场。
田庄上被遗忘的望楼里
已是一片荒凉、遍地荆棘；
扬起像纹章学里的狮子
伸出的民主主义的铁蹄，
我们这儿驴子也在踢人，
到哪里去找世纪的精神！

十

因此我翻阅过好多卷宗，
就趁闲暇时候仔细研究
我的主人公所有的宗亲，
酝酿着我的故事的结构，
并在这里把它留给后代。
叶泽尔斯基本人也明白，
他的祖父就是那位元勋，
他拥有一万五千个魂灵。
这些魂灵中他父亲搞到
八分之一——他便一个不落
一开始就拿去全部典押，
后来又在当铺里给卖掉……
他自己就靠着薪金过活，
弄了个十四品官来做做。

十一

用反诘搅扰缪斯的心境，
我的批评家对我笑着说：
"你怎么挑了这么个英雄，
这种人！你的英雄是哪个？"
——十四品官，你有什么看法？
你是什么严厉的评论家！
我把他歌唱了——为什么就⋯⋯
他是我的邻居、我的朋友。
杰尔查文把米谢尔斯基
和他两个邻居大加颂扬；①
费丽札的歌手②甘愿歌唱
他们的婚事、他们的宴席，
歌唱那代替饮宴的出殡，
虽然世人有点困惑不清。

十二

人们指责，杰尔查文和我
两人之间毕竟差别很大，
说，要严格划分美和丑恶，
只能够用一个准绳去划，

---

① 这里指杰尔查文《致第一个邻居》(1780)、《致第二个邻居》(1791)和《纪念米谢尔斯基之死》(1779)。

② 费丽札的歌手，指杰尔查文。费丽札，指叶卡捷琳娜二世。

说,米谢尔斯基是参议员,
而不是小小的十四品官——
说,诗人选的事物要崇高,
能做到了这个当然更好,
说,除此以外,普通的人物
到处都存在,我们的时代
对这些人不必大惊小怪;
或说,我不在这教区居住?
或说,难道我的许多朋友,
伟大人物连几个也没有?

十三

为什么风在峡谷里飞旋,
吹走了树叶,卷起了尘埃,
而帆舫却在平静的海面
急切地等待着海风吹来?
老鹰为什么飞过了高塔,
离开深山沉重而又可怕
向着黑色的树桩前降落?
年轻的苔丝狄蒙娜怎么
就会爱上她自己的恶棍①,
如同明月喜欢夜的朦胧?
只因为不管是风,还是鹰,
少女的心都无规律可循。

---

① 指莎士比亚悲剧《奥赛罗》中的奥赛罗。他因为误听奸人谣言而杀死了自己美丽的
妻子苔丝狄蒙娜,知道真情后自杀而死。

骄傲吧,诗人,你就是这样,
对于你是没有条件可讲。

十四

心中充满黄金般的思想,
什么人也不会把你了解,
在那人世的十字路口上,
你走了过去,无言而悲切。
跟人们你无法分享愤怒,
无法分享贫困、欢笑、痛哭,
分享惊讶和劳动的欢愉。
糊涂人只是乱叫:"哪里去?
路在这里。"但你不去理他,
走上去,照黄金般的理想
指出的方向;给你的褒奖
就是劳动;你活着就靠它,
你把它的果实给了人群,
那些忙忙碌碌的奴隶们。

十五

请说:"胡说八道,或者,好极。"
或者干脆那么默默不语——
我主张那样——我就有权利
选择了我的那一位邻居
作为温顺的故事的人物,
即使他不在部队里服务,

不是一个第二流的唐璜,

不是恶魔——甚至不是茨冈,

仅仅是一个首都的公民,

这种人我们会碰到不少,

无论凭智能,无论凭外表,

和我的兄弟们毫无区分,

相当地谦逊,也十分一般,

不过总还是有一些干练。

安哲鲁

1833

《安哲鲁》完成于 1833 年 10 月 27 日，发表于 1834 年《新居》第 2 号。原稿上副标题是"取自莎士比亚悲剧 *Measure for measure*① 的故事"。根据官方的意见长诗中删去若干诗行。长诗在 1835 年《诗与小说》文辑中重印时，普希金虽然提出强烈抗议，但删去的部分仍未能恢复。普希金本来打算用莎士比亚原作的格律把它翻译过来，后来改写成这部长诗。评论界对这部长诗持否定态度，这只说明一部分评论家对普希金一贯的反对态度。

　　原诗是采用六音步抑扬格，即采用阴韵的每行十三个音节，采用阳韵的十二个音节，它的音节数和韵式是 $\begin{smallmatrix}13\ 12\ 13\ 12\ 13\ 13\ 12\ 13\ 13\ 12\\ A\ \ B\ \ A\ \ B\ \ C\ \ C\ \ D\ \ E\ \ E\ \ D\end{smallmatrix}$（下略）。译文每行十四个字，大致六顿，韵式是大体双行有韵。

---

① 英语：《一报还一报》。

第一章

一

　　在隆盛昌明的意大利有一座城市，
善良的老杜克在这里统治过很久，
他是那个城市的爱怜子民的父亲，
又是和平、真理、艺术和科学的朋友。
但是最高权力是容不得软弱的手。
可是他过分地相信了自己的仁慈，
人民都热爱他，可是对他毫不畏惧。
他的法庭惩罚的法律都睡了大觉，
如同衰老的野兽已不能捕捉东西。
杜克在他仁爱的心中也有所感觉，
而且常肯悲叹。他自己也看得清晰，
子孙们一天天地比祖父要坏下去，
婴儿吃奶居然咬破了奶妈的奶头，
司法的官员袖起了双手熟视无睹，
甚至摸摸自己的鼻子也懒得动手。

二

　　善良的杜克也常感到后悔和焦急，
想要重整他那已经松弛了的纲纪；
但怎么办？容忍已久的显然的罪恶
法庭已默许，法官也认为事不干己。
突然又完全不公正地要加以严惩，
一定会令人奇怪——而且特别是对于
那个首先一味姑息甚至鼓励的人。
怎么办？杜克长久地容忍、反复寻思，
最后经过了深思熟虑他决定暂时
把他的最高权力的重担交了出去，
为的是新的执政可以用新的惩治
很快建立起执法如山的新的秩序。

三

　　有个叫安哲鲁的，有丰富的老经验，
熟谙治国之道，生性又非常地严峻，
工作、学习和斋戒都板着憔悴的脸，
处处都以特别严格的性格而著称；
这位脸色阴沉的意志坚强的精英
总是以法律的规范严格约束自己；
老杜克便把他宣布为自己的摄政，
给予他无上宠信，授予他无限权力，
把他给武装起来，使人都望而生畏。
他自己为了躲开人们可厌的注意，

没有跟人民告别就悄悄隐名埋姓，
如同古代的骑士，一个人出外游历。

四

　　安哲鲁一开始执行他的施政方针，
一切马上就遵循另一种规矩、条理。
生了锈的弹簧又重新发挥起作用，
法律行动起来，把罪恶抓在铁爪里，
每逢星期五在熙熙攘攘的广场上，
在恐怖的寂静中举行死刑的演习，
人们在说："唉！这个可和那个不一样。"
人人都开始抓耳挠腮感觉到惊异。

五

　　在当时已经被人遗忘的法律当中
有一条残酷的法律，这条法律规定：
私通者处以死刑。但是这座城市里
谁也记不得或听说过这样的量刑。
阴森的安哲鲁从那一大堆法典里
发现了它——并且宣布重新付诸实行，
这使城中的风流儿郎都感到惊悸，
安哲鲁严肃地告诫自己的官员们：
"我们已到使罪恶受到威胁的时候，
宠坏的人民心目中习惯成了权利，
像老鼠在打哈欠的狮子身旁转悠，
百姓在法律面前自由地来回嬉戏。

法律不该是用破布扎成的稻草人，
连小鸟最后也敢在它的头上休息。"

六

安哲鲁无意之中使大家胆战心惊，
人们普遍都埋怨，年轻人却在讥讽，
讥讽中放不过这位严厉的大人物，
正当飘飘然在那无底深渊上滑行，
年轻的贵族克劳狄奥竟以身试法，
第一个把他的头伸到了斧钺之下；
他本来希望以后改正自己的过错，
把朱丽叶作为妻子引进了社交界，
他勾引了这位多情的姑娘朱丽叶
同他搞起了非法结合的秘密恋爱。
但是他们的事不幸已公然地暴露，
两个年轻的情人被那目击者捉住，
法庭当众抖搂了他们之间的丑行，
而对这青年人按照法律判处死刑。

七

不幸的克劳狄奥听了残酷的判决，
只得低垂下头颅，唉声叹气，慢慢地
走回监狱，人人都不由得替他惋惜。
都认为他实在有点冤枉。他在路上
很突然碰到了路西奥，洒脱的浪子，
好胡说八道，却是乐于助人的子弟。

克劳狄奥说:"朋友,我求你! 请别拒绝,
我求你去修道院找一找我的姐姐,
告她说我就要被处死刑,请她赶快
想法子救我,恳请亲友们打通关节,
或者她亲自跑一趟去向摄政求情。
路西奥:她非常聪明,而且多才多艺,
上帝赐予了她辩才和甜蜜的声音,
再一节.年轻的美人只要痛哭流涕,
不说话也能够打动人心。""好! 我就去。"
路西奥答应了他的话便马不停蹄
立即就去修道院。

八

　　　年轻的伊莎贝拉
那时候正和为首的女修士在一起。
再过一天姑娘就准备要落发出家,
她和老修女正在谈论这出家的事。
路西奥突然叩门走了进来。女居士
坐在栅栏边数着念珠在向他致敬,
她问路西奥:"您要找谁? 您有什么事?"
"贞女(您的玫瑰色的双颊可以作证,
您就是个真正的贞女,我完全相信。)
能不能通报给那美丽的伊莎贝拉,
她的不幸的弟弟派我来有事找她?"
"不幸? 为什么? 怎么啦? 直截了当地说!
我就是克劳狄奥的姐姐。""啊! 真高兴。
他衷心地向您致敬。是这么一回事:

您弟弟在监牢。""什么罪?""啊,我的美人!
他犯这种罪,我应当向他表示谢意,
而他却因此逃不脱要受这种惩罚。"
(这时他便从头至尾叙说了个详细。
他的赤裸裸的多少有点粗俗的话
使得年轻圣洁的女隐士感到难听。
但是他的话姑娘却始终十分注意,
并没有装做出羞涩和愤怒的样子,
她的灵魂纯洁得就像太空的清气。
她远离开的尘世以它的人事纷纭
和无聊的语言也没有使她难为情。)
他说:"现在只有您亲自哀求安哲鲁
请他发发慈悲,这是他唯一的生路。"
少女回答道:"我的上帝,当然我非常
希望我说的话能够产生什么效果,
但是我怀疑;我没有这样大的力量……"
他竭力反驳道:"怀疑是我们的敌人,
叛徒们就经常用失败来吓唬我们,
而不让我们得到十拿九稳的幸福。
您快去找安哲鲁吧,我可以告您说,
假如在男人面前有一个少女俯伏,
痛哭流涕、苦苦地哀求,哀求他帮忙,
他会像上帝似的满足她一切希望。"

九

姑娘取得修道院女修道长的同意,
就同热心的路西奥急忙去见摄政,

她见到了摄政便恭顺地跪落在地，
为自己的弟弟向大人哀哀地求情。
这威严的人物回答道："姑娘，办不到；
你弟弟的寿数到现在已经活够了；
他只有一死。"伊莎贝拉便大哭起来，
她磕了个头，站起来，就打算要走开，
但是善心的路西奥却挡住了姑娘。
他低声对她说：不能这样白来一趟，
重新好好地求求他；再向他跪下去，
拉住他的斗篷，哀哀痛哭；眼泪、鼻涕，
您现在应当把女人们的一切手段
全都使出来。您今天这样子，太冷淡，
你们谈的像是为了针尖大的事体。
如果这样子，当然不会有什么意义。
可不能松劲！您再过去哀告！

十

　　　　　　　　她便又
用那虔诚的语言羞羞怯怯地恳求
这位生性残酷毫不含糊的执法官。
她说："请你听我说，无论皇家的王冠，
无论摄政的宝剑、无论法官的大衣、
无论统帅的权杖——这一切光荣标记——
都不能为人世的执政者增加荣耀，
像仁慈那样。仁慈才能把他们抬高。
假如我的弟弟拥有你这样的权力，
而你是我弟弟，也像他违犯了禁例，

他绝不会像你这样严厉。"

十一

　　　　　　　　　她的谴责
使得安哲鲁很窘。阴沉的目光闪耀着，
他轻轻地对她说："我请你赶快离开。"
但本来谦逊的姑娘逐渐激烈起来，
也逐渐大胆起来。她说："你要想想呢！
你想想：假如那公正的最高的上帝
审判我们的罪恶，毫不假借、不原谅、
而铁面无私；你说：我们将会怎么样？
你想想——你心中就会听到爱的声音，
你温情的嘴就会讲出仁慈和怜悯，
你就可以成为新人。"

十二

　　　　　　　　他这样地回答：
"赶快走开；你的请求不过是白费劲。
杀他的是法律，不是我。我救不了他……
他明天就得死。"

伊莎贝拉
　　　　　　　怎么明天！什么？不成。
他还没有准备，不能对他这样行刑……
难道我们就这样匆匆地把这牺牲，
随便送去见上帝。我们对一只小鸡

到时候才能宰杀。不能这样地着急。
救救他、救救他吧：请你认真想一想，
你知道，阁下，不幸的他之被处死刑，
只是因为他犯了那种到现在为止
都可饶恕的罪；他是头一个受难人。

安哲鲁

法律并没有死，而只是打了个瞌睡，
现在它已经醒过来。

伊莎贝拉

$$\text{发发慈悲！}$$

安哲鲁

$$\text{不行。}$$

纵容罪恶也同样是一种犯罪行为。
惩罚了一个，我就可以挽救好多人。

伊莎贝拉

是你头一个宣布了这可怕的决定？
而我不幸的弟弟竟是头一个牺牲。
不能、不能！请你发发慈悲。你的灵魂
难道就是全然清白？请你扪心自问，
难道罪恶的思想从未潜入你的心？

十三

他不禁浑身发抖，低垂下了他的头。

他想要马上走开。她说:"不,你不要走!
听我说,请回来。我要向你奉送一件
伟大的礼物……不要把我的美意辜负,
这不是一般人情,而是善良与虔敬,
我请你和上天共享我这样的礼物:
在夜深人静之时,在朝霞上升之前
我要把我心灵中的祈祷向你奉献。
这是深蕴着仁爱、温顺、宁静的祈祷,
这是上天喜爱的神圣贞女的祷告,
她们已经归隐,远远地离开了红尘,
她们只为上帝而生存。"
　　　　　　　安哲鲁发了窘,
等他平静下来,约她明天再来见面,
便匆匆地回去,躲进他深邃的房间。

第二章

一

　　安雪鲁整整一天沉默着而又忧伤，
独坐在家里，有一种思想、一个愿望
占据了他的心；他一整夜睁着两眼，
没有入睡。"这是怎么啦？"他心里在想，
"我这样强烈地再想听听她的声音
并且再欣赏欣赏她的处女的美丽，
难道是我在爱她？为了她在我心中
满都是柔情和悲切……这或者是魔鬼
想俘获圣人，便采用了神圣的钓饵
引诱他上钩？那些轻浮女子的狐媚
自来就诱惑不了我纯洁坚定的心。
现在我却败在这贞烈的少女手里。
从前热恋的情人我一直认为好笑，
对于他们的痴情我真是莫名其妙。
可是现在！……"

二

他想要思考，他想要祈祷，
但是却又无心去祈祷，无心去思考。
他在对天说话，而他的幻想和心思
却总向着她飞去。他怀着满腹懊恼，
嘴里在严肃地不停地念诵着上帝，
心里却在翻滚着邪念。内心的焦急
一直使他不安。治理国事在他看来
本来是头头是道、烂熟了的一本账，
现在却使他厌烦。他在苦闷；他准备
摆脱自己的官职，像摆脱锁链一样，
他曾引以为荣的那种英明的骄傲
曾使百姓们感到惊奇和啧啧称道，
如今在他看起来已经是一钱不值，
好比在空中乘风飘荡的一根鸡毛……
·······························

清晨伊莎贝拉来到安哲鲁的官衙，
摄政和她进行了十分离奇的谈话。

三

安哲鲁

你有什么要讲？

伊莎贝拉

我来看你有何决定。

安哲鲁

啊,最好你能够把我的心思给猜中!……
你弟弟不该活……也可能。

伊莎贝拉

　　　　　　　我总想不通
为什么不能宽恕他?

安哲鲁

　　　　　　　宽恕他的罪行?
世上还有更下流的罪?甚于杀人。

伊莎贝拉

　　　　　　　　　　对,
上天是这样地审判,人们何尝问罪?

安哲鲁

你以为?那我就给你提出一个假设:
假如现在就让你自己去作出处理,
你是让你弟弟被拉去断头台杀头,
还是让你的肉体犯罪牺牲你自己
去赎取他的生命?

伊莎贝拉

　　　　　　　我倒是愿意牺牲
我的巨体,而不愿牺牲灵魂。

安哲鲁

　　　　　　　我和你
现在谈论的不是灵魂……问题只在于：
你弟弟被判了死刑；你用罪过救他，
这不也是慈悲吗？

伊莎贝拉

　　　　　　我准备着向上帝
用灵魂来保证：请相信，像这样的事
没有什么罪过，救救我弟弟的命吧。
这是仁慈，而不是罪过。

安哲鲁

　　　　　　　你救你弟弟，
如果衡量一下仁慈完全等于罪过？

伊莎贝拉

啊，即使拯救弟弟将成为我的罪恶
（如果这也是罪恶）。我也愿意为此事
日夜祈祷。

安哲鲁

　　　　　　再给你进一步明确解释，
要不你根本不懂得我的话的意义，
要不你假装不懂，而有意识地回避。
我简单一点说：你弟弟已经判了刑。

伊莎贝拉

是的。

安哲鲁

法律已断然宣布了他的死刑。

伊莎贝拉

是这样。

安哲鲁

只有一个办法能救他的命。
（这一切都只是为了提出一个假定，
只有这个问题，没有其他值得谈论。）
假定那个唯一的可以搭救他的人
（法官的亲信或者按照职位有权力
解释法律可以减轻它可怕的含义），
可是他竟对你燃起了罪恶的情欲，
要求你以你自己的堕落而去赎取
你弟弟的死刑：否则——那就只有法办。
你说怎么办？你心中究竟作何打算？

伊莎贝拉

为了我弟弟，为了我自己，请你相信，
我宁愿带着红宝石般鞭笞的伤痕，
像上床睡觉似的躺进那血的棺木，
而决不玷污自己。

安哲鲁

> 你弟弟必死。

伊莎贝拉

> 由您。

他当然自己会决定到底何去何从。
他不会以姐姐的耻辱救他的灵魂。
弟弟宁愿一下死去也不愿我沉沦。

安哲鲁

那你到底为什么认为法庭的判决
不人道？你曾经一再地责备过我们
残忍，这个难道是老早发生的事吗？
你刚才还把公正的法律称为暴君，
差一点把你弟弟的罪恶当作笑话。

伊莎贝拉

请你、请你原谅我。那时候我的灵魂
不由得说了假话。唉，我是自相矛盾，
为了挽救自己的亲人能免于一死，
我竟成了要宽恕所有可恨的行事。
我们软弱。

安哲鲁

> 你的坦白自述鼓舞了我。

我完全相信，女人一般地比较软弱。
告诉你：做个老实女人吧，不要奢求——

你也并没有什么。应该向命运低头，
听从命运的意志。

伊莎贝拉

　　　我不懂你说什么。

安哲鲁

你要知道：我爱你。

伊莎贝拉

　　　　唉唉！我该怎么说？
弟弟爱朱丽叶，不幸的他就得要死。

安哲鲁

你爱我，他就能活。

伊莎贝拉

　　　　我知道你有权利
来考验别人，你想要……

安哲鲁

　　　　　不，我发个誓吧：
我现在绝不会否认了我说过的话；
我以人格来起誓。

伊莎贝拉

　　　　啊，人格，多么高贵！
光荣的事业！你是骗子，诱人的魔鬼！

给我马上签署释放我弟弟的命令，
不然，我把你阴暗的灵魂、所作所为
到处宣扬——再也不许你伪装成好人
欺骗大家。

安哲鲁

　　　　像你这种人谁还敢相信？
我是一向以执行严厉的制度闻名：
我的职位跟我的一生、普遍的舆论
以及我判处你弟弟死刑这一案件
将使你的检举变成了疯狂的诬陷。
现在我的情欲已没有法子去控制，
想一想吧，还是好好顺从我的意志；
再不要胡闹了：什么羞怯、脸红、哀乞
和眼泪，所有一切都不能把你弟弟
从死亡和痛苦之中救出。唯有屈服，
你才能够从断头台上把他给赎出。
在明天以前，我在等待着你的回答。
你要认识清楚，我并不怕你的告发，
随你怎么说，也不能把我动摇一下，
我的谎言可以推翻你的全部实话。

四

　　他说完了话就走了，使纯贞的少女
陷入万分的恐慌。她向着上天呼吁，
抬起明亮的眼睛，举起纯洁的右手，
离开这卑污的衙署，就急忙去监狱。

门子朝着她打开了;她弟弟出现在
她的眼前。

五

　　他戴着镣铐,非常地忧伤,
他尽力想不留恋人世的欢乐繁华,
他准备死去,但抱着一线生的希望,
他默默坐着,一个老僧在同他谈话,
戴着黑色的僧帽,穿着宽大的斗篷,
老得已经弯腰屈背,手拿着十字架。
老人对这年轻的受难者一再证明:
生和死完全一个样,没有什么不同,
生前和死后都是一个不朽的灵魂,
人们难割舍的尘世原来不值一文。
可怜的克劳狄奥悲戚地向他感谢,
可是在他心中还在思念着朱丽叶。
女隐士进来,对她弟弟说:"祝你平安!"
他突然看见她,好像看到救星一般。
伊莎贝拉对着神父说道:"我的师父,
我想跟我弟弟在这里单独谈一谈。"
神父走开了。

六

克劳狄奥

　　亲爱的姐姐,怎么样了?
你有什么话?

伊莎贝拉

亲爱的弟弟,时候已到。

克劳狄奥

没救了吗?

伊莎贝拉

没救了,要用灵魂换头颅,
也许,还有救。

克劳狄奥

这样说,还有一点办法?

伊莎贝拉

是的。你可以活下去,法官准备轻办。
可是在这里有一个魔鬼的仁慈:他
给你生命,换取个永恒痛苦的枷锁。

克劳狄奥

什么? 是终身监禁?

伊莎贝拉

监禁——但没有围墙、
没有锁链。

克劳狄奥

这到底是什么?

伊莎贝拉

　　　　　　　　　我的亲人，
亲爱的弟弟！我害怕……弟弟，我给你讲，
多活七八年难道就比永恒的人格
更为可贵？我的弟弟，你是不是怕死？
死的感觉怎么样？要忍受好多？一瞬。
被踩死的蛆虫死时的感觉也只是
跟巨人一样。

克劳狄奥

　　　　　　　姐姐！难道我没有勇气
前云迎接死神？我难道是一个懦夫？
相信我，如果我应当死，我毫不战栗
离开了这个世界；迎接黑暗的坟墓，
如同迎接可爱的姑娘。

伊莎贝拉

　　　　　　　　　　我的好弟弟！
从坟墓里我听到父亲的声音。是的：
你应当死；要死得清白，无愧于天地。
你听，我什么也并不隐瞒，都告诉你：
那严厉的法官是个残酷的假圣人，
他的严肃的眼睛使人感觉到畏惧，
他的漂亮的言辞把少年送上刑场，
自己是魔鬼；他的心像地狱似的黑，
而且装满了卑鄙。

克劳狄奥

摄政？

伊莎贝拉

让地狱给他

这个不老实的东西穿上它的铁甲……①
要知道：如果我能够满足他的那种
无耻的欲望，那么你就能免于死罪。

克劳狄奥

啊不要，千万不要。

伊莎贝拉

他说，在今天夜里
一定要我赶着去赴他肮脏的约会，
不然，你明天就得死。

克劳狄奥

不去，姐姐。

伊莎贝拉

弟弟！

上帝看得见：如果用我自己的坟墓
就可以把你赎出来不再对你行刑，
那么我对我的生命决不这样爱惜，

① 让地狱给他穿上它的铁甲，意即让他堕入地狱。

认为比针尖还可贵。

克劳狄奥

谢谢,我的亲人!

伊莎贝拉

那么明天,克劳狄奥,你就必须死去。

克劳狄奥

是的……心中的激情这样有力地沸腾!
也许不是罪恶;也许在七大罪恶里
这种罪恶最小?

伊莎贝拉

怎么?

克劳狄奥

像这样的罪恶
在那里不受惩处。他为了一时片刻
难道就决定了要断送自己的一生?
不,我不这样地认为。他是个聪明人。
啊,伊莎贝拉!

伊莎贝拉

你说什么?

克劳狄奥

死是可怕的!

伊莎贝拉

但是耻辱也可怕。

克劳狄奥

是的——不过是……死去，
去那不可知的地方，在坟墓中腐烂，
在那寒冷的狭缝……唉！大地是美丽的，
生是可爱。可是要：进入无声的黑暗，
立即就要被投入了那沸腾的油锅
或者冻进冰块，或者随着急风飞旋，
飞向虚无的太空，飞向无尽的广漠……
还有在绝望的幻想中可怕的一切……
不，不：人世的生活，即使是疾病、忧伤、
贫穷、衰老、奴役以及各种不幸，比起
坟墓中等待着的一切，依然是天堂。

伊莎贝拉

上帝啊！

克劳狄奥

我的亲人！姐姐！让我活下去。
把弟弟从死中救出难道就是罪恶，
天地也将会原谅的。

伊莎贝拉

你敢胡说什么？
懦夫！没良心的畜生！以姐姐的堕落

期待着自己不死！……不顾天伦的东西！
不，我不认为，父亲竟然给了你生命，
而且让你出生。原谅我，上帝！如果是
母亲生下你，也玷污了父亲的床席。
你没脸的东西，你死去吧，即使是我
只要我一人愿意也能够救一救你，
反正你的死刑现在就要马上执行。
我要为你的死一千次地祷告上帝，
不为你的生祷告一次……

克劳狄奥

                      请姐姐饶恕！

姐姐，请你等一等！

七

               而那年轻的囚徒
上前去拉住了她的衣服。伊莎贝拉
尽力冷下对她的弟弟发作的怒气，
原谅了她可怜的弟弟，过去抚爱他，
又重新来安慰亲爱的苦难的弟弟。

第三章

一

这时候老僧站在大开的门子后边，
窃听他们弟弟和姐姐之间的交谈。
现在应该告诉你们了：这一位僧人
不是别人，正就是化了装的老杜克。
那时候人们总以为他去异域他乡，
而风趣地把他比作彗星在外漂泊，
原来他混迹在人群当中暗地察访，
这位私访者避开人们注意的目光，
他去察访了衙署、广场、修道院、医院，
他又察访了所有的妓院、监狱、戏园。
老杜克具有很生动活泼的想象力；
他喜欢浪漫故事，也许他想要学习
并模仿故事中的加伦·阿里·拉希德①。
他听了年轻的女隐士的全部故事，

① 加伦·阿里·拉希德，8世纪巴格达的哈里发。故事集《一千零一夜》中，他被描写成一位理想的聪明的君主，说他曾化装私访，了解他的臣民的生活情况。

受到深深的感动,立即就作出决定
不仅要惩罚这残忍的丑恶的心思,
还要把这件事情办好……他慢慢进来
叫姑娘到了一个地方,把问题摊开,
他说:"一切我都听见了,你值得夸奖,
你已经正当地尽了你应尽的责任;
但现在要听我的劝告。你不要害怕,
一切会进行得很好;要听话,要相信。"
这时他向她说明自己决定的打算,
而且向她讲出了分别时候的祝愿。

二

朋友! 你们相信不相信,阴郁的额顶——
阴沉狠毒的灵魂的不光彩的镜子,
居然能够永远地拴住女子的希望,
居然能得到一个美女的倾心欢喜?
这不是奇迹吗? 但是事实就是如此。
傲慢的安哲鲁,这个罪人,这个无赖——
竟然被那个温柔、悲惨、恭顺的灵魂,
被他自己遗弃了的苦难人儿所爱。
他早已结婚。流言蜚语展开了双翅
并不饶过他的年轻的可怜的妻子,
毫无根据地把她讥笑,而决不饶恕;
于是他把她赶走,并且傲慢地宣布:
"即使那流言的谴责本身并不真实,

真实与否，且不去管它。君王的妻子①
不应遭到怀疑。"从那时候起她一人
住在郊外，凄惨地度着悲伤的时日。
杜克正好想起了她，而年轻的姑娘
按照老僧的吩咐便去找这位女子。

三

玛利亚娜一个人在窗下正在纺纱，
低声地哭泣。像一位天使，伊莎贝拉
意想不到地突然来到了她的门口。
女隐士在很久以前同她就是朋友，
而且常常地来这里安慰不幸的她。
她便立即向她说明了老僧的想法。
玛利亚娜等到老天爷刚降下夜幕
她就应当赶快去那安哲鲁的衙署，
在那花园里石头围墙下同他幽会，
交给他跟伊莎贝拉早约好的赠馈，
临别时还要向他耳边低声说一句、
简短的一句：现在别忘了我的弟弟。
可怜的玛利亚娜含着泪笑了一笑，
颤抖着准备要照办——女郎告别而去。

---

① 古罗马执政官庞培（前 106—前 48）的妻子，人们传说她不贞时，庞培同她离了婚。
但他不仅没有宣布她的过错，反而认为她是无罪的，因为执政官的妻子不应当引起任何
怀疑。

四

　　杜克在监狱里整整一夜听候消息，
跟苦难的克劳狄奥在一起安慰他。
天还没有亮，伊莎贝拉便来找杜克。
一切进行得很好：可怜的玛利亚娜
骗了丈夫之后，已经顺利地返回来，
刚才同她在一起。东方升起了朝霞——
信差突然间给典狱长送来了一份
密封的命令。一看：到底是怎么回事？
摄政命令要把克劳狄奥立即处决，
而把他的头交到衙署，验明了无私。

五

　　杜克想出一个新的计谋，让典狱长
看了看他的宝石戒指和他的图章，
制止了行刑，而给安哲鲁送去一颗
别人的剃光了的头颅，这是从一个
死去的海盗宽大的肩头割了下来，
这海盗当天夜里在狱中因病身亡。
杜克亲自去了，要把这凶狠的大臣
和他在暗中干下的这种卑鄙勾当
向公众揭露。

六

　　　　　处决克劳狄奥的传闻
刚刚地似真似假地到处传播开来，
又传来了另一消息，说杜克又回到
自己的城，人民一群一伙地到城外
去欢迎他。而这个安哲鲁心慌意乱，
受到良心的谴责，怀着不祥的预感
也去那里欢迎。善良的杜克用微笑
去迎接拥在自己周围的男女老少。
而且友好地向着安哲鲁伸出了手。
突然一声叫喊——一个少女不前不后
跪在杜克的脚前："可怜我吧，啊，老爷！
你是施恩的神坛，老百姓的保护者，
行好吧！……"安哲鲁浑身发抖、脸色发白，
把野兽般的目光向伊莎贝拉投来……
但他控制住自己。恢复了常态之后，
他说："她看到自己的弟弟将要处决，
她已经精神失常。这一件不幸的事
使她的理智受到了震动……"

　　　　　　　　　但是杜克
满脸愤怒，显出长期压下来的愤恨，
说："一切我都知道了，都已知道！终于
人世上的暴行得到了应得的报应。
姑娘、安哲鲁！都来，跟我一齐进宫去！"

七

在宫殿的宝座一旁站着玛利亚娜
和可怜的克劳狄奥。坏蛋看见他们，
吓得发起抖来，低下头，一声也不响；
一切已真相大白，真理已冲出乌云；
杜克这时说："安哲鲁，你说该怎么样？
你该当何罪？"他没有流泪，还很镇静，
他阴郁但坚定地回答道："罪该万死。
我只是向你请求：求你赶快下命令
把我处死。"执政老杜克说道："你去吧，
这种市侩和流氓的法官死有余辜。"
但是那可怜的妻子跪在他的脚下，
她说："饶恕他吧，你既然给了我丈夫，
不要再把他夺走；不要这样戏弄我。"
杜克对她回答道："戏弄你的不是我，
而是那个安哲鲁，——但关于你的命运
我也不会忘记。他所有的财产整个
将来都归你所有，你还要得到一个
更好的丈夫。""我并不要更好的丈夫，
老爷啊，饶恕他吧！你不要不可回转。
你的手一定会把我们结成好夫妇！
难道我独处这么长久就为了这样？
他曾对人类总算作出自己的贡献。
姐姐，救救我！我的好朋友，伊莎贝拉！
请你原谅他，希望你跪在执政面前，
希望你默默地举手向天！"

　　　　　　　伊莎贝拉

像天使一样,对这罪人也感到可怜,

她便双膝跪落在执政老杜克面前,

她说道:"老爷,就算为了我,饶了他吧,

恳求你不要判他的罪。他(就我所知,

并且根据我的判断)在看到我以前

还算是奉公守法,还算是正直无私。

请你饶了他!"

　　　　　　　杜克便对他免于法办。

铜骑士

彼得堡的故事

1833

《铜骑士》1833年写于波尔金诺；10月6日开始，10月31日完成。普希金在世时没有能够发表，因为尼古拉一世反对。只在1834年《读者文库》杂志上发表过一个片段，题为"彼得堡——长诗的一个片段"。诗人去世后才由茹科夫斯基略作改动，全文发表在1837年第五卷《同时代人》上。

　　原诗的格律及译文处理办法，与《鲁斯兰与柳德米拉》相同。

前 言

　　这篇故事所写的不幸事件是以实事为根据的。河水泛滥的详细情形征引自当时报刊的纪事①。好奇的读者可以参看 B. H. 别尔赫② 所作的新闻报道。

---

　　① 彼得堡被大水淹没，发生在 1824 年 11 月 7 日。
　　② B. H. 别尔赫(1781—1834)，俄国历史学家、地理学家。著有《圣彼得堡历次水灾纪实》(圣彼得堡，1826)。

序 曲

他①在碧浪无际的河岸上，
心中满怀着伟大的思想，
向着远方瞩望。在他面前
河水在奔流；可怜的小舟
孤零零地在波涛上摇荡。
在长满藓苔泥泞的岸上，
到处是穷苦的芬兰人的
安息所，一点一点的小房；
而深藏在云雾中的阳光
从来没有照耀过的森林
在四处喧嚷。

他在这样想：
我们从这里威吓瑞典人。
这里要建立起一座城市
来震慑那些傲慢的四邻。
这里大自然让我们决定

---

① 指彼得大帝。

把通向西欧的窗户[1]打通;
要我们在这海岸上站稳。
各种旌旗的船舶将沿着
这新的波浪向这里驶来,
我们将款待我们的上宾。

　　百年过去了,年轻的城市①,
它是北国的精华和奇迹,
从黑暗的森林、从沼泽地、
华丽地傲然地高高耸起;
在这里过去那大自然的
可怜的继子,芬兰的渔夫,
孤凄地在低湿的河岸上,
向着不可知的水中投入
他那多年的破旧的渔网,
而今在这活跃的两岸上,
壮丽的宫殿、矗立的高楼
屹立着,从世界每个角落,
一批一批的大船都向着
这富丽豪华的码头停泊;
涅瓦河披上花岗石外衣;
长桥在河水波涛上高悬;
河上的大小岛屿掩盖着
一座座的浓绿色的花园。
而同这年轻的首都相比,
古老的莫斯科显得暗淡,

---

① 指彼得堡,始建于1703年,距此诗写作时才一百多年。

正像孀居的年老的太后
站在刚册立的皇后面前。

　　我爱你,这彼得的杰作啊,
我爱你整洁严肃的容颜、
涅瓦河汹涌澎湃的浪涛、
它两岸上的花岗石堤堰、
你铁栅栏上精美的花纹、
沉思的夜的透明的昏暗,
还有那不见月色的光辉,
当我在屋子里不必掌灯
或者写作或者读书时候,
寂寥的街道上的一幢幢
沉睡的大楼也望得分明,
海军大厦的尖塔在发光,
晨光匆匆地接替着暮色,
只给夜以半小时的时辰,[2]
而不让夜的黑色的帷幔
掩盖住那黄金色的天空。
我爱你那严寒的冬天的
凝静的大气,白色的冰霜,
涅瓦河上的雪橇的飞奔,
赛如玫瑰的少女的面庞,
舞会上的辉煌、喧嚷、笑谈,
在单身汉豪饮的宴席前
浮起泡沫的酒杯的嘶鸣

和彭式①的淡青色的火焰。
我爱那个玛斯②校场上的
青年军人的英武的气概
和那步兵与骑兵部队的
美好的整齐划一的穿戴，
他们整然行进的队伍中
迎风飘扬的凯旋的军旗，
和在战斗中被打穿了的
那些铜盔的耀目的光辉。
战争的首都啊，我爱你那
要塞③上重炮的大声轰鸣
与冒出的浓烟，当北国的
皇后在宫中诞生下储君，
或者，俄罗斯又召开大会
庄严地庆祝击败了敌人，
或者，涅瓦河冲破青色的
坚冰，把它们都送入海中，
感到春日来临鼓舞欢腾。

　　彼得的城，愿你光辉灿烂，
像俄罗斯似的屹立不动，
自然的不可抗拒的力量，
愿它在你面前百依百顺；
让芬兰湾的海波忘掉了

---

① 彭式，用酒、糖、香料制造的饮料。
② 玛斯，希腊神话中的战神。玛斯校场是古代罗马的练兵场。这里泛指一般练兵场。
③ 指彼得保罗要塞。

自己往昔的奴役与仇恨，
而不要挑起无用的敌意
来搅扰彼得的永恒的梦！

　　曾有过一个可怕的时候，
关于它回忆还依然新鲜……
我的朋友们啊，我为你们
要讲一讲关于它的故事。
我的故事将是十分悲惨。

第一章

　　在阴暗的彼得的城上空
吹着十一月寒冷的秋风。
涅瓦河用它那惊涛恶浪
冲击着它的整齐的栅栏，
正像一个病人在病床上
一刻不停地不安地翻转。
天已不早，而且已经黑了；
雨在窗户上急骤地猛敲，
风也在吹着，悲凄地咆哮。
这时候年轻的叶甫盖尼
刚从朋友那儿回到家里……
我们就给我们的主人公
起了这个名字。叶甫盖尼
叫起来十分好听，我的笔
跟它早结下不解的因缘。
他别的称呼我们不去管。
虽说是这个名字在过去、

在卡拉姆津①的笔下，或许，
曾经显赫一时，在民间的
传说中也有过很高声誉；
但现在上流社会和公论
把它忘记。我们的主人公②
住在科隆纳③；在某处任职，
他不愿与那些权贵结识，
他不怀念长眠了的亲人
和被忘却的已往的光荣。

这样，叶甫盖尼回到了家，
脱掉外套、衣服，上床去睡。
但在胡思乱想的激动中
他很久很久不能够入睡。
他到底想些什么？他在想，
他是贫寒的，他必须，他想，
用辛勤刻苦的劳力才能
给自己赚得独立与荣光；
他想，愿上帝给他增加些
智慧与金钱。要知道，他想
有一些闲散的有福的人
才智并不见高明，是懒虫，

———————————

① 卡拉姆津，俄国 18 世纪文学中感伤主义派的代表，著有十二卷《俄国史》。
② 普希金的叶甫盖尼是彼得大帝以来贵族的代表人物。原文别稿（后来另成一篇）中曾详细叙述叶甫盖尼的谱系。他的先人曾反对彼得大帝的改革运动。叶甫盖尼的祖父拥有一万二千个农奴，到他父亲时只余下八分之一。后来日益衰微，到他的时代他只好充当某机关书记，以薪俸维持生活。前几行所说"卡拉姆津的笔下"，就是指在卡拉姆津《俄国史》中叙述的整个俄国贵族的光荣历史。
③ 科隆纳，彼得堡的地名。参看《科隆纳的小房》。

但他们生活得多么称心！
他想，他任职才一共两年；
他又想，风雨还没有停息；
河水在高涨，快达到河沿；
他想，恐怕要从涅瓦河上
冲走了桥梁①，使交通中断，
他又想，他恐怕同巴拉莎
两天或三天不能够见面。
这对他痛心地叹了口气，
便像诗人似的浮想联翩：

"能结婚吗？我？为什么不能？
当然，这是件艰难的事情；
但没有关系，我年富力强，
我可以日夜不停地劳动；
想想办法总可以弄一个
虽然简陋但却安适的家，
在那里安置我的巴拉莎。
也许，等过了一两年以后——
找一个比较好点的差事，
家务就让巴拉莎去主持，
并让她教育我们的孩子……
我们就这样一道活下去，
手携着手一直活到老死，
子孙们把我们埋在一起……"

---

① 当时涅瓦河上还没有固定的桥，所有的桥只是浮桥，结冰或洪水时拆除，两岸的交通只得中断。

　　　　他这样想着。在那天夜里
他心中着实悲伤,他希望,
风不要总是这样地惨叫,
雨不要总是向着窗户上
这样愤怒地猛敲……
　　　　　　　　他终于
合上睡意沉沉的眼。这时
风雨夜的黑暗渐渐淡薄,
接着来了那凄冷的日子……[3]
可怕的日子!
　　　　　　涅瓦河整夜
迎着暴风雨向大海奔流;
敌不住它的凶恶的蛮劲……
眼看着无力同风暴搏斗……
次日清晨在它的两岸上
挤满了熙熙攘攘的人群,
他们观看这怒涛的飞沫、
四溅的浪花、山似的浪峰。
但是涅瓦河受到海湾上
吹来的大风力量的阻挠,
愤怒地、喧嚷地倒流起来,
淹没了那河水中的小岛。
这时狂风暴雨越来越凶,
涅瓦河的河水不断上升,
像一锅开水般翻转沸腾,
突然,就如同野兽发了疯,
凶暴地向着城市扑过来。

在它面前一切都得让开；
四周的一切突然被淹没——
洪水突然流入了地下室，
水沟的水流出了栅栏外，
而彼得堡像一个特里同①，
半身浸在水中，漂荡起来。

　　围攻啊！冲击！汹涌的浪涛
强盗似的攀上窗台。小船
疾驶中戽船尾打破玻璃。
盖着湿布的摊贩的木盘、
小房子的碎片、木块、屋顶、
囤集商的各种什物杂件、
可怜的穷人的日用家具、
为雷雨冲毁的桥梁破片、
冲坏了的坟墓中的棺木
都在大街上漂浮着！
　　　　　　人们
看着神的震怒，静待惩处。
唉！都毁灭了：房屋和食物！
怎么办？
　　　在这可怕的一年
先帝②还带着无上的荣光
统治着俄罗斯。他走出了
露台，面色忧郁又带惊慌，

---

① 特里同，希腊神话中半人半鱼的海神。
② 指亚历山大一世，1825 年去世。

他说："沙皇没有办法管辖
上帝的不可抗拒的力量。"
他坐下了，用悲戚的目光
沉思地看着可怕的景象。
广场像是一个个的湖泊，
大街像是一条条的大河
注入了湖泊。巍峨的皇宫
像一座孤岛被困在水中。
沙皇一声号令——他的将军[4]
沿着远近的大街和小弄，
马上就从四面八方拥来，
奔向大水中危险的地带，
去救那些吓得落魄丧魂
淹没在家里出不来的人。

那时在彼得广场的一角
高耸着一座新建的房子，
在那里，在高高的阶台上
蹲着一对像活的一般的
舞起一爪的守护的石狮，
在这大理石狮子的身上
双手在胸前交叉成十字，
静静地坐着非常可怜的
叶甫盖尼。可怜的他不是
为自己担心。他没有听见：
贪婪的波浪怎样涌上来
冲洗着他的脚跟和脚趾，
雨点怎样把他的脸打湿，

风狂暴地号叫着、呼啸着
怎样从头上吹掉了帽子。
他的那一双绝望的眼睛
一动不动地向一方凝视。
在那里，从暴怒的深渊里
翻起了像高山似的大浪，
而且越来越凶，不可一世，
在那里，风暴不停地怒吼，
房屋的碎片在到处漂流……
天哪！在那里——在巨浪旁边，
差不多就在那海湾跟前——
有一棵柳树，有一段短墙，
墙内有一所破旧的小房：
住着巴拉莎和她的母亲，
他的幻想……这可是在梦中？
难道说我们的整个人生
只是一场空洞虚幻的梦，
只是上天对人间的戏弄？

　　而他仿佛是为邪术所迷，
仿佛是同石狮粘在一起，
不能够下来！在他的周围
都是水，再没有别的东西！
而在那平安无危的高处，
高临在狂暴的涅瓦河上，
伸开了一只臂膀的铜像，
背部向着叶甫盖尼这面，
骑坐在青铜铸成的马上。

第二章

但是瞧，涅瓦河破坏到头，
已厌倦自己无礼的狂暴，
开始缓缓地、缓缓地倒流，
一边欣赏着自己的乱行，
把捕获物随意东抛西丢。
正如同一个强盗的头目
率领着自己凶残的喽啰
闯入一个村庄，杀人、放火，
哀哭和切齿、慌乱和呼号、
殴打和辱骂、破坏和掠夺！
这些匪徒抢掠得够多了，
疲累了，匆匆地往回逃跑，
又怕有人从后面追上来，
把抢得的东西沿途乱抛。

河水减退了，铺石的马路
又露出来，我的叶甫盖尼
在呆呆地发怔，怀着满腹
希望、恐怖和忧思，匆匆地

向着刚平息的河边走去。
但带着庄严胜利的神情，
波浪仍旧在愤怒地翻腾，
好像是在下面烧着大火，
河面上浮着泡沫和水花，
涅瓦河还在急促地喘息，
有如战场上归来的战马。
叶甫盖尼望着：看见一只船；
急忙奔向这意外的发现；
他喊叫那个摆渡的船夫——
而那个船夫却不慌不忙，
要他出十个戈比的银币
把他送过这可怕的波浪。

　　这个老练的艄公艰苦地
同凶恶的波涛斗了很久，
小船同它的大胆的搭客
时时要准备没入汹涌的
波涛的漩涡深处——但最后
终于到达彼岸。
　　　　　不幸的人
沿着这熟识的街道奔向
那个熟识的地方。他一看，
再也不认识。可怕的景象！
他面前横七竖八一大堆；
有的倒塌了，有的被冲光；
有的房子已斜倾向一旁，
有的已经完全冲倒在地，

还有的被冲得搬了地方；
四围像是在战场上一样，
尸体纵横。叶甫盖尼这时
什么也想不起，痛苦使他
无力，他飞快地奔向那里，
在那里，命运在等待着他，
给他带来不可知的消息，
就如同一份严封的书札。
这时他已经跑上了郊区，
那是海湾，房子就在这里……
这是怎么了？……

     他立即站住。
他倒转身又返回了原地。
望了望……走几步……又望了望。
这就是房子所在的地方；
柳树。大门原来就在这里——
显然，冲走了。但是房子呢？
他怀着满腹阴沉的忧虑
在不停地来回走着、走着，
他不停地大声自言自语——
突然用手掌拍打着脑门，
放声大笑起来。

    夜的黑暗
已降临到这战栗的都城；
但人们很久还没有入睡，
他们还在互相继续谈论
头一天发生的不幸。

    晨光

透过疲侏的苍白的云朵，
照耀在静静的首都上空，
已不见昨日灾难的遗痕；
所有的昨日可怕的景象
都披上了紫红色的长袍。
一切都已走上旧的轨道。
人们又在空阔的大街上
带着他们那无情的冷酷
东奔西忙。而高官贵人们
抛开自己夜间栖身之处
又去办公。勇敢的商人们
丝毫没感到泄气，又打开
涅瓦河劫掠过的地下室，
准备以远亲近友的钱包
来弥补自己重大的损失。
从院子里搬出小船。

        上天
宠爱的诗人，赫沃斯托夫[①]，
已经用他那不朽的诗篇
来歌唱涅瓦河畔的灾难。

    但是我可怜的叶甫盖尼……
唉！他不宁的心绪经不起
这个可怕的震动的打击。

[①] 赫沃斯托夫，俄国18世纪末19世纪初诗人。曾与杰尔查文、克雷洛夫等组织"俄罗斯语言爱好者座谈会"，反对卡拉姆津、茹科夫斯基等对俄国语文的改革。普希金在读书时期就加入了茹科夫斯基领导的新文学团体"阿尔扎马斯社"，对赫沃斯托夫颇不满。

涅瓦河和狂风的可怕的
吼声老在他的耳中轰响。
他默默无言地心中怀着
可怕的思想,在四处流浪。
莫名的幻梦老苦缠着他。
一礼拜过去,又过了一月——
他还没有回过自己的家。
他的那一所幽僻的小屋
租期届满的时候,房主人
又租给一位穷苦的诗人。
他不去拿他可怜的衣物。
他不久就被世人所遗忘。
他白日只是在四处乱跑,
到夜里他就睡在码头上;
人们从窗口投一点面包。
他身上的衣服原已破旧,
这时更是稀烂。坏孩子们
常常向他背后丢来石头。
马车夫们也举起了皮鞭
常常地在他的肩头乱抽,
因为他早已经神志不清,
已认不清道路;好像是——他
没有注意。他早已为心中
不安的巨响把耳朵震聋。
他就这样度着他不幸的
日子,不像野兽,也不像人,
既不像生灵,又不像幽魂,
什么都不像……

　　　　　　一天,他睡在
涅瓦河码头上。夏令将尽,
很快就要交上初秋。吹着
凄冷的风,巨浪来势很凶,
拍着码头,像是一边哀怨,
一边冲击着光滑的石阶,
正像一个含冤莫诉的人
在法官的门外,没人理睬。
他忽然醒来。多么凄惨啊:
风在怒号,雨在淅沥地下,
在远处,在夜晚的黑暗中,
守夜的人在同风雨呼应……
叶甫盖尼起来;他又想起
过去可怕的遭际;急忙地
站起来;又走到街上漫步,
突然又站住脚——脸上显出
强烈的恐怖、莫名的惊惶,
慢慢地把目光转向四方。
他原来走近一所大房子
柱子跟前。阶台上有两只
生动逼真的、活灵活现的、
舞起一爪的守护的石狮,
对面,在栅栏内的岩石上,
伸开了一只臂膀的铜像,
在那夜的黑暗的高空中,
骑坐在青铜铸成的马上。

　　　叶甫盖尼打了一个寒噤。

心中的思想异常地分明。
他认出：洪水曾在此奔腾，
这里凶恶的波涛愤怒地
曾在他的身边奔流、猛冲，
认出那个广场、那对石狮
和那个把铜头颅坚定地
向着黑暗高高仰起的人，
凭着自己的宿命的意志
要在海边建立城市的人……
他在昏暗中是多么可怕！
他头脑中有怎样的思想！
他的心里有怎样的力量！
而马燃烧着怎样的火焰！
你要奔向哪里，高傲的马，
你要把四蹄停憩在何方？
啊，命运的有力的主宰者！
你这样地高临在深渊上，
紧抖着铁的马勒，也要让
俄罗斯把它的前腿高扬？[5]

　　围绕着这个铜像的座台
可怜的疯人在不断徘徊，
而把他生怯的目光投向
半个世界统治者的脸上。
他的胸膛感到窒息沉重。
脑袋紧贴着冰冷的栏杆，
两眼好像蒙上一层薄雾，
在他的心里燃烧着烈焰，

血已经沸腾了。他阴郁地
在这个高傲的铜像面前
握紧了拳头，咬紧了牙关，
他为恶狠的力量所支配，
恨得浑身发抖，喃喃地说：
"好，你这个奇迹的创造者！
你等着瞧！……"他突然飞快地
扭转身便跑。他仿佛听见：
这位威严的沙皇立即就
烧起了不可遏止的怒火，
慢慢地转过他可怕的脸……
而他在这空旷的广场上
便拼命奔跑，只听得后边——
霹雳一声——从高处跳下的
沉重而响亮的声音响遍
震撼得发抖的铺石路面。
而在惨淡的月色照耀下，
向高空举起了一只臂膀，
铜骑士骑着奔驰的快马
紧跟在后边飞快地追赶；
而可怜的疯人整整一夜
不管向着什么地方跑去，
铜骑士响着沉重的蹄声
老是紧紧地跟在他后边。

从那时候起，当他无意中
再经过那个广场的时候，
他脸上不由得显现出了

惊慌失措的神情。他的手
便紧紧抱住自己的胸口，
好像可以克制他的苦痛，
摘下那顶破烂的无边帽，
不敢抬起他惊慌的眼睛，
绕道从一旁走开。

　　　　　　在海边
望得见一座小岛。有时候
渔夫捕鱼捕得为时太晚，
拖着渔网就在那里停泊，
准备他们的可怜的晚饭，
或者，在礼拜天有的官员
到河上来划船，有时顺便
访问这座荒岛。那里没有
长起一茎青草。洪水泛滥，
冲到那里，把破烂的茅屋
也给冲倒。在汪洋大水上
它的残迹好像一丛小树。
去年春天有人把这破烂
已用帆船运走。一片荒芜，
一切尽毁。而我们的疯人，
人们发现，死在茅屋门口，
就在这里，人们为了上帝
掩埋掉他的僵冷的尸首。

普希金原注

〔1〕 阿里加洛蒂说:"彼得堡是俄罗斯瞭望西欧的窗户。"①

〔2〕 参看维亚泽姆斯基给伯爵夫人 3＊＊＊ 的诗。②

〔3〕 密茨凯维支在他最好的一篇诗《奥列希凯维支》中,用华丽的诗句描写过彼得堡水灾的前一日,可惜描写得不精确,当时没有雪——涅瓦河也没有冰冻。我们的描写虽然没有波兰诗人那么鲜华美丽,但却是真实的。③

〔4〕 米洛拉多维奇伯爵和侍从武官宾肯多夫。

〔5〕 参看密茨凯维支对铜像的描写。他的描写是借用鲁般的——密茨凯维支自己有注释。④

---

① 阿里加洛蒂(1712—1764),意大利文学家。他在 1739 年访问过俄国,出版了关于俄国的通讯。普希金的话就出于他的通讯中。引文原文为法文。

② 这里指维亚泽姆斯基写给伯爵夫人 E. M. 札瓦道夫斯卡雅《1832 年 4 月 7 日的谈话》一诗中的第三节。其诗如下:

> 我爱彼得堡和它的整齐和谐的美,
> 爱它的美丽的岛屿的光辉的地带,
> 爱它的透明的夜,白昼凉爽的对手,
> 爱它的新建的花园的碧绿的青苔。

③ 密茨凯维支在《奥列希凯维支》一诗中描写了住在彼得堡的波兰艺术家奥列希凯维支。诗中说,他虽然是个艺术家,却到涅瓦河的冰下,测量河水的深度,并预言将要发生水灾。

④ 密茨凯维支在《彼得大帝纪念像》一诗中,以诗人自己和普希金在铜像旁谈话的形式,描写了彼得大帝和他的事业,鞭挞了专政制度。B. Г. 鲁般是俄国 18 世纪二流诗人,曾写过诗颂扬彼得的铜像。这里提到密茨凯维支的诗中借用了鲁般的诗句,只是为了对付检查机关。鲁般颂扬彼得铜像的诗句如下:

> 这是一座人工创造的俄国的高山,
> 从叶卡捷琳娜口中听取上帝的话,
> 经过涅瓦河的深渊来到彼得的城,
> 立即就俯伏在伟大的彼得的足下。

附录一　长诗的提纲和草稿

关于秘密联盟的长诗①

两个阿尔纳乌特人想刺杀亚历山大·伊普西兰蒂②。——约旦人杀死了他们——一清早约旦人向阿尔纳乌特人宣称他已逃遁——他接受领导进入深山——被土耳其人追踪——塞库修道院。

长诗开头的草稿

夜色拥抱了田野与高山
森林里在自己的人群中……
在天空的黑色的笼罩下
……伊普西兰蒂在打盹

---

① 写作日期注明是 1821 年底至 1822 年上半年。计划写一部关于希腊起义的秘密联盟的大型长诗,那时普希金正住在基希涅夫。

② 亚历山大·伊普西兰蒂(1783—1828),希腊人,摩尔达维亚公国大公的儿子,在俄国部队服务,取得将军副官职称。1820 年指挥希腊部队从基希涅夫越过土耳其边境,计划要把希腊从土耳其压制下解放出来。伊普西兰蒂的 s 进军没有成功。逃到奥地利,被俘,关进监狱,至 1827 年始出狱,次年去世。

阿克蒂昂

提纲

摩耳甫斯①爱上了狄安娜②——他的宫殿——他使恩底弥翁③昏昏入睡——狄安娜与他约好相会,发现他在入睡——

……阿克蒂昂④从菲阿娜口中知道这回事,去找狄安娜,没有去睡觉——最后见到狄安娜在泉水中洗澡。

————

纨绔子弟认真地谤惑菲阿娜,向她查问狄安娜的恋爱故事。菲阿娜诬陷摩耳甫斯等等,(阿克蒂昂)看见狄安娜,爱上了她,他在她洗澡时见到她,在菲阿娜的洞中即将死去。⑤——

长诗开头的草稿

> 在幸福的加嘉非森林中
> 阿克蒂昂已很久地追踪
> 迅速的胆怯的麋鹿后边。
> 在静静的深蓝的天空中

————

① 摩耳甫斯,希腊神话中的梦神,睡神许普诺斯之子。
② 狄安娜,罗马神话中的月亮之神,狩猎的女神。即希腊神话中的阿尔忒弥斯。
③ 恩底弥翁,俊美青年牧人,被宙斯接到天上。
④ 阿克蒂昂,希腊神话中的猎人。打猎时看到狄安娜在泉水中洗澡,女神大怒,使他变成一只鹿,她的猎犬扑上去把他咬死。
⑤ 原文为法文。

升起了苍白色的狄安娜，
他在这样的昏暗中射出
箭袋中的最后的一支箭。

波瓦

提纲

一

　　岑泽威被马尔科勃隆所包围——波瓦听到就去那里——夜里与兵士搏斗——跟鲁卡别尔搏斗,返回来;回来已受伤——叙述自己的历史——格威顿之死——监狱——情人——逃跑,强盗把他逮住——被岑泽威所卖——第二天夜里她让他骑上马——他粉碎了军队——岑泽威听信别人的挑唆把他派到马尔科勃隆那里——他被魔法家偷光——来到马尔科勃隆——美里奇格雷雅爱上他,向他求婚——波瓦在监狱里找到一支剑——给他派来拷打者,他杀死拷打者并跑掉——追捕他——他跟波尔康击溃追捕者——布拉特给他讲故事——马尔科勃隆没有亲自到场就包围了城。并把德鲁日涅芙娜俘虏。波瓦在海上做了海盗——发现了朝圣者,朝圣者送给一匹马和三只大船——来到岑泽威王国——王国瓦解——回到家中——杀死他。

二

　　波瓦就了他父亲的位子。

三

　　包围——炮塔之夜——战斗;未婚夫被杀——未婚妻恋爱;波瓦在她那里过夜,讲自己的历史。沙皇知道了,派人去追捕波瓦——波瓦到了国外——解救了强盗——三种线索——朝圣老人当他入睡时偷光了他——过去的未婚夫在国外的财产——军队发现了他,把他带给沙皇——波瓦在狱中——公主勾引他——他鄙弃她(她是女魔法师、老妖精派来的)——波瓦判处死刑——第一个线索——他看见船回到家乡——暴风雨——船毁了——第二个线索——回来了,杀死达顿,去找未婚妻,发现朝圣者,从他那里得到三只船。(按照民间故事。)

四

波瓦,被车尔纳芙卡所救(如民间故事)
达顿听到他的风声,派他的武士去杀他。
描写达顿的官殿及武士。
米里特利萨。
波瓦同他战斗。

人物表

波瓦	格威顿
苏沃尔	美里奇格雷雅
米里特利萨	德鲁日涅芙娜
达顿	

————————

美丽的姑娘在说得开心,
漂亮的年轻小伙子真行。

长诗开头的草稿

一

岑泽威,你把什么人选作
自己的同盟者甚至良友,

谁个将来可以成为你的
女儿公主的幸福的佳婿——
她美丽，好像五月的铃兰，
她活泼，像高加索山的鹿。

二

在那光荣的岑泽威王国
为什么响起战争的雷声，
田地和村庄都烧个精光——

三

人民沸腾了，人民的呼声雷动，
在格鲁吉亚统治者府第周围——
有许多强有力的沙皇、皇太子
大公爵、武士们都来这里聚会——
沙皇岑泽威亲切地接待他们，
准备好丰盛的酒宴招待客人，
一直殷勤招待了整整四十天。

姆斯齐斯拉夫

提纲

一

提纲。弗拉基米尔把俄罗斯划分为若干封地后,他仍留在基辅;年轻的武士们因为闷得慌先后散去;依里雅·姆罗麦茨和多勃雷尼亚同他们一道走开——贝琴涅戈人进攻基辅——弗拉基米尔派出急使找他的儿子们——他的孩子们聚会了——同他来战斗——姆斯齐斯拉夫——年轻武士在他面前——一齐去找科索格人——姆斯齐斯拉夫在山中——留下的武士们四散了——依里雅继续往前走——遇见他,把他带到父亲那里——公主跟他们也来了——她紧追着贝琴涅戈人——战斗——大战又战——a)各族联合起来进攻基辅——b)多神教的诸神,主显节被逐出的人,鼓舞他们。

二

依里雅想要把儿子送交弗拉基米尔——一齐走了——

———————

科索格人的公主爱上了姆斯齐斯拉夫——她母亲是个女巫;想要迷惑姆斯齐斯拉夫,姆斯齐斯拉夫对她的爱坚守不变——她在战斗中诱惑他——冒充被杀死的朋友的科索格人,又摇身一变。姆斯齐斯拉夫在快乐的岛上。急使来到他们卫队,没有找到他。弗拉基米尔失望。

———————

公主向她母亲哀诉,她母亲答应把她同姆斯齐斯拉夫结合起来。

———————

依里雅年轻时使鞑靼公主怀上孕——她出嫁了,告诉了她儿子,儿子去找他父亲。

三

依里雅发现一个隐士,隐士对他预言了俄罗斯的命运。

姆斯齐斯拉夫被高加索群山所迷。

俄国的所有敌人从各方面进攻俄罗斯。

姆斯齐斯拉夫每天晚上看大船和女郎。

俄罗斯少女与切尔克斯人

提纲

村镇——捷列克河——河那边——未婚妻——切尔克斯人在彼岸——她答应他约会——他想带她走——不安——老太婆杀死了年轻的切尔克斯人——把他俘虏了——送到了要塞——交换——少女同切尔克斯人逃跑。

正文的片段

少女啊,请你爱我吧,

不

全村镇的人们说什么?

我已经跟别人订了婚。

你的未婚夫现在离得远……

附录二　别稿

鲁斯兰与柳德米拉

长诗第二版序言

当作者写完《鲁斯兰与柳德米拉》时,他才二十岁。他在皇村学校做学生的时候就开始写这部长诗,在最散漫的生活中一直写下去。因此,在某种程度上可以原谅它的欠缺之处。

1820 年长诗发表时,当时的刊物上充满了多少带点宽容的批评。① 最冗长的是 B 先生写的发表在《祖国之子》上的文章②。随即又出现了无名氏的一系列问题。我们引一些问题来看看。

我们从第一章开始。从**开始的地方开始**③:

芬兰老人为什么要等待鲁斯兰?

他为什么要叙述自己的历史,鲁斯兰在这样不幸的情况下怎么还能贪婪地听老人的故事?

鲁斯兰登上程途的时候为什么要打着唿哨? 法尔拉夫那样一个脓包为

---

① 其中有一篇评论文章归结为当作 K＊＊＊的一篇讽刺短诗:

　　人们毫无根据地说,批评是轻松的;
　　我卖了《鲁斯兰与柳德米拉》的评论;
　　　　我虽然是有足够的勇气,
　　但在我看来,评论是可怕而又沉重。

　　按:K＊＊＊,即 И.А. 克雷洛夫。

② А.Ф. 沃耶伊可夫发表在《祖国之子》1820 年第 34—37 期上的一篇评论。

③ 原文为法文。

什么也要去寻找柳德米拉？有人说：为了掉进泥泞的沟壑，还是为了让我们笑笑，而这个是永远可以得到满足的①。

第 46 页②上你们如此夸大的比喻，正确不正确？你们看见过吗？

为什么一个驼背的矮人长着这么大的胡子（而且这也毫无意思）来找柳德米拉？柳德米拉怎么会想到这种奇怪的想法——一把抓住魔法师的帽子（话又说回来，在吓得不知如何是好的情况下，什么事干不出来？），魔法师怎么会让她这么做？

鲁斯兰怎么把罗格代像一个小孩子似的扔进了河里，当：

> 他们扭在一起，打得正酣；
> ……………………………
> 他们恨得四肢不断抽搐；
> 紧紧地扭着，都已经僵硬；
> 　　　　　　　等等？

我不知道，奥尔洛夫怎样去描写这个。

当鲁斯兰看到战场（这完全是不相干的事③）时，他为什么说：

> 啊，大地啊，大地，是谁给你
> 撒下了这些遍地的白骨？
> ………………………………
> ………………………………
> 大地，为什么你沉默不响，
> 而长满这许多忘怀之草？……
> 由于时间的永恒的黑暗，
> 也许，我已无救，在劫难逃！

---

① 原文为法文。
② 第 46 页：译文第 35 页至第 37 页。
③ 原文为法文。

等等？

俄罗斯武士们要不要说这样的话？说出忘怀之草和时间的永恒的黑暗的鲁斯兰，跟过一分钟又大声说出以下的话的鲁斯兰，像不像一个人？

> 住嘴，你空洞无知的大头！
> ....
> 脑壳虽然大，可是没头脑！
> 我东跑西跑，并不惹别人，
> 但谁要惹我，我决不轻饶！
>   等等。

黑海王得到奇异的宝剑后，为什么把它放在野外，放在他哥哥的大头下边？带回家去不是更好吗？

为什么要唤醒十二个睡女，并让她们去拉特米尔也不知道怎么去的那个草原？他在那里待了久不久？去什么地方？为什么做了渔人？他的新夫人是什么人？是不是鲁斯兰打败了黑海王后，因为找不到柳德米拉感到绝望，这就挥起宝剑左右乱舞，一直到打掉躺在地上的爱妻的帽子？

矮子为什么不从被杀死的鲁斯兰的背囊中钻出？鲁斯兰的梦预兆着什么？为什么在下边这行诗后边打了这么多删节号：

> 帐篷在河对岸闪着白光？

为什么分析《鲁斯兰与柳德米拉》的时候要提到《伊利昂纪》和《埃涅阿斯纪》？它们之间有共同的地方吗？怎么说：（似乎是严肃地）弗拉基米尔、鲁斯兰、芬兰老人等人的语言跟荷马的语言是否相称？这就是我所不理解、其他好多人也不理解的事情。如果您能给我们解释一下，那么我们可以说：**人人都会犯错误，只有愚蠢的人才坚持错误**①（《西塞罗反腓力辞》第七篇第二

---

① 原文为拉丁文。

节）。

你的"为什么"，上帝说，永远没有个完。①

当然，这些质问的许多责难是有根据的，特别是最后的质问。有人把回答这些问题作为自己的工作。他的反批评机智而又很有趣。

不过，有的评论完全是另一个调儿。例如，《欧罗巴通报》1820 年 11 期上，我们看到下面这样一篇善意的文章②。

"现在我请你们注意一个新的可怕的东西，如同卡莫恩斯角的风暴，来自大海的核心，出现在俄罗斯语文的海洋中。请把我的这封信发表出来：也许，以新的灾难威胁我们的耐性的人们可以清醒过来，笑一笑——放弃了成为新式俄国文章发明家的企图。

"问题在于：你们都知道，我们从我们祖先手里接过来的只是不大的一点文学遗产，即：**民间故事和民歌**。关于这个还有什么话可说？如果我们爱惜古代钱币，即使是最不像样的，也要好好保存。同样的道理，我们不应当精心地保存我们祖先留下的文学遗产吗？毫无问题是这样。我们喜欢回忆我们幼年时候的一切，我们幸福的幼年时期，那时候不管怎样的歌谣或故事，都是我们最开心的东西，并且构成了我们一切认识的宝库。你们自己可以看到，我们并不反对搜集和寻访俄国故事和歌谣；但是当我们知道了，我们的语文学家完全从另一方面来接受古代歌谣，并大声叫嚷我们古代歌谣的伟大、流畅、有力、美丽、丰富，开始把它译成德文，最后竟然这样地热爱故事和歌谣，乃至于在 19 世纪的诗篇中闪耀着新式的叶鲁斯兰和波瓦；那么，我是决不敢苟同。

"再重复那些比可笑的吃语还可怜的谰言，会有什么好的结果？……如果我们的诗人要拙劣地模仿基尔沙·达尼洛夫③，那还有什么值得等待？

"一个有教养的，或者哪怕是多少有点知识的人，当向他提出一部模仿《叶鲁斯兰·拉查列维奇》的新的长诗时，他能忍受下去吗？请看看《祖国之子》第 15 期和第 16 期。在这一期刊物中一个不署名的诗人向我们提出他的

---

① 原文为法文。
② 指 A. Г. 格拉戈列夫的文章。发表时署名"布哈尔地区的居民"。
③ 基尔沙·达尼洛夫，18 世纪后半期俄国英雄叙事诗的搜集者。

长诗《柳德米拉与鲁斯兰》(不是叶鲁斯兰吗?)的一个片段作为样品。我不知道,整个长诗将有什么内容;但是这个样品使任何人已忍无可忍了。那位蹩脚诗人使一个'**本人只有手指甲大而胡子倒有胳膊肘长**'的乡下佬,一下子阔气起来,赋予他**无限长的胡须**(参看《祖国之子》第121页),让我们看看巫婆、隐身帽以及其他等等。但是你看呢,最可贵的是:鲁斯兰走向田野上被击溃的军队,看见武士的一颗大头,大头下边有一支仙剑;**大头**还同他谈话、厮杀……我还如在目前似的记着,所有这些,过去,我从我奶妈口中听说过;现在,在衰朽之年,我感到万分幸运,从当代的诗人那里又听到同样的故事!……为了更准确地,或更好地表达我们**古代**歌谣的美,诗人在遣词用字上也仿效了叶鲁斯兰故事的作者,例如:

> ……你们要跟我开玩笑——
> 我用胡子把你们都绞杀!

怎么样?……

> ……骑着马绕大头走了一圈,
> 在它的鼻头前默默站定,
> 压长矛戳了戳它的鼻孔……

"真无愧于基尔沙·达尼洛夫的画面! 以下:大头打了个喷嚏,随即传来大头喷嚏的回声……这时武士说:

> 我东跑西跑,并不惹别人,
> 但谁要惹我,我决不轻饶……

"然后武士朝他脸上狠狠给了一拳头……但是请求赦免我不再作详细的描写,允许我请问:如果向着莫斯科俱乐部偷偷混进了(我把绝不可能的事假定为可能)一位客人,长着满脸络腮胡子,身穿农民厚呢大衣,脚蹬树皮鞋,用洪亮的嗓子嚷道:**伙计们,真了不起!** 这样恶作剧的人难道能引起人们的欣赏吗？看上帝的面,请允许我这个老头子借我们的刊物,向大家说几句话:你们每遇到这样的怪事时,请赶快把眼睑缝起来。怎么能让古代平淡无奇的笑话重新出现于我们中间! 文明的鉴别力所不赞许的粗野的笑话,是丑恶的,丝毫不觉得可笑,不觉得好玩。我讲完了①。"

忠诚的职责要求我再提到一位**戴着第一流祖国作家桂冠**的作家②,他读过《鲁斯兰与柳德米拉》后说:"我在这里既没有看到思想,也没有看到感情;我只看到一些感觉——肉感。"另一位(可能还是那一位)戴着第一流祖国作家桂冠的作家③,以下列的诗句欢迎这位年轻诗人的习作:

母亲命令女儿向这个童话吐一口唾沫。

1828 年 2 月 12 日。

下列诗行(除特别指出者外)都是 1820 年第一版中有,第二版已删去或已改写:

第 22 页　在"英雄,我不爱你!"之后:

鲁斯兰,你不知道永远地
被抛弃了的爱情的苦痛。
唉! 你已受不了人的轻蔑。
奇怪的人,怎么还想不通!

---

① 原文为拉丁文。

② 这里暗指 И. И. 德米特里耶夫。他的第一篇文章发表在《祖国之子》1820 年第 43 期,署名是 M. K-B:"戴着头等祖国作家桂冠的作家,读过《鲁斯兰与柳德米拉》后说:我在这里既没有看到思想,也没有看到感情,我只看到一些感觉——肉感。"德米特里耶夫 1820 年 10 月 20 日写信给 П. A. 维亚泽姆斯基,谈到《鲁斯兰与柳德米拉》时说:"我在其中看到很多优美的诗,故事也轻松愉快;但可惜常常陷入滑稽,更为可惜的是没有把这一句著名的诗略为改动引作题词:母亲禁止她女儿读这本书。"(此处原文是法文,引自庇隆的《作诗狂》一诗中的一行。"禁止"在原文中原为"指定",德米特里耶夫改为"禁止"。)

③ 另一位桂冠作家,指德米特里耶夫。

> 你在徒然苦磨着你的心，
>
> 你爱过、你被爱、幸福的人！

第 23 页　在"命运，我那顽强的迫害者"之后，下面的七行原来是这样的
七行：

> 在美满的奖励的希望中，
>
> 在热情的期待的狂欢中，
>
> 我迫不及待地念起咒语，
>
> 召唤精灵——但是真对不起！——
>
> 那疯狂的粗暴的掠夺者，
>
> 黑海王的可尊敬的兄弟，
>
> 我成了纳意娜的攫取者。

第 29 页　"生气是罪过，而且也愚蠢"之后：

> 难道上帝仅只是赋予我
>
> 在这人世上的一切享受？
>
> 给我们留下作为安慰的
>
> 只有战争、缪斯以及美酒。

第 36 页　"柳德米拉，你的新房何在?"这一行以及以下的几行原来是这
样的：

> 柳德米拉！你的新房何在？
>
> 你青春的合欢床在何方？
>
> 不幸的女郎在那可怕的
>
> 寂静里独一人躺在床上。

第 37 页　"虽在琼楼玉宇也不开心"之后，1820 年第一版中有下列十二行：

你们知道吧,我们的女郎
在这天夜里按当时情况
穿扮得与我们的老祖母
夏娃丝毫不差,完全一样。
最天真的最单纯的装饰!
爱神阿慕尔、自然的服装!
可惜,早已不兴这种模样!
在我们惊慌的公主面前,
有三个美如天仙的姑娘
穿着轻柔的华美的衣裳
出现了,并默默地走近了,
向她鞠躬,把头弯到地上。
我只猜想,黑暗的森林中
一道闪电之箭划破长空,

第41页 "在小径上是繁茂的蔷薇"之后:

到处芬芳四溢,鲜花灿烂,
撒布着金刚石般的沙砾;
奇异的花园到处闪耀着
各样的好玩的奇异景色。

第42页 "举起步继续又走向前方"之后:

啊,人啊,你们奇怪的造物!
是的,沉重的痛苦怎样地
在困扰你们、在戕杀你们,
只是午饭的时间已又到——
空肚子即刻就愁眉苦脸

向你们提出自己的控诉，
它是在暗地里要求工作。
这样的命运该如何应付？

第 66 页 "可以放心地去举行婚礼"之后：

年轻的新郎和新娘子们
不必再担心他们的诡计。
凡尔内的空谈家是不对①！
一切确实是都在向前进：
现在的魔法师以催眠术
治疗贫苦的姑娘们的病，
发布各种预言，发行杂志——
这都是值得称赞的事情！
但是还有另一种魔法师，
　　　　　　　　等等。

第 90 页 "喃喃讲出不分明的责骂"之后：

魔法师在鲁斯兰的手中，
在焦急等待中受尽折磨；
公爵也不能从不可解的
创造物把他的眼睛移开⋯⋯
但是大头就在这个时候
终结了长年累月的痛苦
　　　　　　　　等等。

---

① 普希金在这里提到了伏尔泰(1694—1778)，他晚年住在临近瑞士的法国边境凡尔内，以各种笔名发表过无数小册子。他反对"一切在向前进"的论点。普希金把那时的一些神秘论者和以催眠术治病的人，称为当代魔法师。

草稿中原有、印行的版本中删去的诗行：

第 55 页 "由于时间的永恒的黑暗"之后：

> 真的我已无救，在劫难逃！
> 难道我所有胜利的声音
> 跟我一道在寂静中消逝，
> 而我那些年轻的子孙们
> 永远不会艳羡我的身世！

第 68 页 "但我所讲的就全都可信?"之后，1820 年第一版中还有下列
六行：

> 我敢于大胆地预言真理？
> 我敢于明白描写的不是
> 那僻远的孤寂的修道院，
> 不是胆怯的尼姑的教堂，
> 但是……我还害怕，心慌意乱，
> 我感到奇怪——低下我的眼。

第 79 页 "可怜的女郎将会怎么样!"之后，1820 年第一版中是下列二
十一行：

> 狡猾的妖人，多么可怕呀！
> 用满是皱纹的手抚摩着
> 美丽的年轻的柳德米拉；
> 他用他那干瘪衰老的嘴
> 吻着她摄人灵魂的芳唇，
> 他不顾自己年纪已老迈，

还想用他的无情的劳动
攫取这朵列里的保护下
柔情的、鲜艳的、秘密的花；
已经……但是他老年的重负
把这无耻的老家伙压垮——
老而不死的妖人叹息着，
在他无力的粗鲁行动中
在入睡的姑娘面前倒下；
他心中苦恼着，他在哭泣，
但是突然间号角声响起。
我心灵的亲人，柳德米拉，
终生忘不了的天使、仙女，
当我想起你迷人的目光，
因为你的爱而感到幸运，
已被人忘怀，想立即死去。

第80页　第五章开头，原来是下面这样的二十行：

我是多么爱我的公主呀，
爱我的美丽的柳德米拉，
爱我心中的凄然的寂静，
纯正激情的力量与火花，
我爱嬉戏，我爱轻风、安谧，
透过无言的眼泪的微笑！……
此外，还爱黄金色的青春，
爱玫瑰，对于美我都倾倒！……
柳德米拉的俏丽的形象，
上帝啊，我最后能否看到！
但是我还在焦急地等待
命运终会归还我的公主

（亲爱的女友，而不是爱妻，
我不敢希望能成为夫妇），
但你们，今日的柳德米拉，
要相信我的纯正的良心，
我也在衷心地希望你们
能得到这样称心的郎君，
就如同我在这里精心地
自由地选用诗行和脚韵！

第107页 "糟了：贝琴涅戈起了叛乱！"之后：

不幸的城市啊！唉！痛哭吧，
你快乐的国土将要荒芜，
你将要成为厮杀的战场。
那威严的罗格代在哪里！
鲁斯兰、多勃雷年在何方！
谁来保卫我们大公太阳！

高加索的俘虏

长诗第二版序言

这部中篇小说之所以为公众所勉强接受,应当归功于对高加索山民习俗的描写,虽然只是稍稍接触了一下。作者也同意评论家一般的意见,他们正确地指责了俘虏的性格、某些个别特点等等。

长诗初稿是这样开始的:

高加索

长诗

1820 年

把我的青春归还给我。
歌德《浮士德》。①
这一切都过去了,如同老祖母
在她衰老的晚年为了给孩子
讲一讲,说一说,刚刚从记忆中
翻捣而搜寻出来的古老故事。②

普希金最初打算把意大利伊·平德蒙蒂《旅游》中的下列五行诗作为题词:

---

① 原文为德文。
② 原文为法文。

啊,这样的人是幸福的,他从来没有
跨出过自己的可爱的祖国的境界;
他并未指望看到和并未当作死亡
而去凭吊的还在活着的那些东西,
他的心也不会为这些去依恋不舍。①

—

一

在高加索深山中有一个
切尔克斯人身披着斗篷,
在波涛汹涌的大河上头
藏匿在深山的树丛之中。
把贪婪的目光投向大路,
精钢的军刀从刀鞘抽出,
他威风凛凛地在深深的
寂静中等待他的捕获物。
他的忠实的耐心的伙伴,
那深山中的马群的后裔,
一匹骏马一直站着不动,
在河岸旁树丛的阴影里。

二

河面上吹来了阵阵凉风,
天空掩盖上了一层阴影……
荒野中死寂的梦突然间
被惊碎了……尘头飞向天空,
听! 雷声隆隆! 他已跨上马,

① 原文为意大利文。

切尔克斯人已全身沸腾。

三

为什么，啊，你不幸的青年
匆匆地奔向毁灭的道路？
拿这种无用的匹夫之勇
怎么也保不住你的头颅！
飞快的敌人已经追上你
不幸的人倒在他乡河岸。
一个孱弱的安逸的后裔
被有力的套索拉进深山。
马儿在荒山旷野里奔驰，
乘着烈火似的无畏之翼……
一切都是它的道路：森林、
丛莽、山岩、峡谷和沼泽地……
在它身后留下一条血迹，
荒野的沉闷的声音响起。
它面前是灰茫茫的大河，
它就跃进沸腾的深渊里……

四

在夜晚深蓝色的天空中
羞涩的月亮偶然间一晃，
邻近山村中的农家小舍
在树丛黑暗中闪出白光。
一对走得慢腾腾的犍牛
在黄色山岩下的田野中，
吃力地拉着沉重的空犁，

马群嗒嗒的快乐的声音
山中沉闷地发出了回声。
欢乐的一群切尔克斯人
穿着长筒毡靴、含着烟袋，
围绕着篝火坐在烟雾中。

草稿中原有、修改时删掉的诗行：

第 126 页　"他听见：他戴着铁镣的脚/忽然发出了银铛的声音……"
之后：

好像是天旋地转的模样。
永别了，你们：自由和希望！
他是奴隶……

　　　　　　他把疲倦的头
又低垂到异乡的土地上，
仿佛要在这土地中寻找
辞别悲戚后安息的地方。
他眼中泪水已经不再流，
在紧闭的口中没有怨言，
在为激情而生的心灵中
早挤满了那辛酸的苦难，
他思想中只念诵着一句：
"死了！我命中注定是奴隶。"

　　　　他出生在那寒冷的雪原，
但他在同友人饮宴时候
心中却燃烧着隐秘的火，
在逐放中是冰冷的石头。

第 137 页 "他回忆起了那一段时光"之后：

> 那时他在朋友的簇拥中
> 他斟满的杯中浮着泡沫，
> 他给那花枝招展的少女
> 簪戴上新鲜的玫瑰花朵，
> 并呈献给她激情时刻的
> 他的疯狂和美酒的烈火。

第 141 页 "醉人的幻想还抱有信念！"之后：

> 但是太晚了！……天国的盛怒
> 在不断地摧残我、鞭打我，
> 我心灵未老先衰的晚年
> 在青春年华就要杀死我。
> 这是无用的爱情的遗迹，
> 心灵的风暴可怕的遗迹。
>
>   在那过往时日的花朵中，
> 在昔日狂风暴雨的时辰，
> 我已丧失掉的青春年月
> 我为年轻的人生所蛊惑，
> 我不懂得人世、不懂得人。
> 我相信幸运；但我的日子
> 在陶醉中飞去，不留踪影，
> 而我的充满了幻想的心
> 在迷惘中做着沉沉的梦。
> 我在享受着；光彩与声响
> 诱惑着我的无忧的心房，

欢乐已吸引了我的感情，
但心在暗中经受着痛苦，
它与青春的宴席并无缘，
它要求的是另一种幸福。
我听到不可信赖的号召，
我爱了——而那青春的梦幻
便从我惊异的眼前消亡。
从此黄金的日子已逝去，
从此就不敢有什么希望……

　　啊，亲爱的朋友，我问问你：
你何时听说、何时见过那
使人倾倒无法割舍的美？
你何时在心中设想过她？——
但是……她纯洁的心灵的美
真是无法用言语来形容。
啊，如果我能多少转达出
她的微笑，她奇妙的话声！
你哭了？……
　　　　　　但我到底为什么
激起了你关于她的回忆？
唉，我的爱情所遗留下的
只有这毫无期望的悲戚。

　　第145页　自"夜空的星辰已逐渐暗淡"至"他在徒然地渴望着自由"这十一行，原稿中是以下十五行：

夜空的星辰已逐渐暗淡，
沉睡的森林也逐渐显现，
在透明的远方隐约看出

高大的盖着白雪的群山。

白昼来临……他们就此分手。

朝霞把暑热的天际烧透。

黑夜之后来了新的黑夜，

跟着白昼来了新的白昼。

他已望不见爱人的身影。

他戴着脚镣在山中蹀躞，

眼睛也忘记了轻轻的梦。

沉思地在河岸上坐下来，

徒然地等待着机会逃跑；

深深的大河，水流得很急，

锁链很沉重，又戴着脚镣。

第 147 页　切尔克斯之歌(删去的最后一节)：

四

牧童吹着打猎用的风笛

把羊群赶上阴湿的河岸，

正午的太阳在蒸晒着他，

使他不由得在打起瞌睡。

他睡着了；可是手拿着箭，

河流的对岸来了车臣人。

第 149 页　"而那临别的长长的一吻/给爱情的结合打上烙印"之后：

这时候他们充分领略到

伲那种令人难耐的爱抚。

然后手挽着手走向河岸，

俄罗斯人就在这寂静中

突然跳进了怒吼的波浪。
迅速流逝的波浪荡漾着。
他充满活的希望和力量，
已经到达了对岸的山岩，
已经攀住了对岸的山崖……

这几行是根据检查官的要求改写的。等到普希金可以恢复原样的时候，他就把这几行完全抛弃掉。

强盗兄弟

长诗的两个计划

（Ⅰ）

长诗

　　晚上姑娘在哭，劝解，她哭，小伙子准备泅水离开；大尉——我们的阿塔曼在哪里——他们泅水去竭酒去了……

　　在阿斯特拉罕附近，击毁了商船；把别人的姘妇归为己有——有的疯了——有的新来的不爱他还寻死觅活——他就行起凶来——伙伴们——大尉出卖了他——

（Ⅱ）

　　Ⅰ.强盗，兄弟俩的故事，——

　　Ⅱ.阿塔曼，姑娘与他：他的冷淡 etc.①。伏尔加河上之歌，——

　　Ⅲ.商船，商人的女儿

　　Ⅳ.发了疯。

---

① etc.：拉丁文 et cetera 的缩写。意思是"等等"，"以及其他等等"。

一

摩尔达维亚之歌

我们弟兄俩——我们在一块儿长大成人，
我们在穷困中度过了烈焰似的青春……
但如饥似渴的激情占据了我们的心，
我们一块去进行第一次的抢劫杀人。

明亮的月光下照出了那高高的丘陵，
这时正好骑着马来了个胆怯的商人，
我们追上了他……………………，
我们第一次用鲜血洗涤我们的刀刃。

我们……后来慢慢地也习惯了杀人，
方圆左近的村庄开始害怕起了我们。

二

伏尔加河上，漆黑的夜里，
淡白的帆儿闪发着白光，
船尾后边留下一道深沟，
顺风轻轻地吹起了衣裳，
桨也不动，舵也好像入睡，
大胆的好汉们向前飘荡，——
停下来……………上尉
…………歌子…………

没有收入印行本的结尾部分的片段：

强盗说完后就沉默下来，
低垂下他那颗倔强的头，
而眼泪如像滚烫的河水
在严酷的脸上不住地流。
这时候伙伴们笑着说道：
"你哭了！算了吧，不要伤心，
我们活着：还要大吃大喝，
为什么老想着死去的人？
我们要款待朋友和乡亲！"
带把儿的杯子转了一圈，
静下来的谈话因喝上酒
马上就又变得有色有声，
人人有自己的一套故事，
人人夸他的枪百发百中。
喧闹，吵嚷。善良早已睡去：
在艰苦的日子它才觉醒。

巴赫奇萨拉伊的喷泉

长诗序曲

H. H. P. ①

> 我在实现你提出的希望，
> 开始写我答应过的故事。
> 当着我还在多少年以前
> 第一次听到这个传说时，
> 我就感到忧郁，热烈的心
> 因不禁的沉思变得阴霾，
> 但热烈的欢乐声音很快
> 又使阴郁的梦开心起来。
> 啊，我早先的活泼的年月，
> 那时已按照轻便的顺序
> 很快地变换着不同观感：
> 欢乐——改变为淡淡的哀愁，
> 悲伤——改变为突来的狂欢！

最初这部长诗还打算写成另外一种形式。早先打算的开头几行被保存下来：

一

> 很久以前，我陶醉于各种幻想，②

---

① H. H. P.，即尼古拉·尼古拉耶维奇·拉耶夫斯基（见《高加索的俘虏》"献词"注）。
② 这个片段原文采用五音步抑扬格。

曾经访问过这座寥落的宫殿。

二

基列伊沉思默默地坐在那里,①
贵重的琥珀烟管在嘴里冒烟,
阴郁的宫殿在他周围沉默着……

草稿中原有,最后文稿中删去的诗行:

第 228 页 "徘徊在这座寥落的后宫"之后:

或者只是某一个神秘的、
悲戚的爱情的甜蜜对象——
那时……但算了! 你们不在了,
一去不返的年月的幻想。
但是在冷却的心灵深处
你们的痕迹决不会消亡。

第 228 页 "在人世上宣布你的愚蠢!"之后:

你已在考验中逐步成长,
忘掉了早先年月的创伤,
忘掉那无耻的眼泪、回忆
和那抑郁的殷切期待的
难以忍受的痛苦的对象。

---

① 这个片段原文采用五音步抑扬格。

茨冈人

最初普希金打算以下列诗句作为题词：

我们的人呀爱和平,我们的少女爱自由,

在我们这里你何所求?

摩尔达维亚民歌。

在命运的风波中——像磐石般坚硬,

在爱情的激荡中——像落叶似轻浮。

维亚泽姆斯基公爵。①

第247页 "帐篷里是昏暗而又静寂"之后,原稿中有下列一个片段,最后文稿中未收。

纤弱的金斐拉在微睡着——

阿列哥眼中满含着喜悦,

怀中抱着刚出生的婴儿,

贪婪地听着生命的幽咽:

"请接受我这衷心的致意,②

爱情的孩子、自由的孩子,

带着宝贵的生命的赠礼,

无可估价的自由的赠礼!……

你就生活在这草原上吧;

在这里是不让偏见存在,

---

① 这两行诗引自维亚泽姆斯基《Ф. И. 托尔斯泰伯爵》一诗。

② 这是阿列哥向他儿子提出的愿望。普希金把长诗写完之后,于1825年1月写了这个片段。

在你奇异荒野的摇篮上
没有他们的过早的迫害；
自由地生长，没什么教训；
也没有管束人们的官厅，
不必用质朴无邪的放浪
去换取文明的道德沦丧；
在平静的忘怀的庇荫下
让穷苦的茨冈人的子孙
戒绝了文教的安乐生活
和华丽的学术上的纷纭，
而无忧的、健康的、自由的，
不知道什么谴责的虚荣，
但在生活上却十分满足，
不知道永远无尽的贫困。
不，任何尊敬的偶像面前
他从来不屈下他的双膝，
也不计谋着背叛的行为，
暗中却渴望复仇而战栗，——
我的孩子也不准备经尝
那么多……严酷的谴责，
他人的面包是多么干瘪，①——
用那么沉重的缓慢的脚
一步步走上他人的台阶；
也许，我远远离开了社会，
会剥夺我的公民的称谓，——
有什么用！——我要救救儿子，
而我倒也愿意，我的母亲
把我生在树林的丛莽中，

---

① 普希金引自但丁《神曲·天堂篇》第十七章第五十八行。

> 或在奥斯恰克的帐幕下，
> 或者就在山岩的裂缝中。
> 啊，遇过多少严厉的责难，
> 沉重的梦境，失望的心情，
> 那时候我还不认识人生，——
> 啊，多少…………………"

原稿中原有，普希金修改时删去的诗行：

第 236 页　"睡魔要把我带进了梦乡……"之后：

> 尽情地享受我的爱情吧，
> 在这安逸的夜的寂静中，
> 来吧，好人，我心情正酣畅，
> 愿你心如磐石，永不改动。

第 242 页　"闻不到春天草地的香味"之后：

> 要过夜用金钱可以买到，
> 人们都变得特别地古怪，
> 自由、淫荡和穷人的鲜血
> 都可以像商品似的贩卖。

第 254 页　"别哭吧：忧愁会伤害身体"之后：

> 或者你想起了你的家乡？
> 那里春天的日子更漫长？
> 那里田野的空气更甜美？
> 那里的姑娘们也更漂亮？

第 269 页 "可爱的玛利乌拉的芳名"之后：

狂人，为什么我没有能够
在荒原上同你们待下去？
为什么拿着往日的狂想
命运诱惑着我离开这里？

努林伯爵

原稿中原有，最后文稿中删去的诗行：

第 275 页 "法利巴太太学了点皮毛"之后：

> （这位太太拿破仑三世时
> 曾经做过外国语文教师）。

第 275 页 "妙在非常之长、长而又长"之后：

> 我的已经故世的姑妈的
> 纯洁的姑娘心爱的宝贝。

第 277 页 "还得把房门大大地敞开"之后：

> 因为一杯酒已提起精神，
> 比卡尔哼呀咳地搬皮箱，
> 两个仆人已经从前厅里
> 搬进螺丝已松的铁皮箱，
> 趁着全家都忙乱的时候，
> 等等。

第 281 页 "乘机讨几件穿旧的衣裳"及以下三行之后：

> 她经常骂她们的女邻人，
> 有时为失宠的仆人讲情，
> 但对全家人都常常怨谤，

需要的时候跟老爷大叫，

对夫人她竟也胆敢扯谎。

第 282 页　"睡不着。魔鬼也没有睡觉"之后：

努林辗转反侧——罪恶之火

把他烧得不知如何安排，

他全身沸腾了，如同茶炊，

女主人还没用她的纤手

把开关向着右边扭过来，

或者好像火山的喷发口，

或者好像风暴前的大海。

或者……类似的比喻多得很，

可以说是俯拾即是，——但是

我的制约的才能怕比喻：

比喻会损伤质朴的故事。

现在我们炽烈的主人公

在黑暗中更灵活地想象

女主人的会说话的目光

　　　　　　　　等等。

第 283 页　"一下就抓住可怜的猎物"之后：

公爵有个局部记忆器官，

根据佳里①提出来的标志

他在黑暗中和白天一样

能找到长沙发、窗户、门子。

他压抑呼吸使它不出声，

---

① 佳里（1758—1828），解剖学家，心理学说颅相学的建立者。

因火热欲念而焦急万分
（或者因恐惧）。地板在脚下
咯吱吱地响。他偷偷走进
她寂静的睡房。"她在这里
一定在急不可耐地等待，
要使她同意，这毫不困难！……"
他一看，不过这有点奇怪：
门关着！主人公抖抖索索
抓住了铜锁上的铜把手。

等等。

第 286 页　"刷平他那修剪过的鬈发"之后：

他该怎样过去见女主人？
不脸红吗？对她该说什么？
他想，就起身走了不好吗？
但马车的轮子还没修好。
这个样子是多么地尴尬！
使我这样难堪是谁的过？
可是这时候请他去吃茶。

等等。

波尔塔瓦

《波尔塔瓦》初版序言

波尔塔瓦战役是彼得大帝在位时一桩最重大、最幸运的事件。这次战役把他从危险的敌人手中解救出来;奠定了俄罗斯在南方的统治;保证了北方一切新的设施,证实了国家要取得成功,必须由沙皇来进行改革。

瑞典国王的错误成了家喻户晓的事。人们责备他轻举妄动,认为他进军乌克兰完全是冒失举动。当然,谁也无法得到批评家的满意,特别是在失败之后。不过,查理这次进军没有犯拿破仑的大错:他没有进犯莫斯科。他是否料到,经常不安的小俄罗斯不至于因为他们将军的例子的吸引鬼迷了心窍,起而谋叛建立不久的彼得的统治,莱文高特连续三天惨败,最后,国王亲自统率的两万五千瑞典人马从纳尔瓦城下逃跑? 彼得本人很久还在动摇不定,竭力避免大的战斗,**因为这是很危险的事**。查理十二在这次进军中比任何时候更不敢相信自己会得到幸运的结果:他的才能比彼得要差一截。

马泽帕是那个时期最出色的人物之一。某些作家想把他写成一个争取自由的英雄①,新的鲍格丹·赫美里尼茨基。历史却把他说成是个沽名钓誉,怙恶不悛,他的恩人沙莫伊罗维奇的阴险的、凶恶的毁谤者,他不幸的爱人的父亲的杀害者,在彼得胜利前是彼得的变节者,在他失败后是查理的出卖者。他被教会革出教门,终于逃不掉人类的唾弃。

有人在浪漫主义小说中把马泽帕描写成一个老奸巨猾的胆小鬼,在武装妇女面前吓得面色焦黄,却会发明各种精心的恐怖,倒是适宜于做法国传奇剧中的角色等等。最好是阐发并说明敢于反抗的将军的本性,而不要随心所欲地歪曲历史人物。

1829 年 1 月 31 日。

---

① 指雷列耶夫的长诗《沃伊纳洛夫斯基》。长诗受《波尔塔瓦》的影响很大,但对历史事件的阐述与普希金有很大不同。

　　长诗的献词是献给谁的,还不敢确定。在草稿上献词之后还有一句题词:我爱这个甜蜜的名字①。在很潦草的草稿上还可以看出下面这几行不完整的诗:

> 我说:你是我唯一的圣物,
> 没有你……世界只是
> 西伯利亚的寒冷的荒原。

把这里最后一行与献词中的"你的凄凉的阴郁的荒原"对照起来,Π. E. 谢戈列夫得出这样的结论:这是指尼·尼·拉耶夫斯基将军的女儿玛丽雅·沃隆斯卡雅(拉耶夫斯卡雅),她后来跟随她丈夫及十二月党人去了西伯利亚。Π. E. 谢戈列夫的论断还不敢认为是定论,因为"你的凄凉的阴郁的荒原"这个"荒原",与其说是地理的概念,还不如看做是一个比喻。

　　从印行的版本中删去的片段:

第 305 页　"仍然保有她往昔的形象"之后:

> 钟情于她的他把自己的
> 激情的希望、痛苦的低语,
> 还有沸腾的病弱的心灵
> 无保留地向她一人投去……
> 哪怕是仅仅看见她一次,
> 他便燃烧起疯狂的渴慕;
> 他不可能,同时也不想要
> 把她来蔑视,把她来憎恶。
> 但是他在模糊的思想中

---

① 原文为英文。

一旦要想象到了马泽帕，
那么粗野的狞笑会把他
整个面貌变成凶神恶煞。

第 352 页　"但是思想如旋风般旋转"之后：

"上帝啊，——她说——老太婆说谎；
那白发的好闹玩的老人
藏在炮塔中。我们去探视，
我们今后不再为他难过。
我们去，今天是什么节日！
人们奔跑着，人们唱着歌，——
我跟着他们去；谁也没有
把我来监视，我已经自由……
祭坛做好，在欢乐的野外
不是血……啊，不是！是流着酒。
今天是节日。已经赦免了。
未婚夫——并不是我的教父；
新娘子要去参加结婚礼，
父亲和母亲已把我饶恕……"
但突然低下疯狂的视线，
眼中充满了可怕的幻景，——

此外，手稿中有下列诗行，印行的版本中删去：

第 294 页　"爱情又抓住马泽帕的心"之后：

另外的一些秘密的关注，
也许，在他胸中筑下窠巢，
而他的心竟在这微睡中

慢慢地冒出了星星火苗。

第 296 页　"柯楚白很快地就已听到"之后:

> 我同马泽帕还有过争吵,
> 那狡猾的凶恶的老匹夫
> 将会忘掉了你——又找到了
> 另一个年轻的俊俏佳婿……

第 298 页　"请到了一位严厉的先生"以后:

> 瑞典的皇室,年幼时期的
> 大国的敌人,给他讲授过
> 艰难的课程、流血的课程,
> 关于这一些挫折的回忆
> 一代一代地将流传下去——
> 其中的一桩凄惨的回忆
> 就足以使别的民族悲痛。

第 305 页　"是谁在那星光与月色下"及以下若干行,初稿中采用了另一种格律。①

> 在那星光与月色下
> 一个武士骑马遄行,
> 在那无尽的草原上
> 马儿在拼命地飞奔——
> 他的道路指向北方,

————————————

① 采用了四音步扬抑格。用阴韵的诗行,每行八个音节;用阳韵的诗行,每行七个音节。译文每行八个字。

无论村庄、无论树林，
或者在急流的渡口
也不停下来解解困
他的军刀发着闪光，
他的钱袋叮当作响，
马儿在拼命地奔跑，
经过草原奔向北方。
金钱是他所必需的，
军刀是他忠实伙伴，
马儿对他更为宝贵
·······················

第307页 "经常地把他带出又带进"之后：

在叶纳拉尔的长老当中
他最凶地辱骂莫斯科人，
而且向上天控诉并要求
把往日的自由归还他们。

第346页 "注视着激烈进行的战争"之后：

他想着，以烈焰般的心灵
回忆着已经逝去的时日，
回忆着自己勇敢的娱乐、
年轻时期的生活的闲适。

塔济特

保存下来的两份草稿：

A. 长诗的计划

一

埋葬仪式

贵族和小儿子

Ⅰ——白天——鹿——邮车，格鲁吉亚商人

Ⅱ——鹰，哥萨克

Ⅲ——父亲把他赶出去。

青年与修道士

恋爱，被拒绝

战斗——修道士

二

1. 埋葬
2. 追荐的酒宴。基督教徒切尔克斯人
3. 商人
4. 奴隶
5. 凶手
6. 驱逐
7. 恋爱
8. 求婚
9. 拒绝

10. 传教士

11. 战争

12. 战斗

13. 死

14. 尾声

B. 长诗的人名草稿

加苏布——塔济希——楚……——塔纳斯

在原稿中有下列长诗未完部分的诗行：

但是这阴郁的老人抱着
怒意的成见听着他的话，
他摇了摇他的苍白的头、
挥了挥手，作出这样回答：
"谁要是不敢去参加战斗，
谁要是身体智力都不行，
谁要是不能为哥哥复仇，
谁要是比奴隶还要胆怯，
谁要是被父亲驱逐、诅咒……
……………………………

你也知道，丧心病狂的人
才会把自己爱女给了他！
你在故意折磨我的心智，
你是在胡扯，或者讲笑话。
去吧，快一点离开我的家。"
这样的义正词严的谴责
深深地刺伤了年轻的心，
塔济希走开了——从这时起，

> 他跟谁再也不交谈一句，
> 这不幸的人儿再也没有
> 把目光投向山中的少女。
> ······························

　　最初普希金打算用另一种格律写这部长诗,保存下来另一种格律写的开头几行:①

> 不是为了秘密商议，
> 不是为了夜间战斗，
> 不是为了朋友会见，
> 不是为了去闹新房，
> 阿代赫人夜里来到
> 老人家中··········
> 加苏布勇敢的儿子
> 是老人唯一的希望，
> 在塔塔尔图勃附近
> 在哥萨克枪下死亡。

---

　　① 采用了四音步扬抑格。用阴韵的诗行,每行八个音节;用阳韵的诗行,每行七个音节。

科隆纳的小房

原来序曲的草稿：

当人们毫不宽假地在咒骂我，
骂我的诗不对头——或没有用场，
豆要的大人物也在一再地说：
诗人的职责——并不是成天游荡，
永久的荣誉我未必能够取得，
吃酒是好,但酒后痛苦怎么样？
我早该是、早该是来洗心革面、
痛改前非的时候了,虽然很难。

* * *

刊物上愤怒地指出我的责任，
要我去赞美俄罗斯人的胜利，
要我写些奉承的诗句来歌颂，
写战争或者写波斯人的溃退，
俄国的卡米尔们、安尼巴尔们
英勇向前……………………

被删去的诗节：

在早先的文稿中第三节以后接着：

四

我们正在战争。年轻美人们呀！

你们，嘶哑人（嘶哑声已听不见），
你们能够击溃战斗的部队吗？
你们在波斯见过希尔万军团？
那些人！ 都是老头子，不在话下，
但他们却像是狼在羊群里边。
都呐喊着奔进了血的战斗里。
我可以把军团与八行诗相比。

五

南方的诗人们，这杜撰的祖先，
对八行诗什么奇迹创造不出！
但我们是畏葸的歌手，是懒汉，
琐事上把脚韵搞得一塌糊涂。
有力的范例对我们根本无缘，
我们不给自己征取新的疆土，
我们这个时代的娇嫩的诗人
只晓得要使自己的诗节平稳。

六

好啦，阴性和阳性的诗节都有！①
·····································

七

八行诗很难（采用狐狸的手段，
我可以这样地说，葡萄是酸的）。

---

① 此节与正文中的第四节相同。

我跟它在那巴那斯山的峰巅
离开已百年。——把我的敏捷部队
走快撤退回来是不是好一点？——
他们好容易把脚韵给弹唱起——
那就该想法要把这种八行诗
弹唱到底。俄罗斯的诗人可耻！

八

但我无论如何还不想退到那
四个音步的抑扬格，韵律太低。
六脚韵诗呢……跟它说句笑话吧：
我可忍受不了。亚历山大诗呢？……
我不是已经向它请教过了吗？
曲折的、急促的、冗长的、滑腻的，
甚至还有信子……真正是一条蛇？
我觉得我跟它倒还对付得了。

九

他是由精明的奶妈抚养成人——
（老成持重的布阿罗把他看管）
他循规蹈矩，被休止捆得很紧，
故意与那搽粉的诗律学为难，
自由的检查官才给他解了禁——
学问对他没有什么好处可谈：
Hugo① 跟伙伴们，自然的朋友们
让人们不休止也玩得很带劲。

---

① Hugo，雨果。

十

他跟以前的学校早已经离开，
他已倾心于完全不同的规程。
如同故世的机灵的若柯太太，
亚历山大诗，看它的全部内容，
有点松懈、感到压抑、跳跃轻快、
装腔作势，要很好的接骨医生——①
他们的怨言：坏蛋是否消灭尽？
怎样的浪子啊！这样胡搞的人！

十一

啊，诗人倡导者说过些什么话，
渺小不幸的蹩脚诗人的劲敌，
连你，拉辛，你不朽的模仿者啊，
描写怀春女子、皇帝的大手笔，
连你，伏尔泰，你骂街的哲学家，
连你，德里尔，巴那斯山的蚂蚁，
不管你们说什么，受这些魔力，
我们时代瞧不起你的诗和你。

---

① 最初这一节开始六行是：

如同玛林列（故世的若柯太太）
亚历山大诗，看它的全部内容
装腔作势、各节脱位。他跳跃在
那些已经涂过油漆的深林中——
急剧而且容易地破碎或摔坏，
要非常好的巴那斯接骨医生——

十二

> 我们这里不久前要驱逐出境
> （谁首先？——你可以问问《电报》杂志，
> 要好好儿地向他们打听打听——）
> 据说，它适宜于写碑铭和题词，
> 是的，它有时能装饰古代陵寝，
> 或客死他乡人坟上的大理石。
> 至于说我们今天流行的东西，
> 谢天谢地，与我无关，我会处理。

这几节八行诗曾用作一部已经毁掉的诙谐诗的序曲。

删去七至十一节后，普希金继续写下：

七

> 多惬意啊，按照编号、根据次序，
> ·…………………………………

八

> 在这里我们要稍微休息休息。
> ·…………………………………

九

> 这有什么关系？一个人总不能①

---

① 第七、八、九节与正文□的第五、六、七节相同。

· ·

十①

我是在说,快马！ 巴那斯的神马
· ·
一大群作家把自己的宿营地
从高高的山上搬到深谷沟底。

十一

那里在稠糊的、泥泞的、寒冷的、
黏性的污泥中爬、爬,爬个没完,
有的跟癞蛤蟆或青蛙在一起,
有的像虾倒退,有的像蛇蜿蜒……
但缪斯,不要对他们真个动气——
不然给你披上破烂的女坎肩,
对你不再像过去赞扬和倾倒,
而让你站到《北方蜜蜂》的屋角。

十二

或者莫斯科的杂志把你认为
虚有其表、行为不端、寡廉鲜耻,
或者《文学报》请你来,众目睽睽,
看你跟那些官老爷们打官司。
现在的时代就是要争论、吵嘴,
彼此见了面都成了语文教师,

---

① 第十节与正文中第八节除最后两行外,其余各行相同。

彼此倾轧、彼此砍杀、彼此排挤，
合唱队似的吹嘘自家的胜利。

十三

读者，你看看人们是什么东西，
但要从远处时而笑笑这些人，
时而笑笑那些人。站在角落里
讥笑那只知道尘世欢乐的人。
但自己远离人群……或对他们的
讪笑已经讲出去：朋友和敌人
联合起来对你大兴问罪之师，
投过他们的帽子来把你压死。①

十四

这时候我只好溜之大吉……因为
我不愿意在这里把名字留下。
有时候我让诗行急剧地转回，
显然，我不是第一个随便抓瞎，
以前怎么样？过去的不再追悔。
我不吹口哨走向那些批评家，②
如同古时的武士——遇上怎么办……
什么？我彬彬有礼请他们吃饭。

---

① "投过帽子把你压死"的意思是：(我们人多)把我们的帽子向敌人投去，就能把他们压倒。这是极端轻视敌人的意思。

② 《鲁斯兰与柳德米拉》第三章："我东跑西跑，并不惹别人，/但谁要惹我，我决不轻饶！"它的原文是："我东跑西跑，并不吹口哨，/但我要遇上，我决不轻饶！"

十五

朋友们满可以暂时把我视为
衰老的遍体鳞伤的饿狼一头，
或者视为一只小麻雀不会飞，
或者视为没见过世面的新手，
朋友们，我已进入你们的衣柜，
那个特殊的架板已经给搬走，
也许，我是第一个想把自己的
草稿簿子送进可怜的印刷所。

十六

假如轻便的面具下谁也不能
（起码是长久地）把我给认出来！
假如批评家根据自己的命令
把别人当作我，对我严惩不贷，
此后我就一定要竭力地鼓动
各种期刊都赶快收拾好下台！
但是算了，以后就能化险为夷？
我们人少。他们不会销声匿迹。

十七

可是大约他们不注意我们了，
所谓我们，是我和我的八行诗。
但是也该开始了。我已准备好
一个故事——我的玩笑到此为止，
要使得你们什么也等待不到。

我的舌头是敌人：它无所不知，
它已习惯了管自己胡说八道！……
弗利佳奴隶市场上舌头割掉。

十八

把它给煮熟了……（那位柯普先生
把它熏制了。）然后伊索把它又
端到餐桌上……又！我干吗要硬行
把伊索和他的熏制过的舌头
编入我的诗？全欧洲看得分明，
这里没有必要再把它去追究。
好不容易，我蹩脚诗人太冒失：
想要避开这种困难的八行诗。

铜骑士

长诗第一章手稿的个别片段：

第453页 "但他们生活得多么称心！"之后：

> 他想，大概再过两年以后
> 就能取得文官官阶；河水
> 一直在高涨，大雨还没有
> 停止，河上的大桥恐怕要
> 被淹掉，那样巴拉莎当然
> 会更为困难、更为可怜了……
> 这时心肠不由变得柔软，
> 如同诗人一样陷入沉思：
> "但为什么？为什么不可怜？
> 我没有钱，这是毫无疑问，
> 而巴拉莎呢，也没有财产，
> 那怎么办？我们该怎么办？
> 难道只有那些有钱的人
> 才能结婚？我们安排两间、
> 安排个小小的栖身之处，
> 床、两把椅子；盛菜的瓦罐，
> 我是当家人；还需要什么？
> 这样就满足我们的心愿；
> 夏天，礼拜日我跟巴拉莎，
> 我们二人到野外去游散；
> 求求人谋得一个小地位；
> 委托巴拉莎管我们家务，

以及教养孩子…………
　我们俩就这样地手携手
　白头到老，一直活到坟墓，
　我们的孙子把我们葬埋……"
他这样想着。但悲从中来……

第 456 页 "淹没在家里出不来的人"以后：

框密官一醒来走向窗户，
一看——省管区将军坐着船
在摩尔斯卡雅大街航行。
框密官发了呆："我的天哪！
快来，瓦纽沙！稍为停一停，
你看：从窗户里看到什么？"
"我看到：将军坐在小船上，
航进了大门，经过了岗亭。"
"天晓得？""是的，老爷。""是真的？"
"是真的，老爷。"将军在休息，
他要给他端茶："谢天谢地！
啖！伯爵一再给我发警报，
我想：我这大概是发疯了。"

此外，手稿中有下列诗行，印行的版本中删去：

第 452 页 描写叶甫盖尼的诗行中，原有以下的诗句：

他是一个不富足的官吏：
没有亲属，父母都已谢世，
脸色苍白，脸上满是麻子，
真是无亲无故、出身不明，

没有钱，因此也没有朋友，
不过他倒是首都的公民，
这样的人真是到处都有，
无论就肤色或就智慧说，
跟你们真也难以区别开。
同大家一样要求不严格，
跟你们一样总想着发财，
跟你们一样也穿着制服，
心上不高兴就抽起烟来。

第 455 页　"露台，面色忧郁又带惊慌"之后：

他说："沙皇没有办法管辖
上帝的不可抗拒的力量。"
他看着这个可怕的景象。
彼得的城早已经忘记了
一七七七年夏天的景象。①
···········很好记的年代：
那时叶卡捷琳娜还健在，
正就在一七七七这一年
至尊传位于她儿子保罗······

第 457 页　第一章最后一节从"而他仿佛是为邪术所迷"这一行起，草稿
中原来是这样：

而他仿佛是为邪术所迷，
他一动不动，仿佛是就和

---

① 彼得堡在 1824 年前历史上最大的洪水发生在 1777 年 9 月 10 日。亚历山大一世
就是诞生在这一年的 12 月 12 日。

　　两个石狮子紧钉在一起……
　　他毫无办法,不可能飞越
　　过大河! 雷雨在耀武扬威,
　　桥已经没有——人也看不见。
　　涅瓦河向广场猛冲而来。
　　这时不幸的他怒气冲天……
　　正对着他,大水上高仰起
　　他傲视一切的青铜头颅,
　　一个铜像骑在那铜马上
　　用他的不动的手静静地
　　指向疯狂的涅瓦河波浪……

在上边引过的关于枢密官的插曲之后,手稿中还有关于哨兵的插曲:①

哨兵

　　屹立在花园附近! 来不及
　　把哨兵撤回。就在这时候
　　暴风雨把树木打得歪斜,
　　波浪把树根也一直冲走……

---

　　① 哨兵站在夏园门口,哨兵跟岗亭一同被洪水冲走。经过冬宫时,哨兵看见亚历山大一世站在露台上,他还向皇帝行了军礼。

叶泽尔斯基

第一节　最初稿

在那阴沉的彼得堡上空
秋天的寒风把乌云驱散；
涅瓦在那愤怒的激流中
喧嚷着在翻滚。惊涛恶澜
像呼冤人心中怀着激愤，
向涅瓦河岸发出了轰鸣，
冲击整齐的花岗岩岸堤。
在那空中飞奔的云朵里
夜晚的星星还没有辉耀——
路灯照出了黄昏的气氛，
马路上卷起了阵阵飞尘，
狂暴的旋风阴郁地吼叫，
吹起夜行的妇女的大衣，
压低了哨兵呼唤的声息。

第二节　初稿

那时年轻的茹林独一人
坐在他的豪华的书房内，
那惨淡的神灯昏昏沉沉，
大风在窗外正肆虐发威，
城市沉闷的市声在荡漾，
豪雨打着那双层玻璃窗，
各种思绪使他沉沉欲睡——

炉火有气无力地还在煨，
他在那铁制的壁炉旁边
打盹……………………
而迷离的梦境在他面前
——交换着模糊的画面。

二稿

在这很晚的凄凉的时候，
在我站立的那个房子里，
拿着一截羊油制的蜡头，
向五层楼上简陋小屋里
走进一位穷苦的官员来。
但沉思着，很瘦，脸色苍白，
叹了口气，翻检着储藏室，
床铺、满是灰尘的小箱子，
好多纸掩盖在桌子上边，
柜子以及他各样的东西；
一切都安放得有条有理；
然后猛吸了他的雪茄烟，
脱掉衣服就睡到了床上，
盖上他穿了多年的大氅。

三稿

那时候沃林跑上了小楼，
沿着不太陡的台阶石磴
走到了他的关着的门口，
但绷起了面孔在拉门铃，
而急不可耐地摇撼门锁。

房门开开了——他非常恼火，
便把安德烈训斥了一场——
唠唠叨叨地走进了书房——
安德烈给他拿来两支蜡。
狗儿按照它自己的职责
叫了几声,过来服服帖帖
亲切地把它的两只前爪
搭到他肩上——跳下来它便
静静地卧到那桌子下边。

在前边正文第四节后接着：

五

那时正闹无领导的纷争,
时而波兰人、时而瑞典人
把我们凄惨的国土吞并,
罗斯灾难重重,火热水深,
当时在莫斯科恶人当路,
狡猾的叛徒萨尔蒂柯夫
正在跟敌人们进行谈判,
在那最凶恶的敌人中间
俄罗斯代表团在饿肚皮,
有一个尼日哥罗德女子
认为捍卫莫斯科是天职,——
在那个时候叶泽尔斯基
为了整体(及自己)的利益
突然改变了朋友和主意。

六

罗曼诺夫从庄严的杜马
接过了自己的王冠之时，
而在祖国的强大的国家
罗斯最后得到休养之日.
而我们的敌人也已归附，
这时候叶泽尔斯基家族
又取得最高位置和权力.
在当时彼得大帝宫廷里
其中的一人因为与一个
三子的关系被万剐凌迟，
另一个他的年轻的侄子
蒙恩只是逮捕，没有处决，
后来生活富足、恢复名誉，
他还娶了个荷兰的妇女.

七

彼得已晏驾了；国家形势
不安起来，仿佛在雷雨下，
用他的有力的铁腕使之
驯服下来的贵族和大家
又都各怀异志，蠢蠢欲动：
"让那过去的再重新复生，
丢掉不合身的短小大氅.
不，瑞典人是我们的榜样."
逝者如斯夫.彼得的遗迹
便是贵族们中间的灾难.

过去的一切不可能再现，
虚弱的打击早已经无力，
同样的帆在同样的大海
把俄罗斯送上新的时代。

八

叶泽尔斯基时而跟这个、
时而跟那个把关系搞坏，
对孟希可夫是气恨不过，
跟特鲁别茨基产生疑猜，
独裁者彼隆也已制服住
他那些争吵不休的家族，
而多尔戈鲁基公爵早就
在暗地里成了他的朋友。
马特威伊·阿·叶泽尔斯基
这个想不到的著名人物，
他相当聪明，手段又狠毒，
在上个世纪很有点名气。
他留下个儿子，是他所生，
就是我的主人公的父亲。

在正文第十五节后，接着：

他穿着一件旧的燕尾服，
默默地坐在他办公室里，
各种的思绪在心中沉浮，
修理或试用他的翎毛笔。
你们都知道，我这位官吏
是一位作家兼风流子弟；

他把他精心写出的文章
发表在那《竞赛者》刊物上。
他爱上麦善斯克的邻居，
年轻的里弗梁基雅姑娘。
她同母亲住着一所小房，
在不久以前她叔父授予
她一份遗产，生活还凑合。
叔父叫弗兰茨。这位叔父……

*　　*　　*

但是我就不向你们介绍
麦善斯克谱系了——要构思
我这部爱情中篇小说了，
暂且放一放，以后再开始。

在长诗的草稿中还有与各节有关的几个片段：

与第八、九节有关的：

我很惋惜，我们是新房子，
它的墙壁从外面看起来，
不是徽章盾牌、带剑狮子，
而只是些彩色的商业招牌，
我们的先人，我们的祖上
同元帅杖、玫瑰徽、金星章、
圆筒长衣、金色铠甲、假发
进行的流芳百代的谈话
没有辉耀在那框架上边
和灿烂的走廊的窗间壁，

只有些小商贩，我很惋惜，
用平淡无奇的讽刺诗篇
凌辱我们的神圣的古代
·····························

最后一节的另一稿：

我们在怀着无忧的怀念，
不知道封建生活的画面，
而在自己的世袭领地上
享受家臣们虔诚的奉养，
可惜我们把收入的一切
全部都委之于他人之手，
痛苦地在首都一年到头
拖着黑暗的奴隶的重轭，
可惜，看起来，没有什么人
向我们表示过一点谢忱。

未完的一节：

同时这是对拜伦的模仿：
是的，我的诗人拜伦勋爵
（正如同人们传说的那样）
由于他的诗歌天才的确
非常之富，所以有点自尊，
但是··············出生。
··············拉马丁
（我听说过）也是一个贵族，
南方——我不知道·········
·····························

. . . .

在俄国,贵族嘛,我们都是,
都是,除少数两三个以外,
我们没有把他们提出来。

童话诗

谷羽 译

新郎倌^①

商人的女儿娜达莎，
　　丢了三天不见踪影；
第三天夜里跑回家，
　　面色如土胆战心惊。
娜达莎的父母双亲
关切地把女儿盘问，
　　娜达莎颤抖又喘息，
　　对父母不听也不理。

母亲伤心父亲发愁，
　　很长时间为她忧虑，
到了后来不再担忧，
　　可也没探听出秘密。
娜达莎又像是从前

---

① 这篇童话诗普希金标明创作日期为 1825 年 7 月 30 日。最初发表于《莫斯科通报》
1827 年第 12 期。这篇童话诗采用巴拉达诗节，每节八行，韵律为四音步抑扬格，韵式为
ABABCCDD。童话的情节流传很广。诗人显然借鉴了德国格林兄弟的童话故事，不过，他
不是逐词逐句地翻译，而是加工改写，使故事具有俄罗斯的风格，并且改动和增加了某些
细节。

那样红润那样喜欢，
　　她又跟姊妹们一道
　　坐在大门外边说笑。

有一天少女娜达莎
　　陪着她的几个女友
坐在大门前边说话——
　　一辆雪橇驶过门口；
赶雪橇的是个青年，
三匹马都披着花毯，
　　那壮小伙乘着雪橇，
　　赶着马儿飞快地跑。

他朝娜达莎看了看，
　　娜达莎瞅了他一眼，
雪橇如风转瞬不见，
　　少女脸色变得凄惨。
娜达莎立刻跑回家：
　　"是他！我认出来啦！
　　抓住他，我的朋友！
　　准是他！别放他走！"

家里人听了都叹气，
　　一个个全都摇脑袋；
父亲说："我的好闺女，
　　你该把秘密说出来。
是谁欺负了你，说，
哪怕只说出个线索。"

娜达莎又开始哭泣，
　　抹着眼泪不再言语。

转天早晨媒婆登门，
　　这个媒人不请自到，
她向家长前来提亲，
　　张口就夸娜达莎好：
"您有珍宝我们相中，
有位小伙干练精明，
　　体格匀称机敏灵巧，
　　从不虚浮从不胡闹。

"家境富裕足智多谋，
　　从不对人低三下四，
身为贵族惯于享受，
　　日子过得无忧无虑；
他向新娘赠送珠宝，
还有一件狐狸皮袄，
　　宝石戒指金项链，
　　让她穿绸又穿缎。

"昨天经过贵府大门，
　　偶然看见您的姑娘，
问能不能向她求婚，
　　捧着圣像同去教堂？"
媒婆坐下品尝馅饼，
话儿说得八面玲珑；
　　只可怜待嫁的姑娘，

不知道往哪里躲藏。

父亲说:"我答应啦!
　　你来提亲一切顺利;
我的娜达莎已该出嫁,
　　独守闺房也太孤寂。
谁能一辈子老做姑娘?
花儿不能四季开放!
　　该当有个自己的家,
　　也好生养自己的娃。"

娜达莎背倚着墙壁,
　　仿佛想要说什么话,
忽然身体颤抖不已,
　　又哭又叫还笑哈哈。
惊慌的媒婆跑过来,
用冷水泼她的脑袋,
　　冷水剩下了小半碗,
　　捺住姑娘就往下灌。

全家慌乱又吵又闹,
　　娜达莎终于又苏醒,
"我听话,"她说道,
　　"你们的意志我尊重。
要请新郎前来赴宴,
面包烤得堆积如山,
　　要准备足够的蜂蜜,
　　还要请法官吃酒席。"

"娜达莎,我的天使,

　　为了让你觉得喜欢,

献出老命都不足惜!"

　　宴席丰盛,热闹非凡!

尊贵客人俱已到齐,

搀扶新娘也来入席;

　　女伴唱歌哭腔悲哀。

　　一辆雪橇奔驰而来。

新郎奖到,大家就座,

　　叮叮咚咚相互碰杯,

羹勺传递,一派欢乐,

　　许多宾客已经沉醉。

新郎倌

怎么啦,亲爱的朋友,

我的新娘子美如王后,

　　不吃不喝也不敬酒,

　　新娘子为什么发愁?

新娘子回答新郎倌:

　　"我来说说我的心事。

我的心情忧虑不安,

　　日日夜夜都在哭泣:

一场噩梦折磨着我。"

父亲问:"梦见了什么?

　　告诉我们,怎么回事?

说吧，我的好孩子！"

"我梦见，"她开口说，
　　"我走进了茂密森林，
天色已晚，一轮明月
　　刚刚钻出片片乌云；
我不知道该往哪里走，
一点人的动静都没有，
　　只有些杉树和赤松，
　　树冠摇晃呼呼有声。

"忽然之间如梦方醒，
　　眼前出现一座木房。
我去敲门，没人答应，
　　房子里面没有声响；
推开门我走进房屋，
屋子里面点着蜡烛；
　　只见满屋金银珠宝，
　　富丽堂皇明光闪耀。"

新郎倌
这预示你生活富裕，
　　你这梦有什么不好？

新娘子
不，少爷，梦还没完呢，
　　望着那些金银珠宝，
望着呢绒布匹和绸缎，

望着诺夫哥罗德地毯，
心里觉得万分惊奇，
三顾观赏，默默不语。

突然听见一阵呼叫，
马蹄声声越跑越近，
我急忙把房门关好，
躲在炉子后面藏身。
我听见了嘈杂声音……
进来十二个年轻人，
他们带来一个少女，
少女长得非常美丽。

拥进门来吵吵闹闹，
谁也不向圣像行礼，
坐在桌边也不祈祷，
头上帽子也不摘去。
大哥坐了头把交椅，
右首是他的把兄弟，
左边就是那位少女，
少女长得十分美丽。

喊叫哄笑，歌唱吵闹，
纵情酗酒，寻欢作乐……

新郎倌
这个梦有什么不好？
它意味着你会快活。

新娘子

不，少爷，梦还没完，
继续狂饮，吵闹呼喊，
　　酒宴喧腾一片欢乐，
　　只有少女心里难过。

默默坐着，不吃不喝，
　　止不住泪水往下掉，
大哥掏出刀来打磨，
　　嘴里不停地吹口哨；
他朝那少女看一看，
忽然揪住她的发辫，
　　这恶棍欺负那少女，
　　用刀子砍她的右臂。

新郎倌听了开口说：
　　"你说的这些真荒唐！
梦不可怕，别难过，
　　相信我，亲爱的新娘。"
她死死盯着他的脸。
"哪儿来的这个指环？"
　　新娘子忽然这样说，
　　一言出口震惊四座。

戒指滚动声音奇妙，
　　新郎颤抖脸色发白；
客人惶惑。法官宣告：

　　"把这个恶棍捆起来！"
恶棍被捕露出原形，
此后不久死于绞刑。
　　娜达莎到处受人称颂，
　　我们的歌就到此告终。

神父和他的长工巴尔达的故事①

从前有一个神甫，

呆头笨脑傻乎乎。

有一天这神父去赶集，

东瞧西看想要买东西。

巴尔达不知要往哪里去，

恰好和这位神父相遇。

"神父，你咋起得这么早？

什么事儿让你心急火燎？"

"我想找个长工，"神父回答说，

"能做饭、养马、干木匠活儿，

工钱嘛，还不能要得太多，

上哪儿去找这样的便宜货？"

巴尔达说："让我来替你干，

---

① 这篇童话诗 1830 年 9 月 13 日完成于波尔金诺，普希金生前未能发表。作品的素材是诗人的奶娘阿林娜·罗季翁诺夫娜在米哈伊洛夫斯克讲述的民间故事。1831 年夏天，普希金在皇村居住，曾经为果戈理朗诵过这首诗。1831 年 11 月 2 日，果戈理在给达尼列夫斯基的信中提到过此事。信中写道，普希金为他朗诵了一首和《鲁斯兰与柳德米拉》迥然不同、具有俄罗斯民间文学风格的童话诗。他还以赞美的口吻写道："这篇童话诗诗句没有格律，只有韵脚，美妙精彩，难以形容。"

保准儿勤快，让你觉得合算，
干一年只朝你脑门儿弹三下，
吃的嘛，有小麦粥也就凑合啦。"
神父心里犯开了琢磨，
伸出右手来摸一摸前额。
弹脑门儿可是轻重不同，
看起来也只好听天由命。
神父对巴尔达说道："好！
双方不吃亏咱们就成交。
你最好搬到我院子里来住，
好显示你勤快麻利的长处。"
巴尔达住到了神父家里，
晚上就在干草铺上休息，
吃饭，一个人能顶四个，
干活儿比七个人干得还要多；
天不亮他就起床把活儿干，
套上马，耕了一块田，
生好火，买东西，做饭，
煮鸡蛋，还要亲自剥鸡蛋。
神父太太对巴尔达赞不绝口，
神父的女儿常替巴尔达发愁，
"阿爸"是少爷对他的称呼，
除了熬粥，捎带他还当保姆。
只有神父不喜欢巴尔达，
从来就不肯也不愿心疼他。
他常为支付报酬的事伤脑筋，
时间飞快，付酬期限已临近，
他不吃不喝，睡不安宁，

脑门儿预先就觉得生疼。
神父对他的太太说道：
"如此这般该怎么好？"
这婆娘的脑瓜子转得快，
什么坏主意都想得出来。
神父太太说："耍个手腕儿，
我们就能躲避过这场灾难；
办不了的事让巴尔达去办，
要求他样样做得符合条件；
这一来你的脑门儿不挨弹，
我们打发他也不必花工钱。"
神父一听心里乐开了花，
他壮起胆子看看巴尔达。
"巴尔达呀，我的好长工，
快过来，有句话说给你听，"
神父大声叫，"魔鬼欠我的钱，
只要我不死它就得偿还，
这一笔收入实在好，
可已有三年没上交，
等你吃饱了小麦粥，
替我向魔鬼去征收。"
巴尔达也不跟神父多争辩，
拔腿就走，然后坐在海岸；
他动手搓成一条长长的绳，
绳子的一头儿泡在海水中，
老魔鬼忽然浮出了海面：
"巴尔达，你怎么来捣乱？"
"我要搅得大海起波涛，

让你们该死的魔鬼受不了。"

老魔鬼一听这话很丧气：

"为什么你跟我们过不去？"

"为什么？就为你们不还钱，

总也记不住已经说定的期限，

这一回我们可要开开心，

让你们这些狗东西头发晕。"

"好巴尔达，别把水搅浑，

很快你就能收到租金。

等一等，我派孙子来见你。"

巴尔达想："戏弄小鬼更容易！"

小鬼钻出海水喵喵叫，

听声音像是挨饿的小癞猫：

"你好呀，巴尔达乡巴佬，

你来把什么样的租金讨要？

我们从来没听说什么租金，

魔鬼们从不为欠债而伤心。

得，这样吧，你且听我说，

这算是我们俩先订的条约——

事后双方谁也不能够抱怨：

看谁能先绕着大海跑一圈，

谁就有权把那些租金拿去，

看那边布袋里装满了金币。"

巴尔达笑了笑，面带狡猾：

"这就是你想出来的办法？

你想跟我比一比，赛一赛，

你哪儿有我巴尔达跑得快？

支使来你这么一个小东西！

你先等一等我的小弟弟。"
巴尔达朝附近的森林走去,
捉了两只兔子装在布袋里。
巴尔达很快又走向大海,
找到那个小鬼进行比赛。
他揪住一只兔子的耳朵说道:
"三弦琴伴奏,你来舞蹈。
你这个小鬼还太年幼,
跟我比赛你不是对手。
要比赛不过是白费时间,
不如先跟我弟弟比比看。
一二三! 看谁跑得快!"
小鬼和兔子都奔跑起来:
那小鬼沿着海岸匆匆飞奔,
兔子呢,连蹿带跑回了森林。
小鬼绕大海跑了一大圈儿,
耷拉着舌头,仰着鬼脸儿,
越跑越近,他气喘吁吁,
爪子乱挠,浑身汗水淋漓,
心里想总算和巴尔达清了账,
不料巴尔达拍着弟弟的肩膀,
轻轻说:"我可爱的小弟弟,
你跑累了,真可怜! 快休息!"
小鬼一看吓得张口结舌,
夹起了尾巴,服服帖帖,
他用眼角瞥了那弟弟一眼,
然后说:"你等着,我去取钱。"
"倒霉!"小鬼见了爷爷说,

"巴尔达的弟弟赢了我!"
老魔鬼立刻琢磨新花招,
巴尔达大声吼叫起劲地闹,
掀起了惊心动魄的九级浪,
闹得大海浑浊直晃荡。
小鬼爬出来说:"住手吧,汉子,
我们这就把租金都交给你——
但是有条件。你看这根木棒!
请随便选个你喜欢的地方,
谁把这根木棒抛得更远,
就让他带走这一袋金钱。
怎么? 怕脱骱? 干吗等待?"
"我等的是那一片云彩:
我先把你的木棒扔到云彩上,
回头再跟你们这些魔鬼较量。"
小鬼吓坏了,回去见他爷爷,
说巴尔达太厉害他抵挡不过。
巴尔达又一次把大海搅动,
那根绳子让魔鬼胆战心惊。
小鬼又爬出来说:"你闹什么?
会把租金还给你,如果……"
"不!"巴尔达坚决地说,
"按次序这回说话轮到我,
要照我提的条件来比赛,
我定的题目你得做出来。
试试看,你的力气大不大?
那边有匹大灰马,看见了吧?
你去把那匹灰马高高举,

举着马走路走上半俄里，
举得走灰马，租金归你，
举不走灰马，钱由我拿去。"
那个小鬼真可怜，
低头就往马肚子底下钻，
只见他浑身紧张，
使出了全部力量，
举着马摇摇晃晃走了两步，
第三步摔倒在地蹬腿认了输。
巴尔达对他说："你真笨，
这点儿本事还来对付人？
一匹马，你双手举着走不了，
你瞧我，双腿一夹它就跑！"
巴尔达翻身上马疾速飞奔，
跑了一俄里沿途扬起灰尘，
小鬼吓了一跳回去见爷爷，
说巴尔达赢了他本领了不得。
魔鬼们急得团团转，
没办法只好凑够了钱，
让巴尔达把一袋金币扛在肩。
巴尔达一边走路一边叫，
看见巴尔达，神父吓一跳，
让太太快用身子护住他，
缩成了一团不敢再说话。
巴尔达找到神父拍了拍手，
交了租金，跟他要报酬。
倒霉的神父没办法，
只好把脑门儿伸给他：

巴尔运用力弹了弹，
神父蹦上了天花板；
巴尔运弹了第二下，
神父从此成了哑巴；
巴尔运再弹第三下，
老家伙变成大傻瓜。
巴尔运教训那个老东西：
"神父，今后别再贪便宜！"

母熊的故事①

在春天一个温暖的日子，

早晨的霞光照亮了天空，

从森林，从茂密的森林里，

走出来一头棕褐色的母熊，

还领着几只可爱的小熊，

它们东走走西看看，

想见见世面，显示一番。

母熊坐在一棵白桦树下，

几只小熊只顾自己玩耍，

它们在青草地上打滚儿，

互相打逗，比着翻跟斗。

没料到走过来一个汉子，

手里握着猎熊的铁叉，

一把尖刀别在腰带上，

---

① 这是一首未完成的童话诗，创作时间大约是 1830 年。手稿无标题，题目是后来由编辑加上去的。原诗无韵。这首诗的情节也借鉴了俄罗斯民间故事，其素材来源有两种可能，一是普希金在米哈伊洛夫斯克期间直接从农民口中听来的，二是从当时的童话故事书中读过类似的情节，然后加工写成童话诗。黑熊失去了母熊，很多野兽跑来帮助它，这种情节在俄罗斯古代民间故事中早已存在。

一条大麻袋在肩上搭。
母熊一眼瞧见
手握铁叉的汉子，
立刻就大声吼叫起来。
它呼唤自己的幼崽，
叫那几只傻乎乎的小熊。
哎，孩子们，熊宝宝，
你们别再玩耍，打滚儿，
别再翻跟斗，相互打闹。
没准儿那汉子来打我们。
别动，快到我背后躲避，
我决不把你们交给那汉子，
我要亲自把那个人……咬死！

———

几只小熊大吃一惊，
忙跑到母熊背后躲藏，
母熊用后腿站了起来，
它怒气冲冲，眼冒凶光。
那个汉子倒也机灵，
立刻冲向那一只母熊，
用铁叉刺中了熊的肚皮，
贴近肝脏，紧挨肚脐。
母熊跌倒在潮湿的土地，
汉子剖开了母熊的肚皮，
剖开了肚皮又剥了熊皮，
把几只小熊塞进了麻袋，

塞进了麻袋就往家里走。

————

"孩儿他妈，给你一样礼物，
这一张熊皮能值五十卢布，
看吧，再给你另一些礼物，
这三只小熊各值五卢布。"

————

并非在城市里谣言四起，
是森林里流传一个消息，
消息传给了一头黑熊，
说它的母熊已被人杀死，
那汉子剖开母熊的白肚皮，
剖开了肚皮还剥了熊皮，
把几只小熊塞进麻袋里。
黑熊听了当时挺伤心，
垂下脑袋，吼叫起来，
它为自己的母熊哭叫，
为深褐色的母熊悲哀。
"你呀，我亲爱的母熊，
你抛下了我再也不管，
我孤孤单单多么悲伤，
我这么倒霉有谁可怜？
我和你呀，我的熊太太，
再也不能快乐地游玩，

再也不能够生养小熊，
再也不能摇晃着幼崽，
摇晃着幼崽哄它们睡眠。"
这时候聚集了许多野兽，
都来见这位高贵的黑熊，
庞大的野兽陆续走来，
矮小的野兽迅速跑来，
跑来了一只尊贵的狼，
它长着会咬人的牙齿，
它的眼睛里冒着凶光，
走来了会做生意的海狸，
这海狸的尾巴又粗又长。
飞来的燕子是贵族小姐，
赶来的松鼠是位贵夫人，
还来了只狐狸是秘书，
它的丈夫当财务主任，
来了旱獭这修道院长，
这旱獭的住处靠近谷仓。
跑来了当差的小兔子，
这兔子的毛白中带灰，
还来了当酒保的刺猬，
这刺猬总是蜷着身子，
老是竖着尖尖的刺儿。

关于萨尔坦皇帝，关于他的儿子—— 荣耀而威武的勇士格维顿·萨尔坦诺维奇 公爵以及美丽的天鹅公主的故事①

三个少女坐窗前，
天色已晚纺纱线。
"万一我能当皇后，"
一个姑娘开了口，
"我愿设宴摆酒席，
天下人来随便吃。"
"万一皇后由我当，"
她的妹妹接着讲，
"我愿纺纱多织布，
足够天下做衣服。"
"万一皇帝选中我，"
小妹应声这么说，
"我为皇帝万岁爷，
生个勇士让他乐。"

---

① 这篇童话诗标明完成日期为 1831 年 8 月 29 日，写于皇村。后收入 1832 年出版的《普希金诗集》第三部分。诗人流放普斯科夫省米哈伊洛夫斯克期间，他的奶娘阿林娜·罗季翁诺夫娜曾给他讲过萨尔坦皇帝的故事，普希金作了详细记录，后加工成诗。原作采用四音步抑扬格，诗句押相邻韵，韵式为 AABBCCDD。译诗效仿原诗形式，以求再现其音乐性。

一句话儿刚落音，
咯吱一声开了门，
皇帝迈步进了屋，
那个国家他做主。
姊妹三个闲聊天，
他就站在围墙边。
小妹刚才表心愿，
皇帝听了最喜欢。
"你好呀，小美女，
我的皇后就选你，
等到今年九月底，
生个勇士我欢喜。
还有你们两姊妹，
一同进宫去奉陪，
你们两个随我走，
陪伴姊妹不分手，
一个纺纱又织布，
一个做饭去当厨。"

皇帝走到门廊里，
大家起身进宫去。
皇帝原是急性人，
当天夜晚就结婚。
盛宴坐定萨尔坦，
年轻皇后坐旁边；
随后客人与贵宾，
欢欢喜喜送新人，
送上新婚象牙床，

只留新人在洞房。
厨房大姐生闷气，
纺线二姐在哭泣——
姐妹两个都妒忌，
妒忌皇后好福气。
皇后娘娘正年轻，
做事麻利好性情，
当夜她就有了喜。

当时恰逢战事急，
告别皇后要出征，
皇帝跨马将启程，
嘱咐娘娘多保重，
珍惜皇帝一片情。
征战边关萨尔坦，
厮杀日久又凄惨；
皇后临盆进产房，
生个皇子大又壮。
皇后爱护这幼婴，
就像雌鹰爱小鹰；
派了信使去送信，
好让皇帝也开心。
狠心厨娘纺织妇，
还有一个老丈母，
想把皇后来谋害，
下令捉起信使来，
信使另派一个人，
重新写了一封信：

"皇后夜里已生育，
生的非男也非女，
不是青蛙不是鼠，
不知是个啥怪物。"

信使带信来禀报，
皇帝看信吓一跳，
半信半疑怒冲冲，
要把信使上绞刑；
转念一想消了气，
命令信使传圣谕：
"等待皇帝返京都，
到时依法再惩处。"

信使带着这旨令，
星夜骑马回京城。
狠心厨娘纺织妇，
还有那个老丈母，
截住信使又捣鬼，
用酒把他灌个醉，
抢了信使公文包，
偷换圣旨做手脚。
酒气熏醺这信使，
传了一道假圣旨：
"皇帝指令众贵族，
即刻动手莫延误，
速将皇后与怪胎，
秘密处置投入海。"

各位贵族没法办，
埋怨皇帝萨尔坦，
同情皇后正年轻，
大家一起进皇宫。
宣告皇帝有圣旨，
皇后母子命悲凄，
圣命难违大声念，
立刻执行不拖延，
备好一只大木桶，
皇后母子装桶中，
桶上涂了油一层，
用力一推就滚动，
滚入大海漂入洋，
据说皇帝愿这样。

蓝色夜空闪星光，
蓝色海洋翻波浪，
天上云朵在飘游，
海上木桶顺水流。
苦命皇后像寡妇，
坐在桶里呜呜哭。
桶中婴儿使劲长，
一个时辰一个样。
皇后哭了整一天，
皇子催促波浪翻：
"海浪呀我的海浪！
你在自由地游荡；
你总是随心所欲，

拍击海里的礁石，
你能够淹没海岸。
你善于托起海船，
别吞没我与皇母，
把我们冲向大陆！"
海浪听从这命令，
立刻推动大木桶，
晃晃悠悠到陆地，
海潮悄悄退回去。
皇后母子已脱险，
感觉木桶停在岸。
但是谁能开木桶？
莫非只能等神灵？
皇子挺身站起来，
他用脑袋顶桶盖，
浑身上下有力量，
说在桶上开个窗，
说完用力猛一撞，
撞个窟窿见了亮。

母子两个得自由，
看见荒野有山丘，
四周大海翻碧波，
山丘橡树绿婆娑。
儿子忽然一闪念，
娘俩应该吃顿饭。
折断树枝弯成弓，
形状弯曲如彩虹，

十字架上解丝绳，
拴在弓上紧绷绷，
削根芦苇做成箭，
这支苇箭利又尖，
走到海滨峡谷地，
他把禽兽来寻觅。

步行刚刚到海滨，
忽听哀鸣与呻吟……
看来大海不太平，
眼瞅惨剧要发生：
水中天鹅在挣扎，
头顶老鹰攻击它；
可怜天鹅拍翅膀，
海水浑浊噼啪响……
老鹰铁爪已伸开，
嗜血尖喙啄下来……
恰在此刻利箭鸣，
老鹰脖颈被射中——
鲜血染得海水红，
皇子放下那张弓；
只见老鹰落大海，
哀叫声声好奇怪，
天鹅围着老鹰转，
啄得凶鹰直叫唤，
欲把强敌快击毙，
翅膀击打鹰沉底。
随后天鹅对皇子

娓娓动听说俄语：
"皇子是我救命星，
是你帮我脱险境，
为我请你别难过，
该有三天要挨饿，
大海吞没你的箭，
虽有损失不遗憾。
我将好好报答你，
今后愿为你效力：
获救并非白天鹅，
是个少女被救活，
射死落水不是鹰，
它是一个老妖精。
你的恩情忘不了，
有事随时把我找。
现在你该往回转，
安安稳稳睡一晚。"

天鹅展翅已飞走，
剩下皇子和皇后，
溜溜饿了整一天，
空着肚子就睡眠。
一觉醒来睁开眼，
夜晚梦幻俱驱散，
突如其来吃一惊，
眼前出现一座城，
白色城墙特壮观，
密密垛口紧相连，

城里座座大教堂，
圆圆拱顶闪金光。
皇子忙把娘叫醒，
皇后看了也吃惊！……
皇子又惊又喜说：
"准是天鹅安慰我！"
母子两个走近城，
刚刚迈进城门洞，
四面八方钟声鸣，
叮叮当当震耳聋：
人们拥来齐欢迎，
宗教诗班唱圣灵；
显贵乘坐金马车，
纷纷出动来迎接；
欢呼声声响又亮，
拥戴皇子做国王，
黄金王冠戴头顶，
百姓叩拜愿服从；
就在这座都城里，
征得皇后她允许，
当天大公就上任，
号称公爵格维顿。

海上风儿轻轻吹，
吹动船儿快如飞；
海船鼓起片片帆，
疾速穿行浪涛间。
船上客商挤成片，

站在甲板赏奇观，
这座小岛本熟悉，
如今忽然见奇迹：
一座新城金灿灿，
码头坚固带栏杆——
忽听码头排炮响，
命令海船快靠港。
靠港停泊众商客，
应邀上岛见公爵，
公爵设宴待嘉宾，
有吃有喝有问讯：
"客商贩运什么货？
如今要去哪一国？"
众位客商齐声说：
"我们走遍全世界，
经营玄狐与紫貂，
漂洋过海生意好；
现在航船已误期，
航行欲往东方去，
船从布扬岛边过，
驶向萨尔坦王国……"
公爵祝福众客商：
"一路顺风过海洋！
见到皇帝萨尔坦，
替我致敬问平安！"

客人登船已起航，
岸上公爵心悲伤，

目送帆船已走远，
忽见海水碧波间，
游来一只白天鹅。
"你好，我的公爵！
默默不语脸阴沉，
何事忧烦不顺心？
如此愁闷为什么？"
天鹅开口对他说。
公爵悲伤回答道：
"心中忧愁真烦恼，
苦闷压倒年轻人，
梦牵魂绕想父亲。"
天鹅劝告公爵说：
"原来为此受折磨！
我有法术让你变，
可愿飞行追海船？
飞上海船去藏身，
你该变成小蚊蚊。"
天鹅说罢拍翅膀，
拍得海水哗哗响，
水花溅到公爵身，
从头到脚湿淋淋。
身子收缩小无比，
变成蚊蚊真新奇！
蚊子嘤嘤向前飞，
飞过海浪把船追，
轻轻落到海船上，
找个缝隙把身藏。

风儿欢快呼呼响，
船儿欢快穿海浪，
船从布扬岛边过，
驶向萨尔坦王国，
昼思夜想盼家乡，
家乡遥遥已在望。
客商弯船上了岸，
拜见皇帝萨尔坦，
跟随客商飞进宫，
小小扛蚊真英勇。
只见宫殿金光闪，
皇位端坐萨尔坦，
一顶皇冠头上戴，
心事重重不愉快；
狠心厨娘纺织妇，
还有一个老丈母，
挨着皇帝坐一边，
巴巴望着他的脸。
邀请客商入了座，
皇帝询问他们说：
"贵客乘船可长久？
意欲何方去周游？
海外生涯可艰辛？
有何奇谈与趣闻？"
众位客商回答说：
"我们走遍全世界，
海外生活还不赖，

有件事儿真奇怪：
海上本有一座岛，
难以停船特陡峭；
原是荒无人烟处，
只有一棵小橡树；
如今出现一座城，
新城里面有王宫，
教堂拱顶金晃晃，
还有花园和楼房，
岛国公爵格维顿，
特意拜托问候您。"
皇帝觉得确实怪，
说道："只要我健在，
定赴宝岛去访问，
见见这位格维顿。"
狠心厨娘纺织妇，
还有那个老丈母，
不放皇帝出宫门
前往宝岛去访问。
冲着同伙使眼色，
狡猾厨娘开口说：
"一座城市海中立，
这事说来够新奇！
须知更有怪中怪，
林中松鼠跳出来，
站在枞树唱支歌，
不时还把榛子嗑，
嗑的榛子特稀奇，

个个都是黄金皮，
果仁全是绿宝石，
这才算是真奇迹！"
皇帝听了很惊异，
公爵听了生闷气——
它朝焗娘飞过去，
叮了她的右眼皮，
厨娘疼得脸发青，
顷刻变成独眼龙，
她的同伙与仆人，
连呼带叫捉蚊蚊。
"你这蚊子真该死，
我们一定抓住你！……"
蚊子穿窗飞出去，
飞过大海回领地。

公爵漫步大海边，
凝视海水一片蓝；
只见海面漾碧波，
游来一只白天鹅。
"你好，我的公爵！"
天鹅开口这样说，
"默默不语脸阴沉，
何事忧伤不顺心？"
公爵听了回答道：
"心中郁闷真烦恼！
我想目睹奇中奇，
据说有座森林里，

有只松鼠很奇怪，
能从枞树跳出来，
站在树枝能唱歌，
不时还把榛子嗑，
嗑的榛子特稀奇，
个个都是黄金皮，
果仁全是绿宝石，
不知此事可属实？"
天鹅告诉公爵说：
"松鼠之事没有错，
这一奇迹我了解，
算了吧，亲爱的，
无须伤心与烦恼，
我愿为你来效劳。"
公爵听了心高兴，
回转城里进王宫，
刚刚跨进宫门院，
眼前忽然见奇观：
高高一棵大枞树，
枞树枝头有松鼠，
当众正在嗑榛子，
榛子个个黄金皮，
嗑出果仁绿翡翠，
果皮分成一堆堆，
摆得均匀又妥当，
边吹口哨边歌唱，
在花园，在菜畦，
它为人们唱小曲，

乐了公爵格维顿。
"谢谢你的一片心!"
公爵心里这样说,
"感谢你呀好天鹅!
神把欢乐赐给我,
但愿天鹅也欢乐!"
公爵为这小松鼠,
搭了一座水晶屋,
派了卫兵来值班,
派了管事来看管,
榛子要仔细数,
数过之后记账目,
公爵自然得宝物,
美好名声归松鼠。

海上风儿轻轻吹,
吹动船儿快如飞,
海船鼓起片片帆,
疾速穿行浪涛间,
驶过陡峭岛一座,
岛屿上面有城郭;
忽听码头排炮响,
命令海船快靠港。
靠港停泊众商客
应邀上岛见公爵,
公爵设宴待嘉宾,
有吃有喝有问讯:
"客商贩运什么货?

如今要去哪一国?"
众位客商齐声说:
"我们走遍全世界,
漂洋过海贩马匹,
都是顿河好马驹,
现在我们已误期,
航行要往东方去,
船从布扬岛边过,
驶向萨尔坦王国……"
公爵祝福众客商,
"一路顺风过海洋!
见到国王萨尔坦,
替我致敬问平安,
就说公爵格维顿,
爱戴皇帝表真心!"

面对公爵三鞠躬,
客商登船又航行。
公爵走到大海边,
天鹅戏水在游戏。
公爵心中暗祈求,
渴望故地再重游……
天鹅再次拍翅膀,
拍得海水哗哗响,
水花溅上公爵身,
从头到脚湿淋淋;
忽然变成小苍蝇,
嗡嗡展翅就飞行,

天海之间追上船，
找个缝隙往里钻。

风儿欢快呼呼响，
船儿欢快穿海浪，
船从布扬岛边过，
驶向萨尔坦王国——
昼思夜想盼家乡，
家乡遥遥已在望，
客商哥船上了岸，
拜见皇帝萨尔坦，
跟随客商飞进宫，
小小苍蝇真英勇，
只见宫殿金光闪，
皇位端坐萨尔坦，
一顶皇冠头上戴，
心事重重不愉快；
纺织妇，老丈母，
独眼厨娘爱嫉妒，
挨着皇帝身边坐，
就像三只癞蛤蟆。
皇帝款待众商客，
客人入席皇帝说：
"贵客航行可长久？
欲往何方去周游？
海外生涯可艰辛？
有何奇谈与趣闻？"
众位客商回答说：

"我们走遍全世界，
海外生活还不赖，
有件事情实在怪：
有座岛在大海中，
海岛上面有座城，
教堂拱顶金闪闪，
还有楼房与花园；
宫殿前面长枞树，
树下有座水晶屋，
水晶屋里住松鼠，
可真是个稀罕物！
这只松鼠会唱歌，
不时还把榛子嗑，
那些榛子也稀奇，
个个都是黄金皮，
果仁全是绿翡翠，
国王派人来守卫，
还派奴仆伺候它，
附带还要派管家，
榛子数目数不清，
军队都向它致敬；
榛子金皮做金币，
流通世界散各地；
少女采集绿翡翠，
收藏起来做储备；
岛上人人都富足，
小屋搬进宫殿住；
岛国公爵格维顿，

特意恳托问候您!"
皇帝觉得很奇怪,
就说:"只要我健在,
定赴宝岛去访问,
见见公爵格维顿。"
狠心厨娘纺织妇,
还有那个老丈母,
不放皇帝出皇宫,
访问海岛难成行。
纺织妇人偷偷笑,
看着皇帝开口道:
"这有什么夸新奇?
不过松鼠嗑宝石,
嗑出金皮堆成堆,
还能嗑出绿翡翠。
这些我们不稀罕,
也许是人瞎胡编。
世上奇事有一件,
大海激荡起波澜,
翻腾呼啸声震天,
扑向荒凉沙石滩,
汹涌澎湃浪飞溅,
浪涛拍击岩石岸,
勇士三十又三名,
盔甲连环火样红,
人人英俊又勇猛,
个个魁梧正年轻,
个头整齐似挑选,

黑海之王来操练。
这个奇迹不寻常，
说出口来胆气壮！"
皇帝听了很惊异，
公爵听了生闷气，
它朝姨娘飞过去，
咬了她的左眼皮，
纺织妇人脸发青，
"哎哟哎哟"叫连声，
顷刻变成独眼龙，
人们喊叫逮苍蝇：
"快抓快抓快快抓，
赶快抓住打死它！……"
公爵已经飞窗外，
飞过大洋飞过海，
心里平静又欢喜，
飞上岛屿回领地。

公爵漫步大海边，
凝视大海一片蓝，
只见海面漾碧波，
游来一只白天鹅。
"你好，我的公爵！"
天鹅开口这样说，
"默默不语脸阴沉，
何事忧伤不顺心？"
公爵听了回答道：
"心中烦闷真苦恼，

听说一事很新奇，
盼望重现我岛屿。"
"请问何事堪称奇？"
"据说大海风浪起，
波浪翻腾声震天，
扑向荒凉沙石滩，
汹涌澎湃浪飞溅，
忽然冲上岩石岸，
勇士三十又三名，
盔甲连环火样红，
人人英俊又勇猛，
个个魁梧正年轻，
个头整齐似挑选，
黑海之王来操练。"
天鹅国答公爵说：
"原来为此心不悦？
亲爱的，莫烦恼，
这件奇事我知晓。
海上勇士无人敌，
都是我的亲兄弟。
回去吧，别难过，
等候兄弟来做客。"

忘了忧伤往回走，
公爵进城坐塔楼，
面向大海用目望，
大海蓦然起波浪，
翻腾呼啸声震天，

海浪汹涌扑上岸，
勇士三十又三名，
盔甲连环火样红，
勇士列队排成行，
领队就是黑海王，
银须银发好威风，
率领勇士要进城。
公爵急忙下塔楼，
迎接贵客奔码头；
人们跑来齐迎接，
领队禀报公爵说：
"海上天鹅有旨意，
指派我们来见你，
责令勇士来巡行，
守卫这座光荣城。
从今往后每一天，
我们准时登海岸，
环绕城墙来巡逻，
保证尽职又尽责，
回头我们再相见，
现在须回波涛间，
陆地干燥不好受。"
话刚说完往回走。

海上风儿轻轻吹，
吹动船儿快如飞，
海船鼓起片片帆，
疾速穿行浪涛间，

驶过陡峭岛一座，
岛屿上面有城郭，
忽听码头排炮响，
命令海船快靠港。
靠港停泊众商客，
应邀上岛见公爵，
公爵设宴待嘉宾，
有吃有喝有问讯：
"客商贩运什么货？
如今要往哪一国？"
众位客商齐声说：
"我们走遍全世界；
经营纯金与纯银，
纯钢宝剑也贩运，
现在我们已误期，
航行要到东方去，
船从布扬岛边过，
驶向萨尔坦王国。"
公爵祝福众客商：
"一路顺风过海洋！
见到皇帝萨尔坦，
替我致敬问平安，
就说公爵格维顿，
爱戴皇帝情意真。"

面对公爵三鞠躬，
客商登船又航行；
公爵走到大海边，

天鹅戏水在游玩。
公爵心中暗祈求，
但愿故地再重游……
天鹅再次拍翅膀，
拍得海水哗哗响，
水花溅上公爵身，
从头到脚湿淋淋，
身体缩小变了形，
变成一只小蜜蜂，
蜜蜂嗡嗡往前飞，
飞过海浪把船追，
轻轻落在海船上，
找个缝隙把身藏。

风儿欢快呼呼响，
船儿欢快穿海浪，
船从布扬岛边过，
驶向萨尔坦王国，
昼思夜想盼家乡，
家乡遥遥已在望。
客商离船上了岸，
拜见皇帝萨尔坦，
跟随客商飞进宫，
小小蜜蜂真英勇。
只见宫殿金光闪，
皇位端坐萨尔坦，
一顶皇冠头上戴，
心事重重不愉快；

狠心厨娘纺织妇，
还有那个老丈母，
挨着皇帝坐一边，
三人瞪着四只眼。
皇帝款待众商客，
客人入席皇帝说：
"贵客航行可长久？
欲往何方去周游？
海外生涯可艰辛？
有何奇谈与趣闻？"
众位客商回答说：
"我们走遍全世界，
海外生活还不赖，
有件事情实在怪：
有座岛屿在海中，
岛屿上面有座城，
每天奇迹都出现：
大海突然波澜翻，
翻腾呼啸声震天，
海浪扑向荒沙滩，
汹涌澎湃浪飞溅，
浪涛拍击岩石岸，
勇士出海三十三，
盔甲连环金光闪，
人人英俊又年轻，
个个魁梧又勇猛，
个头整齐似挑选，
黑海之王来操练，

带领勇士登海岸，
成双成对真壮观，
他们组成巡逻队，
岛国京城做守卫，
卫队忠勇最可靠，
普天之下再难找，
岛国公爵格维顿，
特意拜托问候您！"
皇帝觉得很奇怪，
就说："只要我健在，
定赴宝岛去访问，
见见公爵格维顿。"
厨娘姊妹没吱声，
丈母听了不高兴，
冷笑一声发了话：
"这有什么该惊讶？
不过几个海上兵，
来来往往在巡行！
这事真假费猜疑，
我看不能算神奇。
此事蹊跷不可信！
有个传闻真动人：
海外有位俏公主，
人人见了都爱慕，
白天风采赛阳光，
夜晚容颜似月亮，
眉毛弯弯发辫美，
眼似星星放光辉，

公主高贵又端庄，
就和孔雀一个样。
说出话来很动听，
如同淙淙溪水声。
这事才算奇中奇，
传闻真实有凭据。"
聪明客商不作声，
不想跟她去论争。
皇帝觉得很惊异，
皇子听了生闷气，
但他可怜老外婆，
不愿往她眼上蜇，
绕她盘旋嗡嗡响，
径直落在鼻梁上，
冲着鼻子蜇一下，
立刻肿个大疙瘩。
又是闹来又是嚷：
"上帝哟，快帮忙！
抓住它，救命呀！
快快抓住捻死它！……"
蜜蜂已经飞窗外，
飞过大洋飞过海，
心里平静又欢喜，
飞上岛屿回领地。

公爵漫步大海边，
凝视海水一片蓝，
只见海面漾碧波，

游来一只白天鹅。
"你好，我的公爵！"
天鹅开口这样说，
"默默不语脸阴沉，
何事忧伤不顺心？"
公爵听了回答道：
"心中烦闷真苦恼。
我看人们都结婚，
唯独我还没成亲。"
"你相中了什么人？"
"有凭有据有传闻：
世上有位俏公主，
人人见了都爱慕，
白天风采赛阳光，
夜晚容颜似月亮，
眉毛弯弯发辫美，
眼似星星放光辉，
公主高贵又端庄，
就和孔雀一个样。
说出话来很动听，
如同淙淙溪水声，
不知是真还是假？"
公爵焦急等回答。
天鹅无语先沉默，
沉思片刻这样说：
"世上确有这少女，
娶妻不是穿衬衣：
不能任意脱下来，

穿过以后就抛开。
我有一言奉劝你，
凡事都该细考虑，
考虑相配不相配，
免得日后再反悔。"
公爵对天先起誓，
说他已经该娶妻，
关于结婚这件事，
已经反复想周密。
娶妻必娶俏公主，
满腔喜爱与倾慕，
走遍每角与天涯，
发誓定要找到她。
天鹅听了叹口气：
"何必要到天涯去？
近在眼前认不得，
那位公主就是我。"
说完天鹅拍翅膀，
腾空飞越万顷浪，
又从空中落海岸，
灌木丛里摇身变，
抖落浑身白羽毛，
显现公主真容貌：
眉毛弯弯发辫美，
眼似星星放光辉，
举止高贵又大方，
就像孔雀一个样；
说起话来很动听，

如同淙淙溪水声。
公爵拥抱俏公主，
公主紧偎他胸脯，
然后他就带领她，
一同去见亲妈妈。
公爵跪下请求说：
"恳求母后允许我，
我为自己选娇妻，
她当女儿侍奉你，
恩准我们做夫妇，
也为我们来祝福，
祝福你的下一代，
终生相亲又相爱。"
两人恭顺低下头，
母后圣像捧在手，
话语伴着泪水流：
"孩儿必受神保佑！"
公爵勿须多准备，
就和公主成婚配，
夫妻生活挺恩爱，
只盼生个小乖乖。

海上风儿轻轻吹，
吹动船儿快如飞，
海船鼓起片片帆，
疾速穿行浪涛间，
驶过陡峭岛一座，
岛屿上面有城郭；

忽听码头排炮响，
命令海船快靠港，
靠港停泊众商客，
应邀上岛见公爵，
公爵设宴待嘉宾，
有吃有喝有问讯：
"客商贩运什么货？
如今要去哪一国？"
众位客商齐声说：
"我们走遍全世界，
贩运一些违禁品，
没有白白受艰辛。
如今要到东方去，
航程还有数百里，
船从布扬岛边过，
驶向萨尔坦王国。"
公爵祝福众客商：
"一路顺风过海洋！
见到皇帝萨尔坦，
替我致敬问平安，
还请诸位提醒他，
皇帝陛下发过话——
他曾许诺来访问，
可是至今未动身。"
客商乘船已远行，
公爵仍然在王宫，
岛国君王格维顿，
陪伴爱妻不离分。

风儿欢快呼呼响，
船儿欢快穿海浪，
船从布扬岛边过，
驶向萨尔坦王国。
熟悉家乡盼家乡，
家乡遥遥已在望。
客商离船上了岸，
拜见皇帝萨尔坦，
皇帝待客设酒宴，
头戴皇冠坐宫殿。
狠心厨娘纺织妇，
还有那个老丈母，
依次坐在皇帝边，
三人瞪着四只眼。
安排客商落了座，
皇帝这才开口说：
"客商航行可长久？
还欲何方去周游？
海外生涯可艰辛？
有何奇谈与趣闻？"
众位客商回答说：
"我们周游全世界，
海外生活真不赖，
有件事情实在怪：
有座岛屿在海中，
海岛上面有座城，
教堂拱顶金晃晃，

还有花园与楼房；
宫殿前面长枞树，
枞树下有水晶屋，
水晶屋里住松鼠，
可真是个稀罕物！
这只松鼠会唱歌，
不时还把榛子嗑，
那些榛子真新奇，
个个都是黄金皮，
果仁原是绿翡翠，
松鼠总有人守卫。
还有一事也罕见：
大海顷刻起波澜，
翻腾吁啸声震天，
海浪扑向荒沙滩，
汹涌澎湃浪飞溅，
浪涛拍击岩石岸，
盔甲连环火样红，
勇士三十又三名，
人人英俊又勇猛，
个个魁梧正年轻，
个头整齐似挑选，
黑海之王来操练。
卫队忠勇最可靠，
普天之下难再找。
公爵妻子是公主，
人人见了都爱慕，
白天风采赛阳光，

夜晚容颜似月亮；
眉毛弯弯发辫美，
眼似星星放光辉。
公爵治理那座城，
全城上下齐赞颂。
拜托我等表敬意，
同时他又抱怨你；
你曾答应去访问，
直到如今未动身。"

皇帝出访不愿等，
吩咐备船要启程。
狠心厨娘纺织妇，
还有那个老丈母，
不愿皇帝出宫门，
前往宝岛去访问。
皇帝再不听劝阻，
制止她们瞎嘀咕：
"哪个敢把我限制？
皇帝不是小孩子！"
说话不是闹着玩。
"现在我就去上船！"
皇帝跺脚气愤愤，
砰的一声甩上门。

窗前坐定格维顿，
眺望大海很沉稳，
海上风平浪也静，

海水轻轻在波动，
天水相接一片蓝，
忽然出现几只船：
海风海浪送征帆，
来了皇帝萨尔坦。
于是公爵猛一跳，
放开喉咙高声叫：
"亲爱的母后，快！
年轻的王后，快！
你们快看看大海，
父王正乘船驶来！"
船队越来越临近，
岛国公爵格维顿，
望远镜里仔细看，
细看父王萨尔坦。
皇帝站在甲板上，
也用望远镜瞭望，
瞭望公爵格维顿
及其手下众臣民；
两个嫔娘船上坐，
还有那个老外婆，
海岛风光新又奇，
她们心虚很恐惧。
忽然咚咚放礼炮，
钟声当当好热闹，
亲临海港格维顿，
恭候年迈老父亲，
他把嫔娘和外婆

一样接待如贵客，
陪同皇帝进京城，
先不点破内中情。

大家一起进王宫，
卫士盔甲耀眼明，
皇帝这次亲眼见，
勇士共有三十三，
人人英俊正当年，
个个魁伟又剽悍，
个头整齐似挑选，
黑海之王来操练。
皇帝走进宫廷院，
一棵枞树入眼帘，
树上松鼠在唱歌，
不时还把榛子嗑，
嗑出颗颗绿宝石，
一一放进布袋里；
松鼠嗑的榛子皮，
金光闪闪堆在地。
宾客匆匆走向前，
忽见公主像天仙！
眉毛弯弯发辫美，
眼似星星放光辉，
举止高贵又大方，
就像孔雀一个样，
用手搀扶婆母娘，
皇帝一看细端详……

忽然认出是皇后，
悲喜交集泪水流！
"这是做梦还是真，
简直让我难相信！"
皇帝惊讶又怀疑，
心头激动快窒息……
紧紧拥抱他的妻，
抱住儿子和儿媳，
全家一起入了席，
说说笑笑好欢喜。
两个姨娘和外婆，
吓得浑身打哆嗦，
惊慌失措到处跑，
好不容易才找到。
她们一一认了罪，
后悔不迭抹眼泪。
皇帝心中乐开花，
打发她们回老家。
过了一天酒喝醉，
皇帝宫中呼呼睡。
有幸我也去赴席，
胡须沾了酒和蜜。

渔夫和金鱼的故事①

从前蓝盈盈的大海边，
有个老头儿和老太婆，
他们住一间破旧的小屋，
三十三年就那么度过——
老头儿出海撒网打鱼，
老太婆纺线在家里待着。
一天老头儿在海上撒网——
头一网拉上来只有海藻；
老头儿第二次撒下渔网，
拉上网来一看全是海草；
第三次他把网撒到海里，
拉上来见网里有条小鱼，
小鱼不一般，是条金鱼！

---

① 这篇童话诗 1833 年 10 月 14 日完成于波尔金诺，发表于《读书文库》1835 年第十卷
5 月号。童话诗的情节取自德国格林兄弟童话。显然，普希金认为故事情节起源于古代斯
拉夫人居住于海滨的渔民，因此他用俄罗斯平民生活取代了原作的西欧风情。在格林兄弟
童话中，老太婆最后提出想当"罗马教皇"，普希金删去了这一情节，大概认为它距离俄罗斯
人的生活过于遥远。原诗无韵，也无固定的格律，有一种散文叙述倾向。译诗采用了较为
稀疏的韵脚，诗句接近工整，以便于朗读。

金鱼忽然像人一样说话，
对老头儿苦苦地恳求说：
"放我回大海吧，老爷爷！
我愿用重金为自己赎身，
你想要什么我就给什么。"
老头儿惊讶，心里害怕，
他打鱼打了三十又三年，
可从没听见过鱼儿说话。
他立刻放了那条小金鱼，
对它说话的口气挺温和：
"小金鱼，上帝保佑你！
去吧，回你蓝色的大海，
你的赎金我可不需要，
去吧，大海里才自由自在。"

老头儿回家来见老太婆，
把遇见的怪事向她诉说：
"今天我捞到一条小鱼，
是一条金鱼，说来新奇，
它和我们一样会说人话，
求我把它放回大海里去，
它答应给我贵重的赎金，
我想要什么它就给什么。
可是它的赎金我不敢要，
就这样把它放回了大海。"
老太婆听了就骂老头儿：
"你这个傻瓜！你可真笨！
你都不敢要金鱼的赎金！

咱们家的木盆全都坏了，
哪怕你跟它要一只木盆！"

老头儿走向蔚蓝的大海，
只见海上轻轻泛着波浪，
他开始呼唤那条小金鱼，
小金鱼游过来，问他说：
"你要什么呀，老爷爷？"
老头儿鞠个躬接着回答：
"鱼娘娘，你行行好吧！
老太婆总是不让我安静，
一刻不停地把我咒骂，
她说想要一个新木盆，
我们家的木盆确实坏啦。"
小金鱼听完以后回答说：
"上帝保佑你，回去吧，
老爷爷，你不要伤心，
你们家将有一个新木盆。"

老头儿回家来见老太婆，
老太婆果然有了新木盆。
不料她骂得却更加凶狠：
"你个傻瓜！你个蠢货！
只要了个木盆，你真笨！
一个木盆又能值多少钱？
笨蛋，回去见那条金鱼，
给它行个礼要所新房子！"

老头儿走向蔚蓝的大海，
蓝色的海水已变得浑浊。
老头儿开始呼唤小金鱼，
小金鱼游过来，问他说：
"你要什么呀，老爷爷？"
老头儿鞠个躬接着回答：
"鱼娘娘，你行行好吧！
老太婆骂得更凶、更急，
她不让我这老头儿休息，
那凶婆子想要一座房子。"
小金鱼听完以后回答说：
"上帝保佑你，回去吧，
老爷爷，你用不着悲凄，
你们准会有一座新房子。"
老头儿走向他的小破屋，
那座小屋已经没了踪影，
他面前是座宽敞的房子，
还带有砖砌的白色烟囱，
橡木做的大门又光又平。
老太婆正坐在窗户下面，
破口大骂，对丈夫很凶：
"你个傻瓜！你个笨蛋！
只要了座房子，你真蠢！
滚回去！向金鱼行个礼：
我不愿做下贱的庄稼婆，
我要当个世袭的贵夫人。"

老头儿走向蔚蓝的大海，

蓝色的大海已不再平静。
老头儿开始呼唤小金鱼，
小金鱼游过来，问他说：
"你要什么呀，老爷爷？"
老头儿鞠个躬接着回答：
"鱼娘娘，你行行好吧！
老太婆比以前闹得更凶，
总也不让我老头儿安宁：
她说再也不想做乡下婆，
她要当个世袭的贵夫人。"
小金鱼听了以后回答说：
"上帝保佑你，回去吧，
老爷爷，你用不着伤心。"

老头儿回来见老太婆，
那是什么？是一座高楼，
他的老太婆站在大门口，
上身穿着一件貂皮袄，
头上戴着一顶绸缎帽，
脖子上挂着串珍珠链，
镶宝石的戒指光彩闪烁，
脚上穿的是一双红皮靴。
恭顺的奴仆们在伺候她，
她打骂仆人还要揪头发。
老头儿对老太婆说道：
"显赫的贵夫人，你好！
这一回你大概遂了心愿。"
老太婆冲着他一顿吼叫，

派他到马厩去把活儿干。

过了一个星期又一星期，
老太婆又开始大发脾气，
打发老头儿再去找金鱼：
"快回去给金鱼行个礼：
世袭的贵夫人我不想当，
我要做自由自在的女王。"
老头儿一听，大吃一惊，
"老婆子，你可是发了疯？
你不会走路，不会说话，
会让全国上下笑掉大牙。"
老太婆听了火冒三丈，
抬手给了丈夫一个耳光。
"乡巴佬，敢和我顶撞！
贵夫人的话你竟敢不听？
到海边去自有你的好处，
不想去，我就派人押送！"

老头儿动身走向大海，
蓝色大海已经变得昏暗。
老头儿开始呼唤小金鱼，
小金鱼游过来，问他说：
"你要什么呀，老爷爷？"
他鞠了个躬接着回答：
"鱼娘娘，你行行好吧！
我的老太婆又胡思乱想：
再也不愿意做贵夫人，

她要当自由自在的女王。"
小金鱼听了以后回答说:
"你快回去吧,别悲伤!
好,就让老太婆做女王!"

老头儿回来见老太婆,
怎么?眼前是一座宫殿!
老太婆就坐在宫殿里,
面对餐桌,她当了女王,
大臣和贵族在小心伺候,
给她斟上外国来的美酒,
她品尝印花的蜜糖饼干,
四周的卫士个个威武,
肩膀上扛着闪光的利斧,
老头儿看见,心里恐怖。
他朝老太婆忙屈膝跪倒,
说:"威严的女王,你好!
现在总算遂了你的心愿。"
老太婆看也不看他一眼,
下令把老头儿轰出宫殿,
大臣和贵族急忙跑过来,
揪着脖梗子推他往外走,
在门口跑来守卫的武士,
板斧差点儿砍了他的头。
人们纷纷耻笑老头儿说:
"这老糊涂,自作自受!
糊涂虫,该记住这教训:
管不了的事情别乱插手!"

过了一个星期又一星期，
老太婆又一次大发脾气。
她派出大臣去找她丈夫，
找到老头儿带进宫殿里。
老太婆冲老头儿说道：
"快去，给金鱼行个礼。
自由女王不合我的心，
我要做海上的女霸主，
我要在海洋上面生活，
要让小金鱼听我调遣，
要让小金鱼来服侍我！"

老头儿不敢说一句话，
他没有胆量违抗女王，
他动身走向蓝色的大海，
只见海上起了黑色风暴，
暴风掀起了惊涛骇浪，
奔腾凶涌，呼啸咆哮。
老头儿开始呼唤小金鱼，
小金鱼游过来，问他说：
"你要什么呀，老爷爷？"
他鞠了个躬接着回答：
"鱼后娘，你行行好吧！
跟那凶婆子真没有办法！
她已经再不想做女王，
她要在海上称王称霸；
她要生活在海洋上面，

让你去听从她的调遣，
还让你亲自去服侍她。"
金鱼听了再没说一句话，
只是在水里摆了摆尾巴，
然后游进了深深的大海。
老头儿长时间等待回音，
等不到音信去见老太婆——
瞧：眼前还是那间小屋，
老太婆在门槛上坐着，
守着个木盆又旧又破。

死公主和七勇士的故事①

告别王后辞过行，
国王整装起了程；
王后独自坐窗前，
盼望国王早归还。
盼了早晨盼夜晚，
一直盯着野外看，
直到看得眼发酸，
霞光消失星满天；
苦苦不见好伴侣，
只见暴风雪飞起，
雪花飞扬终落地，
田野迷茫白凄凄。
转眼过了九个月，
总在窗前望原野；
就在圣诞节前夕，

---

① 这篇童话诗 1833 年 11 月 4 日完成于波尔金诺，也是依据奶娘阿林娜·罗季翁诺夫娜讲的民间故事写成的。原诗采用四音步抑扬格，押相邻韵，韵式为 AABBCCDD。译文也采用了相似的形式，以求再现原作的工谨与流畅。

王后生下一女儿。
国王已经做父亲，
一天早晨回宫门。
王后等了那么久，
日日夜夜心忧愁，
见了国王仔细看，
心中酸楚一声叹，
悲喜交集染重病，
不到一周丧了命。

国王久久心悲伤，
做梦一般岁月长。
可他毕竟是凡人，
一年之后又结婚。
新娶王后正年轻，
心眼伶俐又精明，
修长苗条身材好，
皮肤洁白俏容貌；
只是为人爱妒忌，
高傲任性坏脾气。
她的嫁妆真不少，
有面镜子是件宝，
这面镜子会魔法，
能够陪着人说话。
王后单独照明镜，
心里得意又高兴，
她与明镜常说笑，
总夸自己容貌好：

"镜子镜子告诉我！
我要你把实话说：
世上是否数我美，
白里透红最娇媚？"
镜子立刻回答道：
"世上的确数你俏，
你这王后最美丽，
白里透红无人比。"
王后听了哈哈笑，
耸动肩膀挺骄傲，
挤挤眼睛很得意，
手指一弹特神气，
双手叉腰来回转，
对着镜子反复看。

小小公主美如花，
不知不觉已长大，
长到青春妙龄时，
她比花儿还美丽，
眉毛乌黑白面庞，
性情温柔又善良。
有个王子叶里赛，
派了媒人求婚来，
国王允了这门亲，
备齐嫁妆好成婚：
七座通商大城市，
还有楼房一百四。

婚礼之前有宴会，
王后打扮忙准备，
坐在那面镜子前，
一边梳妆一边谈：
"你说是否数我美，
白里透红最娇媚？"
镜子忽然回答道：
"你的美貌没得挑；
但是公主更美丽，
白里透红无人比。"
王后一听跳起来，
气得连连把手摆，
一摔镜子想解恨，
恼羞成怒跺脚跟！……
"你这镜子太可恶！
对我说谎装糊涂，
公主是个小傻瓜，
我有哪点不如她？
亲眼看她长起来，
皮肤白皙不奇怪：
她的母亲怀孕时，
一天到晚望雪地！
你说她跟我相比，
哪能比我更美丽？
你该承认我最美，
走遍东西和南北，
谁能比我更俊俏？"
镜子听完回答道：

"还是公主更美丽，
白里透红无人比。"
无计可施难争辩，
狠心王后妒火燃，
镜子扔到凳子下，
叫来使女切娜卡，
对这贴身小丫鬟，
出谋划策细指点：
带着公主进密林，
拿根绳子把她捆，
捆到一棵松树上，
留在那里喂饿狼。

狠心婆娘鬼难拿！
使女怎敢反驳她？
带着公主进森林，
越走越远越吓人，
公主不禁起疑心，
几乎吓得掉了魂，
"亲爱的，"公主说，
"请问我有什么错？
不要对我下毒手，
将来我要当王后，
一定好好报答你！"
丫鬟同情这少女，
没有捆绑下毒手，
说句话儿放她走：
"上帝保佑你别怕！"

说完自己回了家。
王后问她："怎么样？
公主现在啥地方？"
使女立刻回答说：
"林中留下她一个，
胳膊捆得牢又牢，
必定陷入虎狼爪，
与其等待野兽咬，
活着不如死了好。"

流言四起快如风，
都说公主已失踪，
国王心里很悲哀；
可怜王子叶里赛，
祈求上帝先祷告，
然后上路去寻找，
寻找公主美貌女，
寻找他的未婚妻。

再说未婚小公主，
困在森林迷了路，
黎明之前走啊走，
忽然发现一座楼。
一条小狗汪汪叫，
迎上前来尾巴摇，
公主走进宅院门，
静悄无声不见人。
小狗亲热随身后，

公主继续朝前走，
几步走到台阶上，
伸手拍得门环响，
房门轻轻被推开，
公主走进屋里来，
屋里长凳摆一圈，
上面铺着绒线毯，
神像下面橡木桌，
瓷砖炉炕没生火，
公主一看就相信，
这家住的是好人：
断定没人欺负她，
但是主人不在家。
她把楼房都走遍，
收拾东西扫房间，
神像前面点蜡烛，
接着点火生壁炉，
随后爬上高板床，
悄悄躺在床垫上。

快该吃饭后半晌，
忽听院里脚步响，
屋里走进七勇士，
七个红脸大胡子。
老大说："真奇怪！
房子干净又光彩。
仿佛有人巧安排，
等待主人回家来。

朋友朋友露露面，
请跟我们做伙伴。
如果你是一长者，
我们称你做老伯；
如果你还正年轻，
我们和你论弟兄；
如果你是老太婆，
认你做妈倒适合；
若是少女长得美，
就做我们亲妹妹。"

尊重主人不怠慢，
公主下床来相见，
低低弯腰鞠个躬，
说声抱歉脸通红，
未经邀请来做客，
还求主人多谅解。
依据谈吐与风度，
主人断定是公主；
安排公主坐桌边，
端来馅饼请进餐，
一只酒杯斟得满，
托盘举到她面前。
绿葡萄酒摆上桌，
公主推辞不肯喝，
只把馅饼掰一块，
不过尝了一点点。
她说路远走得累，

请求让她先去睡。
勇士送她到楼上，
宽敞明亮一间房，
留下公主一个人，
睡得香甜又安稳。

日子天天飞过去，
公主住在森林里，
一直跟着七勇士，
生活倒也不孤寂。
每天早晨天不亮，
兄弟七个就起床，
出门游玩骑着马，
带着猎枪打野鸭，
大让右手过过瘾，
开枪射击鞑靼人，
萨拉钦人走过来，
冲上前去砍脑袋，
遇到切尔克斯人，
驱赶他们出森林；
公主一人在家里，
收拾做饭还扫地，
就像这家女主人，
她对勇士很亲近，
勇士待她很和善，
这样过了许多天。

七个勇士爱公主，

一次同时走进屋，
那时天才蒙蒙亮，
老大对她把话讲：
"姑娘心好人又美，
我们把你当妹妹，
我们共有七兄弟，
七个兄弟都爱你，
都想娶你做妻子，
可惜上帝不允许，
求你挑选一个人，
然后和他配成婚，
别人把你当妹妹，
何必摇头又皱眉？
我们惹你不喜欢？
还是不配你挑选？"

"各位正直又刚强，
都是我的好兄长，"
公主告诉七勇士，
"我若说话不诚实，
上帝罚我遭噩运，
可惜我已订过婚。
你们七个是好汉，
个个聪明又勇敢，
我从心里爱你们，
可我已经属他人，
有位王子叶里赛，
在我看来最可爱。"

兄弟七个不说话，
只是抓抓脑袋瓜。
老大鞠躬道歉说：
"随便问问没罪过，
说过的话请原谅，
此事以后不再讲。"
公主听完小声说：
"发的拒绝也没错。
兄长爱我是好意，
作为妹妹不生气。"
求婚不成行个礼，
七个勇士退出去。
大家依旧在一起，
和和睦睦过日子。

再说王后心恶毒，
常常想起小公主，
魔镜让她生过气，
始终忌恨那少女，
忽然想起那镜子，
捡起它来拿手里，
面对明镜气已消，
重把美貌来炫耀，
一边说话一边笑：
"宝贝镜子你真好！
现在请你告诉我，
我要你把实话说；

世上是否数我美，
白里透红最娇媚？"
镜子听完回答道：
"你的美貌没得挑；
但在青翠大森林，
有个无名小美人，
住在七个勇士家，
世上美丽就数她。"
王后一听这句话，
立刻扑向切娜卡：
"你个贱人胆子大，
竟敢对我说谎话！……"
使女终于认了罪，
来龙去脉说一回。
王后秉性特凶恶，
要给使女上枷锁，
若要不把小命丢，
必对公主下毒手。

一天公主坐窗前，
纱锭嗡嗡纺纱线，
等待兄长七勇士，
忽然听见院子里，
小狗汪汪拼命叫，
公主抬头往外瞧，
见是修女来讨饭，
衣衫破烂院里转，
正用木棍赶小狗，

公主一看忙开口：
"等一等,老婆婆,
先在院里等片刻,
让我来把狗拴住,
同时给你拿食物。"
修女回答她说道：
"你这姑娘心肠好!
这一条狗太凶恶,
差一点儿咬死我。
瞧它闹得多厉害,
还是请你走过来。"
拿着面包到门口,
公主刚想往前走,
小狗叫着跑过来,
不让公主下门台;
老太婆想走近门,
狗比野兽还凶狠。
公主说:"真蹊跷,
准是夜里没睡好。"
然后又对修女道:
"请你接住这面包!"
一个面包扔过去,
修女连忙接手里。
修女说:"谢谢你,
上帝赐给你福气!
让我也来回报你,
请你接住这份礼!"
一个苹果飞过来,

金黄鲜嫩惹人爱……
小狗急得蹦又跳，
冲着公主汪汪叫……
公主伸手接苹果，
苹果已在手中握，
修女一见连忙说：
"快吃吧，亲爱的！
吃个苹果解寂寞。
感谢你肯施舍我。"
说完以后鞠个躬，
随后消失无踪影……
狗跟公主跑回家，
可怜巴巴望着她，
小狗呜呜叫连声，
仿佛心里很疼痛，
又像要对公主说：
赶快扔掉那苹果！
公主温柔伸出手，
含笑抚摸那只狗：
"小狗小狗怎么啦？
你要听话快卧下！"
公主走进屋里边，
顺手轻轻把门关，
坐在窗前又纺线，
等候兄长回家园，
但她望着金苹果，
已经成熟汁液多，
那么新鲜那么香，

红艳当中带金黄，
仿佛整个蜜酿成，
种子隐现半透明……
她想等到饭前吃，
无奈终于等不及，
拿起苹果鲜又嫩，
贴近她的红嘴唇，
双唇轻启咬一点，
一片苹果往下咽，
突然之间这少女，
身子一晃断了气，
手臂苍白无血色，
扔了那只红苹果，
公主紧闭两只眼，
一下倒在圣像前，
头挨木凳歪一边，
无声无息不动弹……

这时勇士七兄弟，
经过抢掠与奔袭，
成群结伙往家走。
迎面跑来看家狗，
汪汪吼叫跑得急，
"准是出了什么事！"
兄弟七个开口说，
"必定家里有灾祸。"
扬鞭催马跑进家，
连声呼叫真惊讶，

小狗疯狂样子恶，
进门直奔金苹果，
一口把它吞下去，
小狗当即断了气，
可见苹果下了毒。
面对善良死公主，
七个勇士心悲哀，
全都把头低下来，
垂头肃立念祷词，
然后扶起那少女，
给她换上新衣裳，
准备把她去埋葬；
思来想去不愿埋，
过了不久主意改。
少女似乎在睡眠，
面色平静还新鲜，
栩栩如生挺安适，
可惜就是不呼吸。
他们等了三天整，
少女仍然不苏醒。
七个勇士办葬礼，
抬起公主那遗体，
放进一具水晶棺，
然后抬着上了山。
待到深更半夜后，
兄弟七个放灵柩，
六根柱子做靠桩，
再用铁链固定上，

小心翼翼想周全，
外加一道铁栅栏；
死了妹妹心悲凄，
深鞠一躬行个礼。
老大说："安息吧，
如同谢了一枝花，
你在人间遭忌恨，
天庭容纳你的魂。
我们爱你情深切，
你为配偶保贞洁——
无人能够得到你，
只有棺椁是伴侣。"

狠心王后在这天，
一直都把消息盼，
悄悄拿起那魔镜，
一连问了好几声：
"你说是否数我美，
白里透红最娇媚？"
她听镜子回答道：
"您的美貌没得挑；
世上就数你美丽，
白里透红无人比。"

这时王子叶里赛，
催马加鞭跑得快，
匹处寻找未婚妻，
找不到她心悲戚！

无论问到什么人，
谁也不能解疑问；
有的当面嘲笑他，
有的扭头不回答。
最后找到红太阳，
年轻王子对它讲：
"太阳太阳放光明，
一年四季游太空，
送走寒冬迎新春，
你能俯视天下人，
你能巡视全世界，
问你能否回答我，
可曾见过俏公主？
我是她的未婚夫。"
太阳答道："亲爱的，
你那公主没见过，
可能姑娘已死亡，
我的邻居是月亮，
或许曾和她相遇，
或许了解其踪迹。"

心中悲哀叶里赛，
期待黑夜快到来。
刚刚看见弯弯月，
他就追着恳求说：
"月亮月亮好朋友，
金色号角天上走！
你把幽暗俱驱散，

眼睛明亮脸儿圆，
星星爱你好脾气，
通宵达旦注视你。
你能俯视全世界，
问你能否回答我？
可曾见过俏公主？
我是她的未婚夫。"
明月回答："好兄弟，
我没见到那美女，
只有轮到我值勤，
我在夜空才出巡，
或许公主跑过去，
当时正值我休息。"
"这话真叫人难过，"
王子听了这样说。
明月又说："等一等，
大概阵风会知情。
可能它能帮助你，
现在你该找它去，
再见吧，多保重，
请你不要太悲痛。"

叶里赛，不灰心，
为追阵风朝前奔：
"风啊风，你强劲，
你能驱散漫天云，
你使大海起波涛，
你能随意到处跑，

对谁你都不畏惧，
虔诚唯独怕上帝。
你曾周游全世界，
能否亲口告诉我：
可曾见过俏公主？
我是她的未婚夫。"
狂风回答："等一等，
有条溪流静无声，
对岸有座高山岭，
山岭里面有山洞，
山洞深深很幽暗，
里面有具水晶棺，
紧靠柱子系铁链，
至今没有人发现，
那里荒凉无人迹，
葬的是你未婚妻。"

风儿说完继续跑，
王子听了哭号啕，
朝着荒山急奔去，
去找他的未婚妻，
哪怕最后看一眼，
也要跑上那座山。
山势陡峭难攀缘，
四周荒凉无人烟。
山腰有个黑洞口，
王子匆匆往里走。
眼前阴森又昏暗，

突然发现水晶棺，
美丽公主在里面，
静静躺卧已长眠。
王子用尽浑身力，
朝着棺材猛一击，
水晶棺材被震破，
公主忽然又复活！
目光惊疑四下望，
身悬铁索直摇晃，
叹息一声这样讲：
"一觉睡得真久长！"
她从棺材下了地，
两人抱头齐哭泣！……
他把公主抱在怀，
忙从洞里跑出来，
又说又笑又欢喜，
两人骑马回家去，
传闻如风跑得快：
美丽公主还健在！

继母狠心性子凶，
清闲无事坐后宫，
拿出魔镜摆面前，
又跟镜子来叙谈：
"世上是否数我美，
白里透红最娇媚？"
她听镜子回答道：
"你的美貌没得挑，

但是公主更美丽，
白里透红无人比。”
凶恶后母跳起来，
镜子落地全摔坏，
拔腿跑到宫门去，
公主归来恰相遇，
王后得了忧郁症，
没过几天丧了命。
人们刚把她埋葬，
筹办婚礼好欢畅，
美丽公主叶里赛，
结成夫妻真光彩，
丰盛隆重庆婚宴，
创世以来未曾见。
我也有幸去赴席，
胡须沾了酒和蜜。

金公鸡的故事①

万里之外的海角天涯，
从前有个遥远的国家，
那里的国王名叫达顿，
从年轻时起性情凶狠，
他经常率领军队打仗，
屡屡侵犯四周的邻邦。
可如今到了衰迈暮年，
他忽然想要停止征战，
一心一意想安享太平；
四周的邻国却不答应，
不断侵扰年迈的国王，
给他的国家造成损伤。
为了保证边境的安全，
免得遭受邻国的进犯，
为了把他的国土保卫，

---

① 这篇童话诗完成于 1834 年 9 月 20 日，发表于《读书文库》1835 年第十一卷第十六册。发表时曾被书刊审查机关删节。普希金在 1835 年 2 月的日记中对此有所记载。故事情节取自法国作家伊尔温格的童话《阿拉伯星相家的故事》。普希金经过加工润色，使作品具有俄罗斯童话的特色。原诗格律为四音步扬抑格，韵脚为杵邻韵。

需要一支庞大的军队。
军队将领都睡不安稳，
应付不了来犯的敌人：
正严阵以待南方之敌，
不料敌军从东方偷袭，
这里刚刚打退了敌兵，
强敌又从海上来进攻。
气得达顿国王直哭泣，
白天夜里顾不上休息。
怎么能总是人心惶惶？
国王决定请能人帮忙，
他要请个阉人星相家，
据说智谋超群本领大。
国王派使者去请能人；

于是这能人来见达顿。
只见他从一个布袋里，
掏出一只金色的公鸡。
他毕恭毕敬禀告国王：
"请把金鸡放在屋脊上，
我的这一只金色公鸡
像忠诚卫士守卫着你，
假如四方都太太平平，
它就在屋脊安安静静，
然而一旦有什么地方
需要你派兵前去打仗，
或者有敌军偷袭进犯，
或者有什么灾难祸患，

我的金公鸡那一瞬间
便会作精神挺起鸡冠，
会拍拍翅膀喔喔叫唤，
把头转向出事的地点。"
国王感谢那阉人帮忙，
答应赏黄金车载斗量，
兴奋的国王开口说道：
"我要奖赏你这次功劳！
我要满足你一个愿望，
有求必应，决不说谎。"

高高屋脊上的金公鸡，
瞭望边境保持着警惕。
见什么地方出现隐患，
忠诚的卫士浑身一颤，
如梦中醒来拍拍翅膀，
调转头冲着那个方向，
"喔喔喔！"它高声叫唤，
"请安心治理你的江山！"
四方邻国都停战收兵，
此后再不敢发动进攻。
国王达顿靠这种办法，
威慑四方进犯的人马！

一年两年，太平无事，
金公鸡不叫悄无声息，
有一天达顿正在做梦，
可怕的喧闹把他惊醒，

"国王啊,人民的父亲!"
大声说话的是位将军,
"君主! 醒醒吧! 灾难!"
达顿睁开眼打个哈欠,
他问:"出了什么事情?
什么? 怎么这样惊恐?"
将军向国王禀报详情:
"金公鸡又在那里打鸣,
整个京城里一片慌乱。"
国王走到了窗口一看,
只见金鸡在屋脊跳动,
扭头指的方向是正东。
不能拖延:"赶快上马!
各级将领,火速出发!"
国王向东方边境派兵,
由他的长子挂帅出征。
金鸡沉默,喧嚣平息,
国王再次沉入梦境里。

整整八天转眼已过去,
派出的军队杳无信息:
军队是不是打了胜仗,
没有人前来报告国王。
金色公鸡又二次打鸣,
达顿下令再一次召兵,
现在派次子前去带队,
为他的长子赶去解围。
金公鸡住口不再鸣叫,

仍然没有前方的战报。
转眼又过了整整八天，
人们都感到惊恐不安，
金鸡第三次喔喔啼叫，
国王下令又把兵马调，
他亲自领兵御驾东征，
却没有把握能否取胜。

大队人马，日夜行军，
一个个全都精疲力竭。
不见营寨，不见战场，
不见尸体横陈的山冈，
达顿国王不禁心里想：
"这件事看来实在荒唐！"
第八天眼看就要过去，
国王领兵走进了山区，
层峦叠嶂，群峰环绕，
一座丝绸帐篷在山腰，
帐篷四周出奇地寂静；
在一条窄窄的峡谷中
到处堆满士兵的遗体，
达顿朝帐篷匆匆走去……
眼前的情景格外悲惨：
两个儿子横卧在面前——
两具尸体都丢盔弃甲，
两人用剑曾相互刺杀，
僵硬的尸首横在地上，
他们的马在草地游荡，

马蹄踏过血染的野草，
野草被踩得东歪西倒……
国王哭叫："我的孩子！
哎，我该是多么悲戚！
我的两只鹰陷进罗网！
苦啊，我也即将死亡。"
兵将为达顿失声痛哭，
凄楚的呜咽回荡峡谷，
崇山峻岭也跟着悲哀，
丝绸帐篷却忽然敞开！……
帐篷里走出一位女郎，
她是沙马哈城的女王，
霞光一样艳丽又娇媚，
迎接国王她平静如水。
达顿像夜鸟忽见太阳，
呆看着明眸一声不响，
在她面前他万事俱忘，
忘了刚死去两个儿郎。
她看看国王嫣然一笑，
躬身施礼，热情相邀，
然后拉住了国王的手，
领着他就往帐篷里走。
款待国王，宾主入席，
美酒与佳肴堪称珍奇，
接着请他在锦床纱帐，
舒舒坦坦地睡个酣畅。
仅仅只过了一个星期，
她已让国王服帖痴迷，

达顿整天陪着她饮宴，
着了魔似的沉醉狂欢。

国王终于要踏上归程，
带上自己的将领随从，
带上美丽的年轻女郎，
率领人马要返回家乡。
传言比国王提前到达，
街谈巷议，难辨真假。
国王抵京已走近城门，
闹哄哄都是迎接的人，
人们都跟着车驾奔走，
观看达顿和他的王后；
达顿向臣民招手致意，
忽然他发现在人群里，
有人戴顶萨拉钦白帽，
白发苍苍如天鹅羽毛，
原来是阉人他的老友，
"你好啊，我的老头儿？
你说什么？"国王问道，
"请走近些。有何见教？"
"国王！"智谋之士回答，
"我们是清账的时候啦。
记得吗？因我的效劳，
你答应要给我以回报，
你说满足我一个愿望，
有求必应，决不说谎。
请你赏给我这个女郎，

这位沙马哈城的女王。"
国王听了,惊讶万分,
"什么?"他问那老人,
"是魔鬼附了你的身体——
神经错乱才胡言乱语?
脑子里转的什么主意?
我的确曾经答应过你,
但任何事情都有界限,
你要这女郎又当何干?
够了,你晓得我是谁!
你要什么东西我都给:
哪怕是御马或者财宝,
哪怕是大贵族的封号,
哪怕是我的半壁江山!"
"什么东西我都不稀罕!
只求赏给我这个女郎,
这位沙马哈城的女王。"
智谋之士这样回答说。
国王啐了一口:"缺德!
不! 你休想把她得到!
你个罪人该忍受煎熬。
快快滚开,趁你没死,
快把这老家伙拖下去!"
老头子还想进行争辩,
可跟国王争吵太危险;
国王举起了他的权杖,
砰一下砸在他脑门上,
老头子栽倒就咽了气,

京城上下人人都恐惧，
唯独那女王却笑嘻嘻，
全不把罪孽放在心里，
国王虽说感到不平静，
但对女郎依旧笑吟吟。
他乘着马车就进了城……
忽然传来轻轻的响声，
全城的人都看得清晰，
屋脊上飞下来金公鸡，
金公鸡冲着马车飞行，
突然落在国王的头顶，
它拍着翅膀朝头上啄，
狠啄了几下便飞走了……
达顿栽下车来摔得重——
哎哟了一声就丧了命。
女王转瞬间消失不见，
仿佛她从来不曾出现。
童话虚幻却蕴含寓意，
善良的青年自当牢记。

图书在版编目(CIP)数据

普希金全集.3,长诗、童话诗/(俄罗斯)普希金著;沈念驹,吴笛主编;余振,谷羽译.—杭州:浙江文艺出版社,2020.4
ISBN 978-7-5339-5976-0

Ⅰ.①普… Ⅱ.①普…②沈…③吴…④余…⑤谷…Ⅲ.①俄罗斯文学—近代文学—作品综合集②诗集—俄罗斯—近代 Ⅳ.①I512.14

中国版本图书馆CIP数据核字(2019)第294694号

策划统筹	王晓乐	装帧设计	梁 珊 吕翡翠
责任编辑	朱怡瓶	责任校对	许红梅
文字编辑	陆秋霞	责任印制	吴春娟

普希金全集 3·长诗 童话诗

[俄]普希金 著　余振 谷羽 译

沈念驹 吴笛 主编

出版　浙江文艺出版社
地址　杭州市体育场路347号
邮编　310006
网址　www.zjwycbs.cn
经销　浙江省新华书店集团有限公司
制版　浙江新华图文制作有限公司
印刷　浙江新华数码印务有限公司
开本　880毫米×1230毫米　1/32
字数　522千字
印张　20.125
插页　7
版次　2020年4月第1版
印次　2020年4月第1次印刷
书号　ISBN 978-7-5339-5976-0
定价　**98.00元(精)**